LA PORTEUSE DE MORT

STARK HOLBORN

LA PORTEUSE DE MORT

roman

Traduit de l'anglais (Royaume-Uni)
par Laurent Philibert-Caillat

ALBIN MICHEL

Édition originale parue sous le titre :
TEN LOW
chez Titan Books, juin 2021

Pour N.E.D.

PREMIÈRE PARTIE

Le livre de la Générale

Je me recroqueville tout près du feu qui bafouille. Les ténèbres immenses dissimulent un foisonnement de vies, mais ici, le vent se contente de me cracher de la poussière dans les yeux. Je ferme les paupières pour les protéger des grains de sable, de l'éclat faiblard des flammes, du vide qui me cerne, consciente que je devrais dormir mais inquiète de ce dont je pourrais rêver.

Mes pensées ont pris l'habitude de suivre leur propre cours. Plus je suis seule, plus elles tendent à s'extirper de ma tête, à s'accrocher dans mes cheveux ras et à flotter derrière moi comme une traîne de coton. Si je n'y prends pas garde, je n'arriverai pas à les ramener à moi avant d'atteindre Redcrop. Je ne peux pas me le permettre. Des mots isolés, des pensées isolées ; pas de doutes, pas de questions.

Je remonte mon écharpe presque jusqu'au rebord de mon chapeau. Parfois, je regrette mes boucles épaisses d'antan, j'aimerais m'en couvrir les oreilles pour me réchauffer le crâne. J'envoie la main vers la sacoche qui pend à ma hanche, avachie à force d'être quasiment vide ; les perles qu'elle renferme sont froides et il y en a trop peu. On les appelle des souffles. J'en approche une de mes lèvres et essaie de me persuader qu'il s'agit bien de ce que les gens racontent : une sphère contenant l'air pur des forêts de Prospérité.

La perle cliquette entre mes dents avant que je ne la croque. L'éclatement du plastique interrompt mes pensées et m'empêche de me dévider dans la nuit, même si la sphère ne contient pas trace d'un bon oxygène : ce n'est jamais qu'une bille creuse recelant un soupçon de dex-amphétamine. Juste de quoi soulager la fatigue que provoque encore l'atmosphère raréfiée, même après tous ces mois.

Ma déglutition retentit bruyamment à mes propres oreilles. Au-delà de ce feu minuscule, il n'y a rien. Juste le vent. Certains prétendent que le vent est vivant, qu'il se faufile comme un serpent entre les étoiles. Qui suis-je pour affirmer le contraire ? Quand on passe trop de temps ici, on finit par l'entendre parler. Un infini soupir qui a débuté cent mille cycles avant ma naissance.

Prudemment, je tire mon sac à moi et ouvre le carnet à la lumière des flammes. Sa couverture pèle et les pages vierges commencent à manquer, mais j'en trouve une et sors un bout de crayon de la reliure.

J'écris : *Hafsa Gellam*, et je revois son visage, ses yeux lourds de fatigue tandis qu'elle me serrait intensément la main. Sous son nom, je trace une ligne et ajoute *Enfant de Gellam*. Une autre ligne, un autre nom : *L'enfant de l'enfant ?* Je continue de tracer des lignes sur quatre générations imaginaires, jusqu'à ce que la mine atteigne le bas de la page.

Tant de potentiel… Dans les Friches, vivre est difficile et mourir facile, mais Hafsa est une femme solide, et l'enfant semblait en bonne santé quand je suis partie. S'il survit et a un enfant à son tour, et ainsi de suite… Je ferme les yeux. Et si une seule de ces personnes potentielles sauvait quelqu'un d'autre par une parole, un geste ou quelque acte irréfléchi ? Combien de futurs pourrait contenir ce tout petit nouveau-né sanguinolent ? Combien de vie pourrais-je ajouter au Compte ?

Quand j'ouvre les yeux, je comprends aussitôt que je ne suis plus seule. Il y a quelque chose non loin, au-delà du cercle de lumière.

Eux.

Je ne les vois pas, mais je les sens plus nettement que jamais. Les poils de mes bras se hérissent. Ils m'ont encerclée.

« Qu'est-ce que vous voulez ? » chuchoté-je.

Le vent mugit, sa langue darde dans mes yeux pour se repaître de leur humidité, il rôde autour de moi comme un chat. Mais ce n'est que le vent. *Ils* n'ont pas bougé.

Je répète : « Qu'est-ce que vous voulez ? »

Poser des questions ne sert à rien. Ils refusent d'écouter ce que j'ai à leur dire. Je ne suis même pas sûre qu'ils soient capables de parler. Les mots sont une peau qui ne sert qu'à retenir la peur à l'intérieur du corps, or ils n'ont ni corps ni peur.

Qu'ils m'aient comprise ou non, un changement, un mouvement agite l'air, comme s'ils se rapprochaient, et mon cœur commence à battre la chamade. Ils accaparent mon attention, l'étirent au-delà de ses capacités ordinaires, la font tendre vers l'est où quelque chose de chaud, de vif et d'urgent attend.

Mon esprit se rebelle, me renvoie en moi-même dans une confusion d'images : du métal froid perçant de la chair, la douleur sur les ailes d'un oiseau noir, une silhouette gantée de sang…

J'ouvre les yeux. Je suis couchée dans la poussière, le chapeau est tombé de ma tête. Au-delà des flammes, il n'y a rien d'autre que la nuit. Est-ce qu'*ils* sont partis ? Impossible d'en être sûre. Ils ne sont jamais vraiment ailleurs, tout comme ils ne sont jamais vraiment ici.

Mais ils ont laissé une impression derrière eux : la certitude que quelque chose m'attend au-delà du plateau, à l'est.

Je lève les yeux et vois le navire dégringoler du ciel au milieu d'un panache de flammes.

Atteindre le site du crash me prend le reste de la nuit. L'incendie colore l'horizon d'un rose de chair crue. Je conduis aussi vite que possible, mais le mulet est lent, malmené par le vent, cinglé par le sable et alourdi par la poussière. Le temps que je flaire la fumée, la nuit perd de son unanimité et le vent faiblit, entraîné par les ténèbres vers un autre hémisphère.

J'ai déjà vu des tas d'épaves, à divers stades de leur propre tragédie, mais rien qui ressemble à celle-ci. Sa destruction est totale. Chaque centimètre de métal est une flamme, et chaque flamme est si brûlante qu'elle a transformé le sable en verre. Impossible de déterminer ce qu'était ce navire, combien d'âmes il a propulsées vers une mort violente et flamboyante. Je gratte la terre du bout de ma botte. Il ne faut pas traîner ici. Une épave comme celle-là attirera son lot de pillards, tels les Chercheurs, d'ici quelques heures.

Qu'est-ce que fabrique un navire dans le coin, de toute façon ? Il n'y a pas de port, ici, seulement les quelques villes éparpillées des Friches. Une erreur de pilotage ? Je lorgne le ciel qui s'éclaircit. D'où est-il tombé ?

Le cratère du point d'impact est encore assez incandescent pour me dessécher la peau du visage, et comme je baisse les yeux, je comprends que ma venue est inutile. Il ne reste rien, seulement des traînées noires et des débris.

Je fais demi-tour lorsqu'un haut-le-cœur me saisit, comme si mes tripes essayaient de partir vers l'est. Les images me reviennent rapidement : un oiseau aux ailes noires, du métal froid, des mains sanglantes… Je crache et me redresse. Manifestement, *ils* n'en ont pas terminé avec moi.

Je retourne au mulet et m'éloigne de l'épave, direction le soleil levant.

Le matin dans les Friches est toujours beau, mais il se paie en faim, en froid, en solitude et en quasi-démence. Un prix dont presque personne n'a envie de s'acquitter.

Moi, je l'ai payé bien des fois, mais je n'accorde pas un regard à cette coûteuse beauté. Au lieu de cela, je fixe la piste qui s'est tracée dans le sable. À son extrémité, à côté des vestiges distordus d'une capsule de sauvetage, deux silhouettes gisent sur le sable.

Durant les quelques secondes qu'il me faut pour les rejoindre, je songe à faire changer de cap au mulet, à abandonner ces corps et à continuer mon chemin vers un autre futur.

Mais je n'en ferai rien, et *ils* le savent. Ils savent que j'ai pris ma décision il y a longtemps.

Je m'arrête à vingt pas et approche la main du poignard à ma ceinture. Des gens tels que les Chercheurs ou les Freux utilisent parfois des cadavres pour appâter leurs victimes. Je m'avance prudemment.

La capsule, d'un modèle récent, est peinte d'une couleur argentée terne et sa surface ne porte ni marquage ni sigle révélant de quel genre de navire elle est issue. Ce n'est pas inhabituel. Depuis la guerre, il est courant de les rendre aussi anonymes que possible, au cas où elles atterriraient en territoire ennemi. Non pas que Factus ait choisi un camp : personne ne voulait d'elle, de toute façon. Même les Limites Libres n'avaient que faire d'un désert sans eau où l'ennemi était à la fois tout et rien.

Des volutes de fumée s'échappent de l'appareil fracassé. L'ensemble pue le métal surchauffé et le plastique fondu. Agrippant fermement le manche de mon poignard, je me penche sur les silhouettes. Elles sont recroquevillées l'une contre l'autre, si étroitement que j'ai du mal à les distinguer, d'autant qu'elles sont recouvertes de sable. La plus grande est, je crois, un homme, qui serre dans ses bras la plus petite. Je le tâte du bout de ma botte. Puisqu'il ne bouge pas, je retire mes gants rapiécés et glisse la main dans le casque fendu de sa combinaison de vol.

Son visage est froid mais je détecte un pouls, faible et irrégulier. Le casque de la silhouette plus petite est légèrement relevé. Je passe les doigts dans l'ouverture et sens que la peau qu'il cache est plus chaude, le pouls plus fort. Les bras de l'homme ont rempli leur fonction.

Je chasse le sable qui recouvre les combinaisons à la recherche d'une plaque d'identification, mais elles sont toutes simples, sans même une étiquette. L'homme est solide, musclé et mesure plus de deux mètres. Il me faut toute ma force pour le faire rouler sur le flanc. Sitôt fait, un gémissement faible monte de son casque brisé. Je l'ignore et installe le naufragé plus chétif dans une position qui lui permettra de mieux respirer.

Je sens ses bras flotter dans ses manches. La personne qui porte cette combinaison est petite et malingre. L'homme est indubitablement adulte : l'autre pourrait-il être un enfant ?

Jurant, je détache le casque de la combinaison. Un enfant… En quoi affecterait-il le Compte ? Je ne veux pas y penser et défais le casque.

Des cheveux noirs encadrent un petit visage rendu gris par l'hémorragie, masqué par une couche de sang séché et de sable. Désespérément, j'examine son crâne à la recherche d'une blessure. Je trouve enfin une plaie sur son cuir chevelu, qui ne mesure que quelques centimètres de long et saigne paresseusement ; je lâche un soupir. Si c'est là la seule lésion – et si l'enfant reprend connaissance –, il devrait survivre.

Au moment où je me penche pour le prendre dans mes bras, quelque chose me frappe, fort, sur le flanc et m'envoie au sol. Recrachant une bouchée de poussière, je m'empresse de récupérer mon couteau tout en me maudissant d'être tombée dans une embuscade…

Mais non. Il n'y a pas d'autre coup, personne ne jaillit d'une fosse camouflée, aucun véhicule léger ne fonce sur notre position. Des yeux rougis me renvoient mon regard. L'homme est réveillé.

Il croasse un mot, les dents tachées de sang, et ses yeux glissent vers le poignard, puis vers l'enfant. Il essaie de se relever, mais retombe aussitôt avec un gargouillis douloureux.

« Je ne vous veux pas de mal, lui dis-je en levant les mains. Pas de mal. Médecin.

– Vous la touchez, dit-il avec un accent que je n'arrive pas à situer, vous êtes morte. »

Il n'est pas en état de proférer ce genre de menace, mais je hoche la tête. « Je dois aller chercher ma trousse. J'ai des pansements. Je peux vous soigner tous les deux.

– Où ? » Il lève à demi la tête pour regarder autour de lui, les tendons du cou prêts à se rompre. « Où on est ?

– Les Friches. Au nord de Redcrop. »

Il lève les yeux vers le ciel, qui est en train de perdre sa beauté pour virer au blanc plat. « Où ? » insiste l'homme.

Je suis son regard jusqu'à Brovos, qui brille d'un éclat rose foncé, à peine visible dans le ciel. C'est la dernière planète du système ; au-delà de son orbite, le Vide et rien de plus. Est-il tombé de si loin qu'il ne sait même pas sur quelle lune il se trouve ?

Au-dessus de nous, invisibles, *ils* font ondoyer et glisser les lumières des autres mondes.

« Factus, réponds-je en détournant la tête. Vous êtes sur Factus. »

L'homme ne me quitte pas des yeux tandis que je soulève la bâche du mulet. Il semble plus alerte, mais ça ne signifie pas qu'il va survivre. Les gens ont souvent un regain de conscience avant la fin. J'ai lu un article sur les arbres de la Terre, qui faisaient quelque chose de similaire : ils utilisaient leurs dernières forces pour envoyer leur énergie vitale dans leurs racines et le sol, afin de la donner aux autres. C'est ce que cet inconnu a fait, vraisemblablement, pour l'enfant. Qu'il en soit ainsi. Une seule vie vaut toujours mieux que zéro.

J'installe un abri pour nous protéger du soleil levant en tendant la bâche entre une perche ancrée sur le mulet et l'épave. J'essaie de faire vite, tout en gardant un œil sur l'enfant qui n'a pas repris connaissance.

« Vous, croasse l'homme. Femme. Votre nom.

– Hafsa Gellam », mens-je en attachant la bâche.

Je sens son regard examiner mon visage brûlé par le soleil, à moitié caché par l'écharpe qui me couvre des clavicules au menton, passer sur mon crâne tondu, ma vieille veste, mes mains rougies par les vents.

« Quel camp ? » demande-t-il.

J'ouvre la trousse de soins pour vérifier son contenu qui, en toute honnêteté, fait peine à voir. Je n'ai pas pu me résoudre à passer à un comptoir commercial depuis quelque temps, et la preuve en est là : deux rouleaux de bandages écrasés, une bouteille de gel désinfectant, quelques ampoules d'analgésiques, de tranquillisants et de stimulants, des aiguilles, du fil.

« Qu'est-ce que ça peut faire ? dis-je en cherchant mon chiffon le moins sale. La guerre est finie.

– Quel camp ?

– Je n'ai pas combattu.

– Tout le monde a combattu.

– Pas ici. »

Il grogne, comme pour dire « Ça, je veux bien le croire », mais lorsque je sors un rouleau de bandages, il plisse les yeux. Issu du marché noir, le rouleau a été escamoté il y a bien longtemps d'une cargaison à destination du Premier

Accord. À la vue des doubles triangles jaunes imprimés sur le tissu, le naufragé semble se détendre.

Qui qu'il soit, il vient de se trahir. Il existe une façon d'en être sûre. Je m'agenouille pour défaire le casque fendu de sa combinaison et le dégage. Il pousse un hoquet soulagé et je vois alors le tatouage sur sa tempe, à moitié caché par des boucles cuivrées. Le même double triangle que sur les bandages. En dessous, une ligne épaisse. Un lieutenant, donc. Je jette un bref regard vers la capsule. Serait-ce un déserteur ? Je fais mine de défaire le reste de sa combinaison.

« Non, dit-il en repoussant mes mains. Elle.

– Vos blessures sont plus graves. »

Son visage est d'un gris peu engageant mais il lève le bras pour me tenir en respect. « Elle d'abord. »

Je hausse les épaules. D'une certaine façon, il a raison : quels que soient ses ennuis, je ne pourrai probablement que soulager ses souffrances. Dans tous les cas, je dois faire vite. Si désolé que soit ce coin perdu, les Chercheurs ont des sentinelles, et la chaleur ne suffira pas à les tenir à l'écart.

Quand j'ouvre la combinaison de l'enfant, je constate que j'avais vu juste : elle est beaucoup plus petite que le vêtement ne le laissait croire. J'estime son âge à douze ou treize ans. Elle porte une tunique thermique grise et un pantalon qui ressemble assez à un pyjama. Son col est trempé de sang. Une déchirure au coude et des traînées d'huile évoquent une fuite hâtive. Est-ce qu'elle dormait quand l'alarme du navire a retenti, est-ce que cet homme l'a arrachée à son lit pour la jeter dans une capsule de sauvetage ?

Peut-être. Mais quelque chose me dit que ce n'est pas son père. Un garde du corps, alors ? Un kidnappeur ? Qui que soient ces gens, ce ne sont ni des colons ni des fermiers de Brovos. Ils semblent trop sains pour ça, et les riches ne s'aventurent pas aussi loin s'ils peuvent l'éviter.

La capsule de sauvetage moderne et les combinaisons de vol flambant neuves peuvent provenir de Prospérité, ou de Jéricho, ou d'une enclave au cœur du système.

Je manipule les membres de l'enfant. Tout bouge correctement, pas de signe de trauma. Le sang qui recouvre son visage semble couler uniquement de sa blessure au cuir chevelu, qui est certes vilaine mais peu profonde. Mais tandis que j'essuie tout ça, je m'interromps.

Un tatouage sombre apparaît sur sa tempe, sous le sang. Les mêmes doubles triangles.

Je me recule. « Qui est-ce ?

– Elle a besoin d'aide. » L'homme me fixe, mi-désespéré, mi-hostile. « Vous avez dit que vous alliez l'aider. »

Il a raison. Je serre les dents. Peu importe son tatouage, ce n'est qu'une enfant, elle est blessée et j'ai une trousse de secours. Je nettoie sa tête avec une partie des bandages et recouds sa blessure du mieux possible à travers ses cheveux, espérant pour son propre bien qu'elle ne va pas reprendre connaissance avant que j'en aie terminé. Tandis que je tire le dernier point, elle remue et découvre les dents, mais ses paupières restent closes.

Pendant que je travaille, l'homme n'émet pas un son, mais continue de fixer le visage de la petite. Trop tard, je vois ce que l'effort lui a coûté. Sa peau d'un blanc bleuâtre, exsangue, a perdu toute trace de vie. Il est en train de mourir.

Sa veste militaire blanche est trempée de sang. Un serpent sombre et brillant ruisselle de la blessure entre ses côtes. Un éclat issu du crash y est profondément planté. Il doit avoir roulé sur le flanc lors de l'impact pour l'encaisser à la place de l'enfant.

« Laissez tomber », hoquette-t-il quand je touche le morceau de métal. Sa voix est liquide. « Je sais que c'est moche. »

Je hoche la tête. Ça ne servirait pas à grand-chose de lui mentir.

Ses yeux trouvent les miens. « Elle va s'en sortir ?

– Si elle reprend connaissance et qu'elle n'a aucune lésion cérébrale, et si la blessure ne s'infecte pas… »

Une main sanguinolente agrippe ma manche. « Elle ne doit pas mourir. » Il se hisse vers moi avec ses dernières forces. « Si vous lui faites du mal, vous le paierez de votre vie.

– Je ne lui ferai pas de mal. Je vous l'ai dit, je suis médecin. Vous avez ma parole. » Je le toise. « Vous allez me dire ce qui se passe, oui ? »

Pendant un moment, il ne réussit qu'à respirer avec peine. La puanteur du sang et des chairs ouvertes m'emplit les narines.

« La ville la plus proche… ?

– Redcrop. À une journée d'ici. C'est une ville minière.

– L'Accord… a du pouvoir, ici ? »

Je ris sans joie. « Il aime à le penser, oui. »

Il s'avachit. « Emmenez-la là-bas. Trouvez un câble. Elle saura… quoi faire. Elle doit… »

Mes oreilles détectent un son et je fais taire l'homme d'un geste. Au loin, quelque chose bourdonne et se rapproche : la double toux caractéristique d'un moteur bricolé. Je jure et me lève d'un bond.

« Quoi ? » demande l'homme pendant que j'arrache précipitamment la bâche pour la remettre sur le mulet.

« Des Chercheurs, probablement, dis-je en rangeant la trousse, venus récupérer ce qu'il y a à récupérer.

– Chercheurs ? Des bandits ?

– C'est plus une sorte de secte. »

Je décèle une lueur dans ses yeux et je devine ce qu'il pense : même une secte n'est pas insensible à la corruption, à la négociation.

« Oubliez, lui dis-je. Les Chercheurs sont fous. S'ils voient que vous êtes blessés, ils vous tueront et prélèveront vos organes avant même de vous laisser le temps de parler. »

Je me penche pour récupérer les bandages non utilisés. Pendant un bref instant, nos regards se croisent. Je me vois reflétée dans ses yeux, et je reconnais à peine mon visage, mes yeux sombres et plissés, ma peau battue par le vent et criblée de cicatrices. Le bruit des moteurs croît encore. Un nuage de poussière apparaît au loin.

« Partez, s'étrangle l'homme. Emmenez-la, et rappelez-vous votre promesse. »

Je ne discute pas. Les possibilités sont : deux vivantes et un mort dépouillé par les Chercheurs, ou trois morts dépouillés par les Chercheurs. Je sais laquelle des deux je préfère, et dans tous les cas, peu importe qui est cette enfant, le Compte ne ment pas. Je la soulève maladroitement et l'installe à l'arrière du mulet, entre divers paquets. Puis je saute sur le siège du conducteur et remonte l'écharpe sur ma bouche.

« Dites-lui que je suis mort pour elle, crie l'homme par-dessus le démarrage du mulet. Dites-lui que je n'étais pas au courant de leurs projets. Dites-lui qu'elle doit se battre. »

Je ne réponds pas et me contente de filer vers l'horizon.

Je mets le cap sur Redcrop. Il n'y a rien d'autre, de toute façon. Même si je déteste me retrouver dans une ville, Redcrop n'est pas plus dangereuse que n'importe quel autre endroit et au moins, j'y ai quelques contacts. Quant à la fille… Je jette un bref coup d'œil derrière moi pour la voir affalée sur le mulet.

Dites-lui que je n'étais pas au courant de leurs projets.

Un frisson parcourt ma peau malgré la chaleur. Aucun enfant ne devrait porter un tatouage militaire, si patriote soit sa famille. C'est sûrement un faux.

La sueur s'accumule sous mon chapeau et dégouline depuis mon cuir chevelu jusque dans mes yeux, alors je fais brièvement halte sous la maigre ombre d'un rocher. L'enfant marmonne lorsque je la couche par terre. Ses yeux sautillent derrière ses paupières, comme si elle lisait un immense livre. Sa peau est chaude et sèche, sa respiration peu profonde. Soupirant, je cherche les perles dans ma sacoche. Je n'ai pas envie d'en gaspiller une, mais cela peut suffire à la réveiller et j'ai besoin de réponses.

Sitôt que la perle éclate entre ses dents, ses yeux s'ouvrent brusquement.

Ils sont d'un brun noisette étincelant, mais leur blanc est sillonné de vaisseaux sanguins rompus. Pendant une seconde, ils balaient le ciel et leur pupille se contracte douloureusement sous cet éclat nouveau avant de se poser sur moi. Une expression qui ressemble à de la peur traverse son visage, qui est encore un fouillis de sang séché ; elle ouvre la bouche pour crier mais s'étrangle.

J'attrape la gourde pendue à ma ceinture et la porte à ses lèvres. Elle boit goulûment l'eau croupie, jusqu'à ce que je la lui retire.

Elle halète l'espace de quelques respirations. « LaSalle ?

– Le grand type aux cheveux roux ? Il est parti.

– Parti ?

– Mort. Il a été salement blessé durant le crash. Tu te souviens du crash ? »

L'enfant tressaille et envoie la main à sa tête.

« Tu es blessée toi aussi, dis-je prudemment. Mais j'ai recousu ta plaie. Je pense que tu vas t'en sortir. »

L'enfant cligne fort des yeux, les lèvres tremblantes ; au bord des larmes. Je soupire de soulagement. Ce n'est qu'une toute jeune fille, malgré ce que le tatouage implique. Une pupille de l'armée, peut-être ?

« Tu as une coupure à la tête », enchaîné-je en essayant d'utiliser des mots simples. Je suis seule depuis si longtemps que j'ai oublié comment parler, *a fortiori* à une enfant. « Et je crois que le crash t'a peut-être abîmé le cerveau.

Tu vas sûrement te sentir malade pendant quelque temps. Tu comprends ? »

Elle semble me voir pour la première fois, étudie mon visage, mes vêtements, le mulet derrière nous.

« Vous n'allez pas me faire de mal ? demande-t-elle d'une voix aiguë et effrayée. Ou me vendre au marché, hein ?

– Non, dis-je en m'asseyant. Je suis médecin, c'est tout. »

Elle renifle et opine. « Vous pouvez m'aider à me relever ?

– Doucement. » Je me penche pour lui prendre le bras. « Si tu as une commotion… »

En un éclair, mon bras se retrouve plié selon un drôle d'angle et, déséquilibrée, je m'étale à plat ventre dans le sable. Je roule sur le dos, attrape mon poignard par réflexe, mais un petit poing me l'arrache de la main. J'essaie de crier quand quelque chose se plaque sur ma gorge.

C'est la botte de la fille. Elle me toise, les dents découvertes par un rictus.

« Pas question que tu me tues moi aussi, charognarde. »

Tandis que des vagues bleues et jaunes commencent à envahir mon champ de vision, le vent m'expédie du sable sur la figure et, pendant une seconde, moins d'une seconde, je *les* sens.

Ils sont telle une créature à mille yeux qui évalue toutes les issues possibles, me dévoile d'innombrables réalités, beaucoup plus que mon pauvre esprit ne peut en supporter.

Je suis morte dans le désert, l'enfant repart avec le mulet. Je la pousse avec tant de force que sa tête percute un rocher. Je suis morte, et le vent transforme mon corps en momie desséchée. Je la traîne sur le sable, moi, elle, chacune tour à tour vainqueur et victime…

J'envoie le bras et sens tous les mouvements possibles s'agglutiner autour de lui, une mêlée floue de membres et de chaos, impossible à suivre, jusqu'à ce que – comme un signal clair au milieu des parasites – je voie ma propre main attraper une poignée de sable et la jeter au visage de la gamine.

Elle recule. Avant que je puisse me relever, elle repart à l'attaque, cette fois armée de mon poignard. Je m'échappe maladroitement, masse d'adrénaline en manque d'oxygène, tandis qu'elle se jette sur moi, frénétiquement, dans le seul but de me tuer.

Mais *ils* m'ont montré cette voie, et au moment où mon dos percute le mulet, je sais quoi faire. J'envoie la main derrière moi pour trouver à tâtons la trousse de secours. Mes doigts rencontrent un objet métallique et dès que la fille saute sur moi, je frappe.

Le couteau s'arrête à cinq centimètres de mon cœur. Les lèvres de la fille se tordent sur une grimace, puis une convulsion s'empare de son corps et elle baisse les yeux sur la seringue qui dépasse de son cou.

« T… », lâche-t-elle avant que le poignard ne tombe de sa main et qu'elle s'effondre, inerte.

Je ne m'autorise pas à souffler tant que je ne l'ai pas ligotée aussi solidement que possible, même si elle va rester K.O. pendant des heures. Dans ma panique, je lui ai administré assez de tranquillisant pour assommer un adulte, et il est envisageable qu'elle ne s'en relève pas.

Son petit visage se crispe tandis que la drogue envahit tout son corps. Tout en me maudissant, je vais chercher la cantine d'eau de récupération sur le mulet. Mon cerveau bourdonne à cause des questions, de l'air trop rare, de la descente d'adrénaline et de l'horreur persistante de *leur* présence. J'humecte un chiffon et entreprends de nettoyer le sang qui lui couvre la figure.

De prime abord, ses traits n'ont rien de particulier : une peau rendue pâle par la perte de sang, des joues rondes, un menton pointu. Mais à mesure que je nettoie le sang, je découvre l'indéniable preuve de ce qu'elle est. Si elle est jeune – treize ans tout au plus –, son visage est profondément marqué. Entre ses épais sourcils et autour de sa bouche, des rides qu'on ne rencontre généralement que chez quelqu'un qui a vécu des années à la dure. Sa constitution aussi a quelque chose d'inhabituel. Elle est maigre, mais pas à cause du manque de nourriture décente, d'un travail épuisant ou d'une mauvaise santé, contrairement à la plupart des habitants de Factus ; son corps est noueux, des muscles durs roulent sous la peau de ses bras et de ses jambes.

Une partie de moi espère encore que je me trompe, que malgré tout elle n'est qu'une malheureuse enfant malade. Mais une fois que j'ai nettoyé les dernières traces de sang de sa tempe, je ne peux plus me voiler la face. Le tatouage – deux triangles et trois lignes épaisses – annonce sa véritable nature.

Je recule. Ma propre tempe palpite, comme si ma peau – sa cicatrice rose pâle effacée – redevenait chair fraîchement ouverte ; comme si mes mains venaient à peine de lâcher le fer rouge. Me couvrant le visage, j'essaie de retrouver mon calme, de me dépêtrer de la femme que j'ai été autrefois, la femme qui il y a quelques années seulement aurait pu ramasser le poignard et s'en servir sans une hésitation.

Je ferme les yeux. Les Limites Libres ne sont plus. La femme qui a combattu et tué pour elles n'est plus. À présent, seul le Compte importe, et il exige que l'enfant, qui qu'elle soit, *quoi* qu'elle soit, vive.

De plus, j'ai une promesse à tenir.

Je me débrouille pour atteindre le comptoir commercial au crépuscule, quand le vent se lève et que personne n'a envie de s'intéresser à la silhouette glissée sous une bâche à l'arrière de mon mulet. C'est imprudent, mais pas question que j'emmène l'enfant en ville tant que je n'ai pas obtenu quelques réponses. Elle attirerait trop d'attention sur nous. Le mauvais côté de mon cerveau me chuchote qu'elle risque de se réveiller et de s'échapper, ce qui m'éviterait de prendre une décision que je ne sais pas comment prendre.

Techniquement, le comptoir se trouve à l'extérieur de Redcrop, dont il est séparé par des champs de centuriens maladifs et d'agaves fantomatiques. Les gens préfèrent qu'il en soit ainsi. Cela leur permet de tenir en respect l'incertitude, de même que les vagabonds et les ferrailleurs dents-rayées, les bandits et les pillards, tous les désespérés et les damnés qui écument la Zone Non Incorporée, soupçons et violence dans leur sillage.

Redcrop est une ville peureuse et loyale : les habitants ne prennent jamais de risques et ne tolèrent aucune question. Les questions engendrent l'incertitude, l'incertitude ouvre les portes aux doutes, et par conséquent, à *eux*.

C'est différent dans les grandes villes ; là, des centaines de gens font des milliers de choix chaque jour. Ça suffit à *les* tenir en respect ; on dit que ça leur donne de quoi se sustenter. Mais ici, dans les étendues sauvages, les âmes sont rares et les choix aussi, et si l'on se laisse aller au doute – si l'on laisse le hasard interférer dans sa vie – on se met à briller comme un fanal à travers le temps et l'espace, et *ils* accourent pour se nourrir.

Ou du moins, c'est ce qu'on raconte. Ce ne sont jamais que des histoires. Des fermes trop proches de la Bordure complètement ravagées par une succession de coups du sort, des bagarres qui dégénèrent bizarrement en carnages, des gens qui perdent la raison et s'enfuient dans le désert où ils disparaissent pour toujours. Il n'y a pas la moindre preuve, juste des superstitions aussi minces que l'air – d'après l'Accord –, attisées par les Pacificateurs mercenaires et les gardiens de la moralité dans le but de soulager les trouillards de leur argent.

Seuls les gens qui n'ont pas d'autre choix que d'arpenter

les désolations sans la moindre compagnie disent *les* avoir rencontrés et avoir survécu. Des gens comme moi.

Soupirant, je descends du mulet. Je n'ai aucune intention de m'attarder, pas avec une meurtrière inconsciente attachée et cachée sur mon véhicule. Une autre dose de sédatifs l'a neutralisée quand elle s'est mise à tressaillir et à ruer, à la tombée de la nuit. Je n'ai pas aimé lui infliger ça, mais me faire trancher la gorge ne me disait rien non plus.

Le comptoir est déjà cerné de véhicules : des mulets en bien meilleur état que le mien, des quads de livraison, des chars à bancs, et même un vieux transporteur de l'armée repeint en argent et noir, au flanc frappé des mots VALDOSTA ET SES VIPÈRES. Un cirque ambulant, sûrement. Au moins, ça détournera l'attention des gens.

Je siffle. Les ombres remuent et une silhouette s'avance : un adolescent au crâne constellé de plaques de cheveux ras, portant d'énormes gants déchirés.

« Je reste une heure, dis-je en piochant une perle sous mes vêtements. Je veux que mon mulet soit bien gardé. »

Le gamin hoche la tête, sort un morceau de cartilage d'une sacoche et le brandit. Un vautour squelettique tombe du ciel voilé pour se poser devant le mulet. Je laisse le gamin attacher le volatile au guidon tandis que le vautour, distraitement, martèle du bec sa récompense sur le trottoir. Jetant mon sac sur mon épaule, j'espère pour le bien de ses propres yeux que la fille ne va pas se réveiller.

Le chapeau enfoncé sur les oreilles, je franchis le portail de tôle pour entrer dans le complexe. C'est l'heure du repas, et la fumée âcre du bois de centurien se mélange à l'arôme chaud des planchas, à l'odeur de la poudre d'oignon bouillie et des protéines cuites dans la première matière grasse venue.

Les gens sont assis par petits groupes dans toute la zone de restauration, fument ou mâchent, extirpent des pattes de criquets d'entre leurs dents ou lorgnent l'assiette du voisin pour s'assurer qu'on ne les a pas lésés. Après des semaines de vieilles rations, la vue de cette nourriture, si basique soit-elle, suffit à faire gronder mon estomac.

Mais les affaires d'abord. Jetant un œil par-dessus mon épaule, je me dirige vers le bar de Pardon Damovitch.

À l'intérieur, tout est calme ; on n'y trouve que les gens qui ne peuvent pas s'offrir un repas décent et trompent leur faim à coups de mescal. Pardon en personne, sur un côté de la pièce, pousse du bout du pied les fibres végétales qu'il a étalées pour absorber une boisson renversée.

Tandis que je me dirige vers le comptoir, une ivrogne lève la tête : une femme baraquée, dont le faciès piqueté de rose trahit des années de boisson. Ses cheveux couleur de paille sont assombris par la crasse, et sa coupe militaire est assez courte pour révéler un tatouage – les trois points des soldats du rang de l'Accord. À mon approche, elle recule son tabouret pour me bloquer le passage. Avec une expression mauvaise, elle détaille mon chapeau et l'écharpe qui m'enveloppe le cou, puis lance d'une voix traînante : « Qu'est qu'tu viens foutre ici ? »

Avant que je ne puisse répondre, Pardon arrive d'un pas lambin, son visage de chien battu encore plus avachi par la perspective d'une bagarre.

« S'il te plaît, me dit-il. Pour ton propre bien, attends-moi dehors. Je te sers par la porte de derrière. Qu'est-ce que tu veux ?

– Comme d'habitude, c'est tout », réponds-je.

Il laisse échapper un soupir.

« Doc. Tu as l'air… » Il secoue la tête. « La prochaine fois, enlève ton chapeau, d'accord ? »

J'opine, comme si j'allais l'écouter. Mes cheveux ras ne laissent rien filtrer, mais les cicatrices sur mes tempes, si. Les gens n'aiment pas savoir dans quel camp vous avez combattu. Je le suis vers le comptoir, et l'ivrogne continue de protester contre ma présence par des menaces pas exactement voilées.

« Tu ferais bien d'éviter Loto, murmure Pardon. L'Accord a révoqué sa pension. Elle boit du vin de serpent depuis midi et impossible de la raisonner.

– Et tu as réussi à échapper à son courroux ? » demandé-je en désignant du menton son propre cou, où les deux balafres laissées par un collier sont tout ce qui reste de son séjour derrière les barreaux.

Un sourire étire ses lèvres fines. « C'est la chance du tenancier. » Il pose un petit verre devant moi. « Il est l'ami de tous, tant qu'il reste des verres à remplir. »

Je le regarde sortir une bouteille de derrière le bar et me servir quelques doigts de mescal. En général, ingurgiter cette chose est une très mauvaise idée – qui sait quelles horribles bactéries ont été jetées dans les cuves pour accélérer la fermentation ? – mais je sais que Damovitch garde des bouteilles de qualité pour ceux qui ne lui pardonneraient jamais une intoxication.

« C'est la maison qui offre, dit-il doucement. Pour la dernière fois. »

Je bois. Le goût est infect et me fait larmoyer, mais c'est toujours mieux que les cruches de vin de serpent qui ponctuent la longueur du comptoir, avec leurs reptiles à peine visibles sous le liquide bourbeux.

Pendant que je lorgne les serpents noyés, Damovitch pose une petite assiette de sel de ver et un quartier d'orange en conserve devant moi pour me laisser le temps de cracher le morceau. Pendant un instant, j'écoute les claquements et les sifflements de la cantine au-dehors, le cri des vautours et le lointain vent du désert qui secoue la tôle de l'enclos. Je suce le sel fumé, mords l'orange ; le mélange fait chanter ma bouche et comme toujours je me demande ce que je pourrais bien dire.

Pardon n'est pas fiable, mais au moins sa lâcheté le

rend prévisible. C'est un ancien des Limites, lui aussi, et en prison il était un Cinq, du moins à ce qu'on dit. Il s'est débrouillé pour voir sa peine réduite de moitié en demandant profusément pardon pour tout ce qu'il a fait durant la guerre, à tel point que l'aumônier en a eu marre et a sollicité sa libération anticipée auprès du directeur dans le seul but d'être débarrassé de lui. Le directeur a accepté, à condition que Damovitch renonce à son nom de détenu, « Cinq », en même temps qu'à son collier, et qu'il soit éternellement appelé « Pardon ».

C'est une bonne affaire, me dis-je en le regardant remettre un peu de sel de ver sur l'assiette. Ça lui va bien, en plus ; les directeurs de prison ont déjà attribué des noms bien pires à leurs pensionnaires lors de leur remise en liberté. Souvent, mieux vaut garder le nombre. Mieux vaut supporter la honte et les moqueries que de les laisser vous nommer.

Je vide mon verre. La fille aussi a un nom, mais j'ai peur de le découvrir.

Contente-toi de la larguer ici, me chuchote la femme du passé. *Laisse-la, comme te l'a demandé le type. Elle ne mérite pas ton aide.*

« Pardon, l'appelé-je, tu te souviens des Compagnies Accordées ? »

Le visage de Damovitch prend cet air pincé et ébahi qu'il adopte quand il cherche une réponse qui ne lui attirera pas d'ennuis.

« Aaah, dit-il en attrapant la bouteille. La guerre, c'est du passé. On est tous de simples citoyens, à présent. »

Il essaie de me servir une autre dose de mescal, mais je pose la main sur mon verre.

« Tu étais posté où ?

– Oh, dans des coins sans intérêt, marmonne-t-il. Jéricho, au début, Felicitatum, et c'est tout.

– Quelle faction ?

– Les Veilleurs de Nuit. » Jetant un bref regard à Loto, il lève la voix : « Je n'ai pas combattu, pas vraiment. J'étais dans l'intendance, mais même ça, je le regrette. Avec leurs belles paroles et leurs promesses de libre-échange, les Limites m'ont dupé pour que je les rejoigne. Elles m'ont pris les plus belles années de ma vie. »

Je le regarde droit dans les yeux. Il fait silence.

« Est-ce que tu te souviens de la Force Mineure ?

– Les gamins soldats ? »

J'opine. « Ceux que l'Accord élevait dans des camps d'entraînement.

– Je… » Il déglutit. « Je ne sais pas. Les LL disaient toujours que c'étaient des monstres, torturés et améliorés jusqu'à ce qu'ils ne soient même plus des gosses.

– La Force Mineure, c'était notre plus gros atout ! » Loto se lève en faisant tomber sa chaise, le regard flamboyant. « C'était notre plus belle réussite. Et vous les traitez de monstres ? » Un postillon frappe le bar à près d'un mètre sur la gauche de Pardon. Les yeux de Loto s'emplissent de larmes. « Ces gamins étaient les plus courageux d'entre nous.

– Qu'est-ce qu'ils sont devenus, alors ? demandé-je en espérant qu'elle va mordre à l'appât.

– Des héros de guerre, renifle-t-elle. Ils ont eu de la chance, eux. Leur pension, ils l'ont à vie. Des boulots peinards, la belle vie sur les planètes-foyers. Pas comme nous autres, abandonnés sur ces cailloux oubliés parmi les raclures de taulards. »

Elle fait un pas vers moi, mais Pardon a anticipé et lui glisse une bouteille de vin de serpent dans la main.

« Tiens, Loto, bois un coup. Je sais que c'est pas facile pour toi.

– Tu peux pas imaginer, bafouille Loto en attrapant la bouteille et son occupant tout en se laissant ramener à sa table. Je les aimais, et ils me foutent dehors, ils me traitent pas mieux qu'un bagnard comme vous autres.

– Bon, Doc, tu ferais mieux de partir, me chuchote Pardon en revenant au comptoir. Elle est torchée, et elle ne sera bientôt pas la seule. L'heure du repas est presque finie. »

Je ne prends pas la peine d'acquiescer. « Tiens, marmonné-je en fouillant dans mon sac. Prends ça, pour Rowley. »

Ce n'est pas grand-chose, deux plaquettes de relaxant musculaire, mais le visage de Pardon s'affaisse de gratitude : c'est l'expression la plus honnête que j'ai vue ce soir. Pardon est un lâche et un ver de terre, mais il aime sincèrement Rowley – l'une des nombreuses personnes que les usines de munitions ont démolies – et il s'occupe de lui du mieux qu'il peut. Pour cela, il a mon respect.

« Puissent tes pensées rester claires, Doc, me dit-il.

– Et les miennes ? » lance une voix.

Une silhouette se penche dans l'ouverture, mieux habillée que tous les gens que j'ai croisés depuis des mois. Un manteau gris volumineux, que la poussière de la route a par miracle épargné. Des boucles noires gominées tombent élégamment sur ses larges épaules, abondamment décorées de spirales de peinture argentée qui brillent sur sa peau brun froid. Des anneaux de métal tordu ceignent chacun de ses doigts.

« Valdosta, salue Pardon en attrapant son tablier. Un moment, si tu veux bien. » Les épaules basses, il s'empresse de filer dans l'arrière-boutique.

Du coin de l'œil, je vois l'un des ivrognes se tasser sur sa chaise tandis que Valdosta se dirige vers le bar. Même Loto ne dit plus rien et se contente de fixer sa table. Quelque chose chatouille mes pensées : la sensation de traction qui annonce souvent *leur* apparition.

« Tu joues ? »

La main ouverte de Valdosta est posée sur le bar. Au centre de sa paume repose une paire de dés d'os.

« Non, dis-je en détournant les yeux. C'est dangereux.

– Seulement si tu redoutes l'issue. »

Face à mon silence, iel exhale un ricanement et, d'un coup de poignet, lance les dés. Mes muscles se tendent. Quelque part derrière moi, une chaise grince, sans doute celle d'un buveur qui se demande s'il ne ferait pas mieux de s'enfuir.

Je fixe résolument mon verre vide, me force à ne pas regarder.

« Cinq et cinq, dix », annonce Valdosta.

Un frisson glacial descend de mon cuir chevelu jusqu'à mes talons.

« Désolé », dit Pardon en revenant précipitamment, un paquet enveloppé de papier dans les mains. « Voilà, avec toutes mes excuses ; la prochaine fois, ce sera prêt. »

Lorsqu'il remarque les dés sur le comptoir, son visage devient livide sous ses coups de soleil.

« Merci, Damovitch. » Valdosta laisse tomber les dés dans une de ses poches caverneuses et le paquet dans une autre. « Je resterais volontiers, mais j'ai un spectacle à préparer. » Je sens son regard scruter mon profil. « La prochaine fois, peut-être, Dix. »

Je ne lâche pas le comptoir tant que je n'ai pas entendu la porte se refermer en grinçant, tant que le tintement de ses bijoux ne s'est pas perdu dans le brouhaha ambiant. Même après, mes nerfs vibrent comme un fil de fer tendu dans la bourrasque.

« Qui était-ce ? »

La bouche de Pardon se résume à une ligne dure tandis qu'il essuie le comptoir avec un chiffon, comme si les dés l'avaient taché. « Valdosta fait dans le divertissement, maugrée-t-il. Et la sécurité. Protection contre les Chercheurs, et contre… » Il s'interrompt, fixe l'endroit où se sont arrêtés les dés, puis me dévisage. « Tu ferais bien de partir ».

Je suis le conseil de Pardon. Lorsque je sors du bar, des gens traînent autour de la place en attendant le spectacle du soir. Tout leur conviendra : un combat d'insectes, une rixe, un meurtre, un ivrogne qui trébuche.

Par chance pour eux – ou par malchance, selon la quantité de frais de protection dont ils sont prêts à s'acquitter –, Valdosta et ses Vipères sont en ville. Je m'attarde dans les ombres, près du bar, curieuse malgré moi. Les saltimbanques qui passent par ici sont généralement misérables ; ils proposent des tours grossiers ou des illusions, ou exhibent des objets technologiques d'autres planètes – des objets communs dans les mondes-foyers mais qui restent nouveaux et insolites par ici –, ou interprètent des pièces rejouant de célèbres batailles agrémentées de beaux discours que personne n'a jamais prononcés. Il y a aussi des combats de scarabées, de volatiles, des duels entre gros bras et vétérans épuisés avides de sentir à nouveau le goût du sang.

Qui sait ce que sont ces Vipères ? Deux acteurs émergent pour installer la scène, vêtus de costumes moulants argentés, le visage couvert de peinture brillante, tout comme Valdosta. Leur travail est rythmé par les cris et les sifflets du public. Ce ne sont donc pas des combattants. Si Valdosta compte jouer aux dés avec ce genre de foule, ça va rapidement mal tourner.

Je m'éloigne lorsqu'un bruit aigu et roulant fend l'air, suivi d'un coup de tonnerre. De la musique. Je me retourne, étonnée, tandis qu'une silhouette munie d'un tambour apparaît, précédant un flûtiste. Cela fait bien longtemps que je n'ai pas entendu de vrais instruments. Un souvenir d'un concert sur Prospérité me revient, parmi des gens propres et riches captivés par un orchestre symphonique. Je n'avais jamais écouté quelque chose de pareil, mais même alors, tandis que la musique me mettait les larmes aux yeux, je ressentais une pointe de douleur à l'idée que j'étais la seule ici à vivre ce moment par le biais d'un mensonge. Je me souviens m'être agrippée au siège rembourré en me demandant si avoir fait d'autres choix m'aurait permis de mener ce genre de vie en toute légitimité.

Or, ce n'est pas le cas. Et me voilà ici, à présent, hypnotisée par deux camelots brandissant des instruments de fortune. Tout autour de moi, les gens commencent à battre des mains au rythme de la musique, des voix emplissent l'air, et les badauds se bousculent pour voir. Et je tends le cou tout comme eux, le regard affamé, le cerveau avide de nouveauté après des mois passés dans les Friches.

Valdosta émerge de derrière une tenture et lève les bras pour demander le silence. Son épais manteau a cédé la place à un costume festonné de longs rubans translucides qui papillonnent depuis ses coudes, ses poignets et ses cheveux.

« Suis-je au pays des pensées claires et des âmes constantes ? scande Valdosta.

– Oui ! crie quelqu'un, aussitôt imité par le reste de la foule.

– Suis-je au pays des opiniâtres ? Des intrépides et des téméraires ? »

L'assentiment de la foule se fait plus bruyant. Une partie de moi a envie d'élever la voix, de donner une tape sur l'épaule de mon voisin et de sourire. Mais je ne peux pas. Si mon voisin savait qui je suis, il s'écarterait précipitamment de moi.

« Alors, je demande un volontaire ! lance Valdosta. Un brave désireux de prouver que son âme n'abrite pas le moindre doute ! »

Les spectateurs applaudissent, et deux assistants apparaissent subitement, chacun muni d'une cage cabossée contenant un serpent vivant. Le vacarme s'intensifie. Les gens laissent éclater leur joie maintenant qu'ils savent en quoi consistera le spectacle. Un numéro animalier lors duquel quelqu'un devra faire face à une bête dangereuse pour remporter un prix. C'est un des divertissements préférés des bidonvilles, parce que tout le monde sait que les animaux sont apprivoisés et n'attaqueront pas ; l'issue ne fait aucun doute, il n'y a pas de danger même si tout le monde fait semblant du contraire. Interdisez quelque chose et les gens le convoiteront deux fois plus, y compris quand c'est le doute même que vous avez interdit.

Secouant la tête, je me détourne. Malgré son numéro, Valdosta fait dans le charlatanisme et l'arnaque ordinaires. J'ai presque atteint le portail lorsqu'une voix puissante m'arrête dans ma lancée. Le volontaire a été choisi, et il s'agit de Loto.

Elle est debout, les bras levés comme une lutteuse, son visage tatoué rougi par la boisson. Elle se tasse et – à la grande approbation de la foule – crache avant de se préparer à affronter son ennemi.

Valdosta fait signe à ses assistants d'ouvrir les cages. Je tends le cou pour voir les serpents se dérouler dans la nuit, leur langue frémissant. Ils ont le physique de l'emploi : ce sont des crotales, balafrés et musclés, mouchetés de blanc et de gris comme le manteau de Valdosta. Je regarde Loto exécuter une feinte en vacillant maladroitement.

« Charognards, bafouille-t-elle. Saloperies de traîtres des Limites, vous croyez que je vais oublier ? » La foule rugit ses encouragements lorsque les serpents sursautent et relèvent la tête. « J'vais vous massacrer tous les deux ! hurle Loto, le visage déformé par la colère. J'vais boire votre sang ! »

Valdosta lève subitement les bras, les serpents se dressent, et quelque chose vient percuter ma conscience, une chose trop vaste pour entrer dans mon crâne. *Ils* sont là. *Ils* sont là et *ils* ont faim. La réalité s'étire et se tasse tandis que tous les possibles se présentent à la fois, tous emmêlés.

Je vois des flammes, du sang qui gicle, je vois la foule qui se rue sur Valdosta, les décisions de deux dizaines de personnes se manifestant simultanément.

Est-ce qu'ils m'ont suivi ici ? Est-ce que je les ai emmenés en ce lieu ? Pendant un instant, quelque chose scintille au milieu du chaos : un crochet à venin, révélé, prêt à frapper. Le regard de Valdosta croise le mien.

Un hurlement déchire l'air, suivi d'un autre. Loto titube, un serpent attaché à son bras, l'autre à sa cheville, leurs crochets émoussés profondément plantés dans sa chair. Valdosta ne me quitte pas des yeux alors même que l'un de ses assistants tire un couteau de sa ceinture. Tout autour, les gens hurlent que c'est leur faute à *eux* : les Si, les démons venus se repaître.

Je m'élance vers le portail en même temps que le reste de la foule. Le métal tremble et bringuebale tandis que les gens se poussent mutuellement pour sortir, courant maladroitement vers leurs véhicules, comme si ça allait les sauver, comme s'*ils* n'étaient pas partout. Une fois franchi le portail, je me retourne, désespérant presque d'appeler Valdosta : *Est-ce que vous voyez ce que je vois ? Est-ce qu'ils vous suivent vous aussi ?*

La nausée remue le mescal dans mon estomac. Je me replie vers le mulet, vers l'enfant et vers le choix qui m'attend là-bas, consciente qu'*ils* épient ma fuite.

De l'autre côté des flammes, le visage de la fille tressaille. La lumière dansante la fait paraître tantôt vieille, tantôt jeune ; tantôt alourdie de rides et de malheurs, tantôt insouciante, comme n'importe quelle enfant endormie.

Mais elle n'est pas n'importe quelle enfant. Une brindille de broussaille éclate et s'embrase, et la lumière souligne ses boucles noires enchevêtrées, coupées selon le style populaire au sein de l'Accord : long d'un côté, court de l'autre, afin de bien mettre en évidence le tatouage indiquant son grade.

Je n'avais encore jamais vu un membre de la Force Mineure. Les gens disaient que c'était une légende, qu'il s'agissait simplement d'enfants ordinaires jouant aux stratèges ou aux soldats, que tout cela n'était que de la propagande ourdie par l'Accord, puis déformée par les Limites Libres pour illustrer les conséquences concrètes des abus de pouvoir de l'ennemi.

Je scrute son visage en faisant rouler une bille entre mes dents, savourant sa vague amertume avant de la croquer. Vu comme l'enfant m'a déjà attaquée, je vais avoir besoin de tout mon sang-froid. Tandis que le léger bourdonnement de l'air me parcourt, je ramasse un petit caillou, vise et le lance doucement. Il en faut quatre autres pour la réveiller.

Ses yeux ne sont pas totalement ouverts qu'elle me saute déjà dessus, avec pour seul effet de s'écrouler par terre. Elle jure, se débat, mais je l'ai soigneusement ligotée.

« Il faut qu'on parle », lui dis-je.

Elle se tord sur elle-même, folle de rage. « Je vais t'étriper, charognarde. Je vais te découper en morceaux et te laisser aux vers. »

Je soupire et sors la seringue de la trousse. La fille plisse les paupières. Avec les doses que je lui ai administrées durant la journée, c'est un miracle que ses yeux parviennent encore à accommoder.

« Tue-moi, crache-t-elle. Plante ta petite aiguille, espèce de lâche.

– Je ne veux pas te tuer. Je te l'ai dit, je suis médecin.

– Médecin ? Tu m'as empoisonnée.

– Non. Et l'effet de la drogue se dissipera bientôt. De toute façon, je n'avais pas le choix.

– Tu as tué LaSalle.

– J'ai essayé de l'aider. Il a encaissé l'impact du crash pour te sauver. » La fille se contente de me fixer. « Il m'a dit de te dire qu'il était mort pour toi, poursuis-je. Il a dit qu'il n'était pas au courant de leurs projets. Que tu devras te battre. »

Elle crache une bouchée de poussière. « C'est lui qui aurait dû se battre. S'il avait été plus vigilant, je ne serais pas dans ce pétrin. Il aurait dû te tuer quand il en avait l'occasion. » Au bout d'un moment, elle remue sur elle-même et grimace en considérant le câble qui l'attache. « Bon, d'accord, *docteur*. Qu'est-ce que tu veux ?

– Ce que je veux ?

– Oui. Quel groupe de crapules d'insurgés représentes-tu, et combien veux-tu en échange de ma libération ?

– Tu n'es pas otage. Et je ne travaille pour personne.

– Alors détache-moi. »

Je secoue lentement la tête. « Tu me tuerais. »

Elle ne nie pas. « Et après ? Tu comptes me garder attachée comme une bête ? » Un sourire cruel lui courbe les lèvres. « Tu ferais mieux de me tuer, alors, parce que je vais bien finir par me libérer.

– Si je voulais ta mort, je t'aurais laissée aux Chercheurs. » Je prends une inspiration pour me calmer, repousse mon moi passé qui adorerait faire ce qu'elle propose, par vengeance. « Peu importe qui tu es et ce que tu as fait. Je veux que tu vives, pour des raisons qui me regardent. Je ne m'attends pas à ce que tu comprennes. »

L'enfant me fixe, son regard filant de mon chapeau à mes bottes, puis à mon cou. Je résiste à l'envie de remonter un peu plus mon écharpe.

« Je vais te libérer, m'obligé-je à dire. Je vais te conduire en lieu sûr, et ne te ferai aucun mal. En échange…

– Tu veux l'amnistie, renifle-t-elle. Tu portes les cicatrices des déserteurs. Tu veux effacer l'ardoise de tes crimes passés. »

Je lance un rire amer. « Tu ne pourrais pas l'effacer. »

Comment expliquer à cette enfant, qui n'est plus une

enfant, que le Compte est tout ce qui m'importe ? Qu'il est plus fort que la compassion ou la peur, qu'il me pousse à agir plus sûrement qu'aucune menace d'arrestation ne pourrait le faire ?

« Je veux des fournitures médicales, dis-je. Autant que je peux en charger sur mon mulet. Voilà ce que je veux. »

Elle ne dit rien, ses yeux bruns restent immobiles. Au-dessus de nous, au-delà de nous, le vent s'engouffre à toute vitesse dans le canyon ; la voix des morts qui hurlent à la trahison.

« Tu ne parviendras pas à rejoindre un avant-poste sans mon aide, lui dis-je enfin. Si c'est à ça que tu penses. »

Elle sourit presque, comme si dans son imagination elle m'avait déjà étranglée et abandonnée parmi les rochers. « Pourquoi pas ? J'ai survécu dans des endroits pires que ça.

– Tu connais quoi que ce soit à propos de Factus ?

– Qu'est-ce que ça peut faire ? Ces cailloux isolés sont tous les mêmes. Et de toute façon, l'Accord a dû recevoir le signal de détresse. On me cherche à l'heure actuelle.

– Si tu pars seule, tu seras morte avant qu'on te retrouve. » Elle détourne la tête, hautaine, peu convaincue. « D'accord, enchaîné-je. Dis-moi : quels bidonvilles sont en quarantaine à cause de la putrescence jaune ? Quelles mines sont sous le coup d'un soulèvement, et pourquoi te rendre chez Maladie Falco le mauvais soir signerait ton arrêt de mort ? Parle-moi de la Zone Non Incorporée, aussi. Et de la Bordure. Parle-moi… »

Parle-moi d'*eux*.

Je me mords l'intérieur de la bouche. *Ne les invoque pas. Ne pense même pas à eux.*

« Tu sais qui détient le pouvoir, ici ? ajouté-je.

– L'autorité de l'Accord des Nations s'étend à tous les territoires connus.

– Va dire ça aux Chercheurs. Va dire ça à Hal l'Apôtre. »

La fille me toise avec mépris. Enfin, elle se redresse.

« D'accord. Faisons un marché. Je le jure sur le Premier et le Dernier Accord. À présent, détache-moi. »

Lentement, comme si j'approchais de l'un des crotales de Valdosta, je défais les nœuds qui la retiennent, prête à repousser ses attaques, mais elle se contente de frémir et d'exercer ses muscles.

« Détends-toi, dit-elle. J'ai juré sur les Accords. Ça n'est pas rien, pour moi, même si ce n'est pas le cas pour toi. » Elle se redresse en grognant de douleur. « Tu as un nom, traîtresse ?

– Dix Low.

– Voilà que je me retrouve entre les mains d'une foutue Dix, marmonne-t-elle avant de secouer ses cheveux et de relever le menton. Je suis la générale Gabriella Ortiz, Implacabilis, commandante de la Troisième Force Mineure, héroïne de la Bataille de Kin et ancienne commandante de la Flotte Aérienne Occidentale de l'Accord des Nations. »

Quelque part au-dessus de nous, au-delà du ciel, je crois *les* entendre rire.

« On était en route pour Landfall Neuf, sur Prodor. On constate des signes d'insurrection au sein des enclaves minières : il y a encore des sympathisants des Limites dans les camps, et le bataillon posté là-bas se laisse aller. On m'a envoyée pour éliminer toute trace de corruption. »

Je ne dis rien et me contente de conduire, la lumière brûlante du désert dans les yeux et la poussière sifflant contre mon visage. La Générale – comme elle insiste pour que je l'appelle – ne semble pas avoir besoin d'encouragements pour pérorer. C'est peut-être un effet secondaire des sédatifs combinés à l'analgésique, mais elle est devenue particulièrement loquace.

« Le crash est indubitablement le fruit d'un sabotage, grogne-t-elle. Mais je n'en ai aucun souvenir, ni ne me rappelle avoir quitté le navire. J'imagine que c'est habituel, en cas de commotion ? »

Je hoche rapidement la tête et elle soupire. « Quand je retournerai à la base, je te garantis que j'ordonnerai une enquête complète. » Elle marque un temps d'arrêt. « Il n'y avait pas d'autre survivant que LaSalle ?

– Je n'ai pas vu d'autre capsule que la vôtre.

– Et tu es sûre que LaSalle est mort ?

– Oui. Il a été pris par les Chercheurs. » Elle observe un silence plein d'attente. Je soupire. « C'est un gang, ou une secte, selon à qui tu poses la question. Ils pillent les épaves, attaquent les bidonvilles, les fourgons. Certains disent qu'ils se livrent au trafic d'organes.

– Et l'Accord ne fait rien ? »

Je ricane. « L'Accord contrôle ses propres bases, la Ligne Aérienne, et les bouts de territoire qu'il considère utiles. Le reste… » Je hausse les épaules. « En plus, les Chercheurs sont fous. Ils vivent dans la Bordure. Personne n'ira les chercher là-bas, et les rares qui s'y rendent disparaissent pour toujours.

– La Bordure ?

– Une zone de perturbations. Personne ne connaît exactement sa surface. C'est… » Je secoue la tête. « Personne ne va là-bas. »

Elle ne m'interroge pas davantage, ce dont je lui suis reconnaissante. Depuis des heures, mon cerveau tourne en rond à force d'essayer de réconcilier ce que je fais actuellement avec ce que j'ai fait par le passé. Il n'y a pas si longtemps que ça, j'aurais envoyé le mulet dans un canyon pour nous tuer toutes les deux, juste pour ne pas la laisser vivre, et j'aurais considéré ça comme une victoire.

Mais ça, c'était avant. Je jette un bref regard dans le rétroviseur vers la silhouette recroquevillée sur elle-même, la tête penchée pour se protéger de la poussière. Malgré tous ses crimes, ce n'est qu'une enfant ; l'Accord a fait d'elle ce qu'elle est sans jamais demander son consentement, jusqu'à ce que la partie d'elle qui aurait pu refuser ait disparu depuis longtemps.

Et toi ? Tu n'étais pas une enfant. Tu as suivi les ordres sans poser de questions. Qu'est-ce que ça fait de toi ?

« Pourquoi as-tu pris dix ans ? »

Je cligne des yeux. « Quoi ?

– Je dis : pourquoi as-tu pris dix ans. Ça devait être grave. Désertion ?

– Vol.

– Personne ne prend dix ans pour vol. Tu ne peux pas descendre plus bas dans mon estime, autant me dire la vérité. »

Mes mains se crispent sur le guidon du mulet.

« Dix ans, ça implique un vol *à main armée* au minimum, poursuit-elle. Qu'est-ce que tu as fait pour obtenir une libération anticipée ? C'est bien pour ça que tu es là, non ? Tu t'es fait virer des hourques pénitentiaires avec les autres petits délinquants pour faire de la place aux vrais criminels de guerre ? »

Combien de civils as-tu massacrés, combien de cités as-tu incendiées ? Je remonte l'écharpe sur ma bouche et ne parle plus.

Lorsque les ténèbres commencent à parsemer le ciel d'ecchymoses et que le vent nocturne pousse ses premiers cris, je décélère. La Générale vacille derrière moi. À son air épuisé, je devine qu'elle souffre de la rareté de l'air, comme tous les nouveaux venus sur Factus avant que leur corps ne s'adapte.

« On n'atteindra pas Landfall Cinq sans ravitaillement, lui dis-je en épiant la piste devant nous. De l'autre côté de cette crête, il y a un ranch. Il paraît que ses habitants ne sont pas hostiles envers les voyageurs, mais ça ne signifie pas que c'est sans danger, *a fortiori* s'ils découvrent ce que tu es. Les gens n'aiment pas trop l'Accord, par ici.

– Est-ce que j'ai l'air d'une idiote ?

– Tu as déjà voyagé ici sans une escorte militaire complète ? » Face à son silence, je secoue la tête. « C'est bien ce que je pensais.

– Je voyage comme le demande mon grade, lance-t-elle sèchement. J'ai été entraînée pour survivre dans n'importe quel environnement, pour commander…

– Lire la propagande de l'Accord au sujet de Factus et y vivre sont deux choses très différentes, *Générale*. Et tu dois comprendre qu'il y a des coutumes ici, des croyances que tes bourreurs de crâne n'ont pas relevées.

– Comme quoi ? »

Comme *eux*. « Tais-toi, c'est tout. »

Au bout d'un kilomètre et demi, des lumières apparaissent dans la pénombre, faiblardes, taquinées par le vent. De part et d'autre de la piste, des clôtures en métal s'étirent à ras du sol, comme une énorme cage enfoncée dans la terre.

« Quel genre de ranch est-ce, à la fin ? demande la Générale par-dessus le bruit du moteur.

– Un ranch à serpents.

– À serpents ? Quel genre de fou élève des serpents ?

– Le genre de fou qui a cru les promesses du Bureau de Développement Rural de l'Accord, répliqué-je en ralentissant. Les vaches ne survivent pas plus d'un mois, ici. Les moutons non plus, tout comme les chèvres. Les éleveurs le découvrent dans la douleur. Les serpents sont une bonne alternative. Ils se nourrissent de rats, ils fournissent pas mal de viande, on utilise leur peau, et les petits peuvent être vendus aux liquoristes. Quant au venin…

– Je vois », grogne-t-elle.

Le ranch est à moitié enterré pour se protéger du vent, et ses murs de métal préfabriqués ont été rafistolés avec des matériaux locaux. Les vitres en plastique sont pratiquement opaques à force d'être griffées par la poussière, mais il y a de la lumière à l'intérieur.

J'arrête le mulet à côté de deux pelleteuses.

« Là. » Je sors une autre écharpe et la donne à la Générale. « Mets-toi ça autour de la tête. Et pour l'amour de Dieu, planque tes tatouages.

– Je ne reçois pas d'ordre d'une criminelle », marmonne-t-elle tout en s'exécutant malgré tout, et le temps qu'elle descende du mulet, elle ressemble à n'importe quelle enfant malade et épuisée, tirée de son sommeil après un long trajet.

La porte cliquette et un chien mécanique s'élance en sautillant et en poussant des aboiements monocordes. Il semble avoir été fabriqué localement à l'aide de vieux morceaux d'épave pour vaguement représenter l'animal en question, mais impossible de savoir dans quel but il a été conçu. Je lève les mains. Une silhouette avance derrière le chien, armée d'un fusil dont le viseur brille comme un œil rouge dans la nuit.

« On espérait pouvoir se ravitailler, lancé-je.

– Vous êtes combien ? répond une voix méfiante.

– Juste moi et la petite. »

Aussitôt, la voix crie : « Skink ! » et le chien repart en trottant vers la maison.

Un visage apparaît. Un homme à la peau rose mordue par le sable, des yeux bleu liquide au-dessus d'une barbe grise éparse.

« Je vous demande pardon, dit-il. Je savais pas qu'il y avait une enfant. » Son regard se pose sur la Générale et il sourit. « Bonsoir, petiote.

– Bonsoir, monsieur », gazouille-t-elle. Elle porte la main à son écharpe, comme par timidité. « J'ai drôlement faim.

– Pour sûr ! s'esclaffe l'homme. Je m'appelle Del Kwalkavich. Dedans, il y a ma maman, et mon frère est quelque part aux champs.

– Dixie Lowe, lui réponds-je. Et voici ma nièce. » La

générale Ortiz, Implacabilis, commandante de la Troisième Force Mineure…

« Je m'appelle Gabi, dit elle d'une voix aimable. Enchantée.

– Tout pareil, mam'zelle. Vous dites que vous voulez du matériel ? »

L'intérieur du ranch est chaud, imprégné de l'odeur du biocombustible bon marché, de la vieille viande grillée et des peaux tannées. La pièce est dominée par une table à tréteaux renforcée par des bouts de fil de fer et encombrée de tous les objets utiles concevables, éparpillés en tous sens. Des dizaines de peaux de serpent pendent du plafond. Elles frôlent mon chapeau tandis que nous suivons l'homme à l'intérieur et me rappellent, dans un flash affreux, les crotales de Valdosta.

« M'man, on a des clientes, dit l'homme à une silhouette emmitouflée nichée sur une chaise près du poêle. Cette dame et sa petite. » Del se tourne vers la Générale, la mine une fois de plus joyeuse et peinée. « Viens dire bonjour à ma maman. C'est pas souvent qu'on a des visiteuses aussi mignonnes que toi. »

Je regarde, inquiète, la Générale traverser la pièce pour se poster devant la vieillarde.

« Bonsoir, m'dame », dit-elle.

La vieille femme a la moitié d'un ancien écouteur pressée sur une oreille, dont s'échappent des bribes d'un feuilleton. Malgré la cataracte, ses yeux bleus scrutent néanmoins le visage de la Générale. « C'est beau de voir une enfant si bien portante, murmure-t-elle avant de fouiller les ombres du regard dans ma direction.

– Ravie de faire votre connaissance, m'dame », dis-je en avançant dans la lumière et en retirant mon chapeau. Mon cuir chevelu me démange ; je me sens toujours vulnérable sans couvre-chef.

La femme fronce les sourcils. « Où sont les autres ?

– Il n'y a que nous, lui assuré-je. Ma nièce et moi.

– Non. » La femme me dévisage. « Non, vous n'êtes pas seules. J'entends les autres. Des voix, des tas de voix. » Ses mains crevassées agrippent sa chaise. « Est-ce qu'*ils* sont là ? »

Ma nuque se hérisse. Dans les coins comme ça, les gens ne nomment jamais les Si quand ils peuvent l'éviter. Est-ce que cette vieillarde est folle ?

« D'accord, m'man, dit l'homme en me jetant un regard nerveux. Il n'y a rien, ici, on l'aurait senti. Écoute donc ton feuilleton pendant que j'apporte un peu de manger à nos visiteuses, d'accord ? »

La femme continue de regarder dans ma direction, sourcils froncés, jusqu'à ce que ses paupières et son menton s'affaissent.

« Faites pas attention à elle, murmure l'homme en nous débarrassant un coin de table. Elle est plus la même depuis que mon épouse est morte. Un accident, sur la piste. Depuis, elle voit des trucs qu'existent pas, vous comprenez ? » Il s'en va chercher des assiettes.

« Vieille timbrée, marmonne la Générale. "C'est beau de voir une enfant si bien portante"... Elle voulait quoi, me manger ?

– On croise rarement des enfants dans les parages, dis-je sans quitter la femme des yeux. La plupart meurent en bas âge. »

La Générale grogne. « Je dois me laver. Je pue. Et toi aussi. » Elle balaye la pièce du regard. « On peut prendre un bain quelque part ? »

J'éclate de rire. Après plus d'un an sur Factus, l'idée de plonger mon corps dans autant d'eau me paraît absurde. « Personne ne prend de bains, ici. Des douches de vapeur, oui, ou un récurage à l'huile. Tu trouveras peut-être une bassine d'eau de récupération, si tu as de la chance. »

La Générale émet un bruit écœuré, mais rétablit aussitôt son sourire quand Del revient avec deux assiettes.

« Et v'là, dit-il en les posant bruyamment. De la soupe de serpent avec des crevettes terrestres. Une des meilleures viandes que vous pourrez goûter entre ici et Otroville. Ça va vous réchauffer le sang. »

La soupe est maigre, pleine de lanières de viande de serpent, et des bulles de gras flottent à sa surface. De vieux pois, séchés il y a longtemps sur une autre planète, et d'autres formes pâles surnagent au milieu du bouillon.

« Merci beaucoup », dis-je à l'homme en prenant ma cuiller.

Il sourit, rayonnant, et encourage de la tête la Générale à en faire autant. Je la regarde plonger sa cuiller dans le liquide.

« Mmh, dit-elle sans ouvrir la bouche.

– Vous voulez du café ? demande l'homme. Et pour la petiote ? » Il hésite.

« Je prendrai aussi du café, répond-elle avec un sourire angélique. Avec un peu de sucre ? Et si vous avez quelque chose pour me laver les mains ? »

L'homme rit. « Sûr, on peut bien en offrir une cuillérée à une si jolie môme.

– À quoi tu joues ? sifflé-je à la gamine une fois que l'homme est reparti. Le sucre vaut son poids en or, ici.

– Tu n'as pas entendu ? Je suis un oiseau rare, moi aussi. » Son sourire s'efface tandis qu'elle tâte les lanières de viande. « En plus, il me faudra quelque chose pour chasser le goût de cette bouillie. C'est quoi, au juste, les crevettes terrestres ?

– Des cloportes. Tu ferais bien de t'habituer. On ne trouvera pas mieux d'ici Landfall.

– Fichue lune arriérée. » Elle grimace et s'oblige à avaler une autre cuillérée.

« Alors, dit notre hôte une fois les assiettes et les tasses vides. Vous vouliez du matériel, hein ? »

Je hoche la tête. Dans un coin, la Générale se lave soigneusement la figure et les mains dans un fond d'eau croupie. « On se rend à Landfall Cinq. Il nous faudrait assez de carburant pour la route, ou du moins pour atteindre le prochain comptoir. Et de l'eau, aussi. »

L'homme se frotte la barbe. « Autant que je sache, y aura pas d'autres comptoirs. Encore que vous pouvez bien croiser un vendeur venu de la Ligne Aérienne. » Sa bouche remue. « Vous avez de quoi payer ?

– On a des souffles. »

J'envoie la main dans mes vêtements et en sors la pochette de perles. Mon estomac se noue quand je constate à quel point elle est vide. *Pense à ce que tu recevras à la fin de tout ça. Des fournitures de l'armée. Pas du marché noir, pas des médicaments coupés ou trafiqués. Du bon matériel. Qui pourra sauver des vies.* Je sors deux perles et les pose sur la table. Le regard de l'homme s'illumine.

« Six perles et je charge votre mulet ras la gueule, dit-il.

– Trois.

– Quatre. » Il a un petit sourire. « Vous avez guère le choix, madame Lowe. »

Serrant les dents, j'ajoute deux perles aux premières. Alors qu'il les ramasse pour les ranger dans une boîte molletonnée, la porte d'entrée s'ouvre à la volée. Une autre silhouette apparaît, portant une cage fragile qui abrite des amas de serpents sifflants.

« Qui c'est ? » lance la silhouette en balayant la pièce du regard. Le nouveau venu est plus jeune que notre hôte, plus maigre, plus alerte. Mes épaules se tendent.

« Ralf, dit précipitamment le plus âgé, on a des invitées. Voici Dixie et la petite Gabi. On vient de finir de négocier. »

L'homme me détaille rapidement, grimace en voyant

ma tête rasée, les cicatrices de mes tempes. Mais lorsqu'il aperçoit la Générale, il cligne des yeux.

« Vous devriez pas être là, me dit-il. La radio dit qu'il y a eu un crash, de l'autre côté de Redcrop, et pas un petit. Les Chercheurs sont de sortie, j'ai même vu leurs projecteurs. » Il me lance un regard dur. « Vous venez de par là ? »

Je secoue la tête. « On vient de Gulch. Mais on est en route vers Landfall Cinq.

– Landfall, c'est pas un coin pour une gamine.

– Ce caillou entier n'est pas un coin pour une gamine. »

Il grogne et envoie la main derrière lui pour fermer la porte. Dehors, il fait nuit noire et le vent hurle de toute sa voix autour du ranch. Alors, sans prévenir, ça arrive.

Une bourrasque s'engouffre dans la pièce, manque d'étouffer le feu, fait danser les peaux de serpent. La vieille femme se relève en chancelant de sa chaise et pousse un cri en regardant tout autour d'elle.

« *Ils* sont là ! s'époumone-t-elle. Ils sont revenus pour nous !

– M'man, arrête, dit Del en faisant un pas vers elle. C'est rien que le vent. »

Mais sa voix tremble et son visage trahit une terreur évidente. Parce qu'elle a raison. *Ils* sont là. Je le sens, j'éprouve l'écoeurante et vertigineuse impression que le monde est essoré autour de moi.

« Laissez-nous tranquilles, crie la vieillarde en se couvrant le visage. Nous n'avons pas de doutes. Nos pensées sont claires ! »

De panique, je pivote vers la porte uniquement pour recevoir une rafale de poussière. Je recule en titubant et m'oblige à ouvrir les paupières pour me retrouver face à la femme. Ses yeux voilés sont immenses et perçoivent bien plus que ce qui se trouve devant elle.

« Pas nous, sanglote-t-elle. C'est *vous*, qu'ils veulent.

Porteuse de mort, Oiseau de Malheur. Freux, Longrider, Hel ! »

Ralf laisse bruyamment tomber la cage et attrape un fusil, tandis que le frère aîné se jette sur la Générale.

« Non ! » crié-je. La peur conduit à la panique, la panique à la violence, et de là à n'importe laquelle des mille issues sanglantes qui saturent l'air autour de nous.

« Rappelez-les ! », crie Rolf alors même que je vois une autre version de lui m'assommer, et une autre encore courir vers la porte. « Rappelez-les, sorcière ! »

J'essaie de parler mais n'y parviens pas. Il est déjà trop tard. Je vois Ralf ouvrir le feu et me toucher au ventre, je vois la charge du fusil ricocher contre le mur pour frapper le crâne de son frère, le cou de la Générale, l'œil de sa mère, les serpents échappés de la cage, leurs crochets qui s'enfoncent dans des chairs, le vent qui attise les flammes du poêle ouvert et la vieille femme qui hurle quand l'ourlet de sa robe s'embrase…

« Low ! » La voix de la Générale fend le chaos et je distingue une voie : ma propre main s'empare d'un pichet en métal et le lui envoie.

Le choc d'un impact retentit, suivi d'un grognement. Je me retourne à temps pour voir Del s'affaisser. La Générale lâche le pichet, saute par-dessus son corps pour se hisser sur la table. Ralf pousse un hoquet confus, fait pivoter son fusil, mais trop lentement : la Générale le désarme d'un coup de pied et lui enfonce son coude, dur et pointu, dans la tempe. Il s'écroule comme une masse de plomb.

Aussitôt, j'éprouve une sensation de vertige, comme si j'étais prise dans un courant ascendant, et aussi rapidement qu'*ils* sont apparus, ils s'en vont. Derrière nous, la vieillarde se met à pleurer.

Le phare du mulet vacille et clignote à chaque bosse de la piste en illuminant faiblement les ténèbres. Voyager de nuit dans les Friches est suicidaire, une véritable invitation lancée aux Chercheurs, mais nous n'avons pas le choix. Nous devons nous éloigner du ranch et du chaos que nous avons laissé derrière nous.

J'ignore depuis combien de temps nous voyageons lorsqu'une rafale mugissante nous chasse de la piste. J'arrive à garder le contrôle du mulet – à peine – plaquant mon chapeau sur ma tête d'une main, conduisant de l'autre, jusqu'à l'abri que constitue un gros pan de roche. Le vent est si violent qu'il renverse presque le véhicule tandis que je me faufile à l'arrière.

« Attrape ça ! crié-je à la Générale en tirant un coin de bâche. Glisse-toi dessous. »

Quelques instants après, nous sommes recroquevillées sous la bâche tirée par-dessus nos têtes : c'est là notre unique chance d'essuyer la tempête de sable sans y laisser des lambeaux de peau.

« Combien de temps ça va durer ? crie la Générale.

– Aucune idée. Au moins, ça va effacer nos traces.

– Qu'est-ce qui s'est passé là-bas, au juste ? »

Dans la ruée frénétique de notre fuite, dans la précipitation à récupérer mes perles et à voler ce dont on avait besoin, j'ai réussi à éviter de lui donner une réponse.

« De simples superstitions.

– Ce n'était pas de la superstition, mais de la peur, corrige la Générale d'une voix dure. Que voulait dire la vieille par “ils” ? »

Je laisse le vent exhaler quelques hurlements.

« Les gens de Factus croient à l'existence de certains êtres, expliqué-je. Ils les appellent les “Si”. Mais j'ai entendu d'autres noms : dibbouk, zabani…

– Les *Si*, répète la Générale d'un ton acerbe. Qui sont-ils censés être ? »

Je déglutis pour essayer de faire fonctionner ma gorge

déshydratée. J'ai l'impression que le vent écoute, que ses centaines d'oreilles sont plaquées contre la bâche.

« Les gens pensent que les Si sont des… démons invisibles. Des sortes d'esprits qui provoquent le malheur. » Je serre la bâche un peu plus fort. « On dit qu'ils se repaissent des possibilités, des doutes, du hasard. On dit que les Si sont attirés par le chaos et influencent le monde pour se sustenter. Quand ils sont là, la réalité change de cap… » Ma voix se tarit. « J'ai entendu raconter qu'ils pouvaient hanter quelqu'un, le suivre et le mettre dans le pétrin à chaque occasion juste pour se nourrir. »

En dépit du vent, j'entends encore les cris de la vieille femme, je vois son visage horrifié qui me fixe en percevant quelque chose qui m'échappe parmi le désordre des possibles. *Porteuse de mort. Oiseau de malheur.*

« Balivernes, aboie la Générale. Des sornettes de gratte-poussière en manque d'oxygène. » Elle change de position pour se mettre à l'aise. « Réveille-moi quand la tempête sera terminée. »

Je la laisse dormir, redoutant au fond de mes os que cette tempête ne soit que le début.

La Générale est malade. Presque sitôt qu'elle est réveillée, elle vomit tripes et boyaux.

« C'est ce foutu ragoût de serpent, crache-t-elle en s'essuyant la bouche.

– J'en ai mangé aussi.

– Tu as l'habitude de ces immondices. »

Je jette un œil à sa blessure. Elle ne semble pas infectée.

« Comment tu te sens ?

– J'ai mal à la tête. Je vois double.

– C'est en partie à cause de l'air. Ton niveau d'hémoglobine s'ajustera, avec le temps. » J'essaie de prendre son pouls, mais elle retire son poignet.

« Je n'ai pas besoin qu'on s'occupe de moi. Donne-moi une injection et repartons. »

Par stoïcisme ou par fierté, elle ne se plaint pas davantage durant le trajet et se contente de regarder le paysage depuis le siège arrière. Le soleil brûle haut dans le ciel quand elle aperçoit une forme, à l'horizon.

Je louche à travers les jumelles en essayant de comprendre ce que je regarde. C'est un fourgon de fortune, doté d'un mécanisme solaire, aux flancs munis de volets qui indiquent que quelqu'un vit là-dedans. Il est bariolé de motifs criards jaunes et rouges, rehaussés d'une ligne sinueuse grise qui serpente sur ses flancs.

« On dirait un cloporteur. »

La Générale grogne. « Un colporteur ?

– Presque : un cloporteur. Un vendeur d'insectes, pour le divertissement ou la nourriture. Il propose aussi des pupes pour que les gens les élèvent eux-mêmes. C'est plus facile à garder en vie que de vrais animaux. »

La Générale émet un bruit de dégoût. « Qu'est-ce que ça fait là ?

– Aucune idée. Mais quelque chose cloche. Si quelqu'un était là, il nous aurait vues, à ce point, et se serait signalé. » Je balaie les environs avec les jumelles, mais le paysage désolé, tout de roche et de poussière gris-rouge semble exempt de toute vie. « Si le coin est désert, il ne le restera pas longtemps. Les Chercheurs finiront par le trouver, et pas question d'être là quand ça arrivera. »

Le fourgon est arrêté à côté d'une falaise, à quelque soixante mètres de la piste. De face, tout à l'air normal, mais quand sa partie arrière apparaît…

C'est un carnage. Le véhicule a été éventré ; du métal et des câbles s'en déversent comme des tripes. Il appartenait bel et bien à un cloporteur, mais les conteneurs en plastique qui renferment habituellement des larves, des fourmis et des scarabées sont éparpillés, en miettes par terre, et leurs occupants jonchent le sol, morts. Tout ce qui pourrait être vaguement utile a été arraché, jusqu'aux poignées de porte et au rembourrage des sièges. À mesure que nous nous approchons, l'odeur me frappe : plastique calciné, cendres froides, poussière gorgée de sang.

La Générale m'enfonce un doigt dans l'épaule. « Là », dit-elle en désignant quelque chose.

Une silhouette gît parmi les débris. J'arrête le mulet.

« Qu'est-ce que tu fais ? demande-t-elle sèchement. Tu as dit que c'était dangereux.

– Je dois être sûre. » J'approche la main de ma trousse de secours.

« Pauvre idiote, c'est un cadavre ; tu n'entends pas les mouches ? »

Elle a raison. Un bourdonnement net résonne par-dessus les grincements du fourgon dévasté. La marchandise du cloporteur, qui a fini par se nourrir de son maître.

« Je dois aller voir. »

Je m'approche lentement de la silhouette. Des éclats et des débris crissent sous mes bottes. C'est peut-être à cause de l'odeur du sang, de la manière dont l'homme est recroquevillé sur le flanc, mais un souvenir me revient dans un flash et, pendant un instant, je n'avance plus dans la poussière du désert, mais sur le béton d'une rue dévastée, un champ de bataille, et il n'y a pas un cadavre mais vingt, trente, tous revêtus de l'uniforme dépareillé des Limites, membres arrachés, viscères cascadant de plaies qui ne se refermeront jamais ; certains ont été aveuglés par le bombardement, et tous m'appellent, répétant inlassablement ce mot qui est pratiquement devenu mon nom. *Doc.*

Tout sauf ça, m'étais-je dit alors. *N'importe quel autre moment que celui-là. N'importe quel autre monde.*

Voilà le fruit de mes vœux.

Comme son fourgon, le cloporteur a été dépouillé. Ses yeux et ses dents ne sont plus là, son torse bée pour révéler l'absence d'organes. Je n'ai pas besoin de me pencher dessus pour savoir ce qui a été prélevé. Reins, foie, cœur et poumons. Pancréas, si cette bande particulière de Chercheurs a eu le temps et l'habileté nécessaires. Ils ont laissé les tripes de côté. Trop salissantes et pas assez demandées dans le coin.

« C'était eux ? questionne la Générale. Les Chercheurs ? »

Elle a les yeux baissés sur le cadavre, impassible.

« Sûrement.

– Selon toi, ils ne laissent rien derrière eux. » Elle détaille le fourgon en plissant les yeux. « Il reste pourtant du matériel à récupérer.

– Les organes doivent être emportés rapidement. Ils ne veulent pas prendre le risque qu'ils se gâtent. » Je jette un regard vers le ciel. « Ils vont revenir rafler le reste. »

La Générale scrute le corps en fronçant les sourcils. Je me demande si elle pense à LaSalle et songe qu'il a pu être pareillement mutilé. « À quoi ça leur sert ?

– Trafic d'organes, marché noir.

– On a de la chair synthétique, maintenant.

– Non, pas ici. Par conséquent, ils trouvent toujours des gens assez désespérés ou stupides pour faire affaire avec eux. Et puis, certaines rumeurs disent qu'ils ne vendent même pas les organes, qu'ils se contentent de les rapporter à Hel en guise d'offrandes. »

La Générale me lance un regard acéré. « À qui ?

– Hel. L'Apôtre. Le chef des Chercheurs. On raconte que Hel comptait parmi les premiers colons de cette lune, et qu'il a été le premier à se rendre dans la Bordure.

– Et l'Accord a laissé cette personne vivre ? »

Je pousse un rire sans joie. « Selon l'Accord, Hel a été capturé et exécuté. Deux fois.

– Quelle planète de timbrés », grogne la Générale.

Je la laisse fouiller parmi les débris et m'agenouille à côté du corps. Je peux au moins découvrir le nom du malheureux. La plupart des gens portent leur nom quelque part, ici, en général sur un objet qui peut être facilement lâché, une pièce, un collier ou un bracelet. Je trouve une chaîne autour de son cou.

C'est une plaque d'identification pénitentiaire estampée d'un nom et d'un numéro. Je gratte le sang séché du bout de l'ongle.

QUATRE BRINKMANN, lit-on sur un côté. N° 4570263, AFP NORDSTROM.

Au revers, quelques mots ont été gravés dans le métal.

Si je suis pris, voilà où je me suis tenu.
Que ceux qui m'aimaient
se rappellent Jeddes Brinkmann.

Mes lèvres esquissent le nom. Je ne peux rien faire de plus pour lui, à présent. Je creuse de mes mains un trou dans la poussière sanglante pour y enterrer la plaque, afin qu'il reste au moins une chose que les Chercheurs ne prendront pas.

Le sable s'accumule sous mes ongles, plus épais et plus frais sous la surface chaude du sol. Quelque chose d'acéré m'égratigne la main et je la retire précipitamment. Une coupure peu profonde me sillonne le bout des doigts. Tandis que le sang affleure et tombe en petites gouttes dans le trou, je baisse les yeux. Un objet métallique émerge partiellement de la terre. Est-ce que les Chercheurs ont enterré quelque chose ici ? Je me remets à creuser autour de l'objet pour le dégager.

C'est un collier de prisonnier.

Je le lâche immédiatement en tremblant de tous mes membres. *Laisse-le*, me dis-je frénétiquement. *Laisse-le enterré*. Mais mes mains ne m'obéissent pas : elles chassent le sable pour lire le nom qui y est gravé.

Un cri d'horreur meurt dans ma gorge. Le nom est le mien.

D'un coup de pied, je le renvoie dans le trou. Est-ce que la Générale m'a vue ? Je regarde autour de moi ; elle a disparu.

Et elle n'est pas la seule. Tout a disparu : le fourgon démoli, le cloporteur mort, le mulet, même le ciel. Il n'y a rien, seulement le désert qui s'étire à l'infini et cette terrible lumière jaune et plate.

Je hurle. Du sable sombre se déverse de ma bouche.

Un coup à la tête m'envoie au sol. Je me redresse comme je peux. La Générale est debout au-dessus de moi, le soleil dans le dos.

« Qu'est-ce qui te prend ? » demande-t-elle d'une voix sèche.

Tremblante, je regarde autour de moi. Revoilà le fourgon, le mulet, le cadavre. Mes mains sont sales et le sol, alentour, est couvert de vomi.

Je fais mine de répondre mais m'interromps, terrifiée à l'idée que du sable se remette à couler de ma bouche.

« Je ne sais pas, finis-je par croasser. J'ai cru voir… » Le trou que je viens de creuser est vide, la plaque du cloporteur toujours dans ma main. Je la jette par terre. Là où je me suis coupée, il n'y a qu'une fine ligne pâle, pareille à une vieille cicatrice guérie depuis longtemps.

« Low ? aboie la Générale.

– Ça va. » Je force les mots à sortir de ma bouche tout en l'essuyant. « C'est juste de la fatigue. Un coup de chaud. »

Elle soupire. « Si tu dois perdre la boule, fais-le quand tu seras seule. Tu as une promesse à… »

Elle s'arrête. Nos regards se croisent. Non loin, beaucoup trop près, retentit un bruit de moteur.

Nous n'avons pas fait six pas qu'une lumière rouge fend la poussière devant nous. J'attrape la Générale et l'attire à moi.

« Qu'est-ce que tu fous ? grogne-t-elle en se dégageant. On doit s'enfuir !

– Rayon traqueur. Ne bouge pas. »

Sous mes vêtements, une pellicule de sueur froide recouvre mon corps, imprègne la peau de mon cou. « Couvre-toi la tête, lui dis-je.

– Quoi ?

– Fais-le. Tout de suite. S'ils voient que tu es blessée… »

Elle doit remarquer l'effroi qui m'a envahie parce qu'elle remonte l'écharpe sur sa blessure sans discuter. Je ne bouge pas d'un pouce, pas même quand l'ombre d'un appareil éclipse le soleil au-dessus de nous. Le ventre du véhicule est balafré et cabossé, réparé et reconstruit des dizaines de fois.

« On peut négocier avec eux ? demande la Générale d'une voix tendue.

– Je ne sais pas. » *Peu ont vécu assez vieux pour le dire.*

« On a des armes ?

– Sur le mulet. »

Elle jure. « Pas question que je meure au milieu de nulle part à cause de ta stupidité. »

Ses paroles se perdent dans le rugissement des stabilisateurs du véhicule qui soulèvent un nuage asphyxiant de poussière. Mon corps me hurle de m'enfuir, même si je sais que ce serait du suicide. Ils me rattraperaient en un clin d'œil.

Une écoutille s'ouvre et un câble en tombe. Malgré la terreur qui me brûle les yeux, je vois des silhouettes émerger. Elles se laissent glisser sans effort jusqu'au sol. Pas de visage, juste des lunettes, des masques, des vêtements pareils à des ailes déchirées. Des éclats argentés à la ceinture : des scalpels dont les lames accrochent la lumière.

Lentement, je lève les mains et me force à prononcer les mots qui m'ont sauvé la vie plus souvent que je ne peux le dénombrer.

« Je ne vous veux pas de mal. Médecin. »

Une des silhouettes fait un geste. Je garde la tête baissée, trop apeurée pour croiser le verre noir de son regard. Pendant un bref instant, je me retrouve à souhaiter qu'*ils* se jettent sur nous, rugissants, affamés, comme ils l'ont fait au ranch.

Un Chercheur s'avance. « Médecin ? » répète-t-il d'une voix rauque comme s'il mourait de soif. « Vivant ? »

Je déglutis. « Oui. »

Le Chercheur secoue la tête. « Non. » Il se tourne vers la Générale, une main posée sur les scalpels à sa ceinture. « Vu toutes les deux. Marcher avec les morts. »

Je m'oblige à interposer une main tremblante entre la Générale et le Chercheur et regarde son visage.

« C'est une enfant. Elle vivra. »

Le Chercheur s'interrompt, comme surpris. Je ne distingue rien à travers ses lunettes, seulement mon propre reflet qui vacille au milieu de la poussière. Mon reflet ? Pendant un instant, c'est un autre visage qui m'a renvoyé mon regard…

Un rugissement me fait sursauter : un nouvel appareil apparaît, flottant bas au-dessus de nous. Durant quelques secondes, le rayon traqueur disparaît.

« Cours ! » crie la Générale.

La tête du Chercheur pivote vers nous, trop tard. Je plonge à la suite de la Générale, courant à toutes jambes vers le mulet. Les moteurs du deuxième véhicule ont soulevé un nouveau nuage de poussière et l'espace d'un souffle ou deux, nous disparaissons.

Je me jette sur le siège du conducteur du mulet lorsque la première charge explose contre son flanc. J'écrase l'accélérateur, et nous décollons en dérapant dans le sable.

« Tu vois quelque chose ? » crié-je.

Le moteur du mulet gronde, se plaint qu'il fait trop chaud, qu'on exige trop de lui.

« Le deuxième appareil change de trajectoire, dit la Générale en martelant mon siège. Plus vite, merde !

– On va faire griller le moteur ! »

Le trait rouge d'une charge fend l'air et frappe l'arrière du mulet, qui rebondit et touche le sol avec un grincement écœurant. Une autre passe à côté de nous en sifflant. Devant nous, à travers la poussière, quelque chose approche : le bord d'une ravine.

« On doit abandonner le mulet ! lancé-je.

– Tu as perdu les pédales ?

– C'est notre seule chance. Ça peut suffire à les éloigner de nous. » Je l'agrippe. « Tu sais conduire ?

– Quoi ? Oui...

– Alors, conduis ! »

Je lâche les commandes. Le mulet pirouette et vacille tandis que la Générale se glisse à ma place et reprend le guidon. Je me jette à l'arrière du véhicule. Au milieu du chaos, mes mains sont trop lentes, le mulet trop instable, mais j'attrape ce que je peux, passe la trousse de secours autour de mon cou, fourre mon chapeau sous mon bras et un bidon d'eau dans les plis de mes vêtements. Derrière nous, les pales des moteurs des Chercheurs transforment l'air en tourbillon, au point que je vois à peine autour de moi. L'ombre de l'appareil tombe sur nous et mes yeux filent sur l'écoutille ouverte dans son ventre, droit sur les lunettes en verre fumé du Chercheur.

Je n'attends pas davantage. J'attrape la Générale par le bras, je nous éjecte toutes les deux du mulet et nous atterrissons dans la poussière.

Nous courons. Encore qu'on pourrait difficilement appeler ça courir : nous titubons, nous chancelons, les bottes pleines de sable, les poumons brûlants de cet air hostile, notre sang battant si fort qu'on ne distingue plus le bruit des moteurs de celui de notre cœur. Nous courons jusqu'à ce que nous parvenions à la pente au bord de la piste, puis nous sautons et roulons au fond de la ravine peu profonde en nous écorchant sur les roches. Je ne m'arrête que lorsque nous avons atteint l'ombre au fond de la gorge. Ma tête martèle, mes mains me donnent l'impression d'être de viande crue tandis que je tâte mes vêtements, espérant que le bidon s'y trouve encore, que la trousse de secours est intacte.

C'est le cas. Et je vois qu'on va en avoir besoin : à côté de moi, la Générale est dans un sale état. Hagarde, la manche de sa combinaison déchirée, la peau en dessous sanguinolente. Tandis qu'elle hoquette dans l'air trop rare, je tends l'oreille. J'entends encore les moteurs, mais plus loin.

Ma voix ressemble à un croassement. « On dirait qu'ils ont mordu à l'appât et sont partis après le mulet. Ça devrait les occuper pendant quelques minutes. » Je baisse les yeux sur elle. « Tu es en état de marcher ? »

Elle tousse. « Vers où ? Sans le mulet, on est foutues. »

Je regarde devant nous. La ravine bifurque, et je désigne du menton la plus étroite des deux voies. « Leur appareil ne pourra pas nous suivre là-bas. Et le défilé devrait remonter vers le plateau. Si nous l'atteignons, nous pourrons essayer de rejoindre la Ligne Aérienne. Elle va jusqu'à Landfall. »

La Générale me foudroie d'un regard incrédule. « Tu as failli nous faire tuer dans ce foutu désert alors qu'il y a une Ligne Aérienne ?

– On ne peut pas négocier ces gorges en mulet. Il nous aurait fallu quatre jours de plus pour les contourner. Et si j'avais eu le choix, on n'aurait pas continué à pied. D'ailleurs, tu me dois un véhicule. »

Je redonne sa forme à mon chapeau, puis me l'enfonce sur le crâne en prêtant l'oreille au son lointain des moteurs. Nous ont-ils vraiment laissées partir ? Selon toute logique, on ne devrait pas être en vie. Nous avons eu de la chance, c'est tout. De la chance. Ça n'a rien à voir avec *eux*. Je prends quelques gouttes d'eau que je fais tourner dans ma bouche pour chasser le goût de la bile, le souvenir du sable.

« Allez, dis-je. On doit se mettre en route. »

Notre progression est laborieuse. La ravine se transforme en un profond canyon tapissé de rochers qui glissent et se dérobent sous nos pas. Ses parois immenses réduisent le ciel à une bande claire irrégulière, un lambeau de peau arraché au monde. Il n'y a pas d'autre son que celui des pierres qui roulent, leur écho amplifié cent fois au point que je me persuade que nous sommes suivies.

Malgré ce que j'ai dit avec tant d'assurance, je n'ai que la plus vague idée de là où nous nous dirigeons. J'essaie de me rappeler la carte de Factus que j'ai vue autrefois, sur l'écran de la capsule de sauvetage, tandis que je tombais à toute allure vers cette lune, mais ces souvenirs semblent appartenir à quelqu'un d'autre.

Si nous mourons ici, il est probable que personne ne nous trouvera jamais.

Autrefois, cela m'aurait plu ; quand j'étais couchée dans ma cellule, misérable, cernée par le métal grinçant de la hourque, l'idée que je puisse fermer les yeux et que le monde m'oublie en un instant… Mais c'était avant que je prenne la décision de vivre, et de vivre selon le Compte. À présent, tout ce que je peux faire se résume à mettre un pied devant l'autre.

La Générale commence à chanceler. Lorsque je propose de faire une halte, je constate qu'elle est brûlante ; ses yeux sont mi-clos et étincelant de fièvre.

« Pourquoi s'arrêter ? demande-t-elle d'un ton brusque.

– Parce que tu es malade. On ne peut pas avancer à cette allure sans nous reposer un peu. » Je jette un bref regard au ciel. « Si la nuit est claire, on pourra continuer ce soir.

– Je ne suis pas malade, rétorque-t-elle d'une voix rauque. Et si je le suis, c'est la faute à cette foutue lune. »

Néanmoins, elle s'accroupit lourdement à côté de moi et accepte la perle que je lui offre.

« Qu'est-ce que c'est ? demande-t-elle en la faisant tourner entre ses doigts.

– Essentiellement des dex-amphétamines. Les gens appellent ça des "souffles". »

Méfiante, elle la met dans sa bouche et croque. Quelques instants après, elle écarquille les yeux de surprise et pousse un grognement appréciateur.

« J'ai été dans des états pires que ça, tu sais, dit-elle. J'ai attrapé le virus quand on m'a envoyée sur Tamane. »

Chacun de mes nerfs se fige. Ce nom.

Tamane.

« J'ai bien failli y rester, continue-t-elle, mais je n'ai pas quitté mon poste. J'ai combattu malgré tout. L'infanterie n'a pas eu autant de chance. Rien que dans mon camp d'entraînement, il y a eu deux mille décès avant qu'on ne parvienne à contenir l'épidémie. Tant de promesses gâchées… » Elle tourne ses yeux brillants vers moi. « Qu'est-ce que tu dis de ça, traîtresse ? »

Je déglutis avec peine en refoulant le nom au fond de mes pensées, avec toutes les ténèbres qu'il invoque.

« J'en dis que tu ferais bien d'arrêter de parler.

– Je pourrais te trancher la gorge », ajoute-t-elle paresseusement.

Ma peau se hérisse, mais elle se contente de soupirer et se laisse aller en arrière, les paupières lourdes. Je range la trousse de secours et me rencogne pour regarder l'obscurité tomber.

J'ai dû m'assoupir parce qu'à mon réveil, les voix ont commencé à résonner. C'est le vent nocturne – une partie de moi le sait – dont les premières bourrasques descendent du ciel pour balayer Factus. Mais dans mon état d'épuisement, le canyon m'évoque la gorge dont émergent les voix.

Huit mille cadets, jeunes, suppliant, pleurant, s'étouffant à en mourir.

Tamane.

Puis, au-dessus des voix, je *les* sens. Ils observent avec un vague intérêt, comme s'ils étaient déjà repus et comblés, mais toujours curieux. Je baisse brièvement les yeux vers la Générale, dont les lèvres remuent dans son sommeil.

« Debout », lui dis-je.

Elle grogne, roule sur le flanc. « Donne-moi une autre perle. »

Je lui obéis et en prends une aussi pour chasser les crampes provoquées par la faim. Ça fonctionne, mais ça rend les voix du vent encore pires. J'essaie de les ignorer pour me concentrer sur la piste.

À mesure que les heures passent, Brovos traverse le ciel au-dessus de nous, tel un gigantesque œil révulsé révélant son blanc parsemé de veines. Je me rends compte que les marmonnements que je perçois ne proviennent pas du vent, mais de la Générale. Elle soliloque, donne des ordres comme si elle était assise dans son poste de commandement. J'écoute un moment avant de lui toucher l'épaule.

Son poing jaillit, mais le coup la déséquilibre. Sans cela, je me serais retrouvée au tapis en un clin d'œil, comme l'homme du ranch à serpents. Dans le clair de lune blafard, ses immenses pupilles dilatées flottent dans le vide.

« Générale ? »

Elle cligne des yeux. « LaSalle ? »

Je prends une inspiration. « Oui.

– LaSalle. Passez-moi la générale Thackeray, de l'unité aérienne Nord. Les LL ont attaqué Tamane. Nous devons frapper.

– Bien, Générale.

– Transmettez l'ordre.

– Bien sûr. » Cette fois, lorsque je lui touche l'épaule,

elle ne réagit pas. « Le médecin militaire aimerait vous examiner, générale Ortiz.

– Encore ? » Par réflexe, elle tend le bras, veines vers le haut, tandis que ses yeux parcourent quelque champ de bataille invisible. « Alors ? Faites vite. »

Ouvrant la trousse, je remonte la batterie du moniteur, juste assez pour qu'il me révèle ses constantes physiologiques. Je repousse prudemment le col de sa combinaison de vol tachée et déchirée pour le poser sur son cou.

Lorsque je vois la peau qu'il cachait, je réprime un mouvement de recul. Le clair de lune souligne les boursouflures d'anciennes cicatrices chirurgicales : une ligne épaisse descend de sa clavicule, quatre autres, de part et d'autre du cou, suggèrent la présence d'implants. Je m'oblige à fixer l'écran gris du moniteur.

Ses signes vitaux sont en ébullition : son cœur bat à cent à l'heure, ses poumons halètent pour suivre le rythme. Elle est malade, c'est sûr, et quoi que ce soit, c'est grave. Je sors deux ampoules et une seringue. *Rejoins Landfall. Fais-toi payer. Après ça, ce sera leur problème et plus le tien.*

Un instant après que les drogues ont envahi son corps, le regard de la Générale retrouve sa clarté.

« Qu'est-ce que tu fous ? s'écrie-t-elle en dégageant précipitamment son bras.

– Tu es malade. Ce n'est qu'une solution saline. Et un stimulant cognitif. »

Elle me dévisage. « Je m'étais endormie ? Je croyais... » Son visage change, se durcit, et je sais qu'elle étouffe une vague de frayeur. « Qu'est-ce qui me prouve que tu ne m'empoisonnes pas, traîtresse ?

– Tu m'es plus précieuse vivante que morte, dis-je en rajustant la sacoche sur mon épaule. Et tu peux arrêter de me traiter de traîtresse. »

Le cocktail de drogues accomplit son œuvre puisqu'elle se remet en marche, droite dans ses bottes. Nous continuons comme ça, nous frayant un chemin à travers la pierraille, constamment poussées par le vent. Des deux côtés, les parois du canyon se rabotent et s'amenuisent jusqu'à ce que, au moment où l'aube factice rampe en travers du ciel, nous atteignions le plateau.

Dans la lumière chiche, les traits de la Générale sont tirés, mais les yeux qui contemplent le paysage sont clairs. En dessous de nous, au loin, la Ligne Aérienne luit, deux traits d'argent courant vers l'horizon.

« Ça me rappelle le front, sur Delos, murmure-t-elle avant de me rendre le bidon d'eau. C'était juste une décharge de vieux appareils de terraformation, avant que l'Accord ne prenne les commandes et ne fasse de Delos ce qu'elle est aujourd'hui. Je n'ai jamais compris pourquoi ces marchands de ferraille avaient pris le parti des traîtres.

– Ils étaient fiers de ce qu'ils avaient réussi à construire d'eux-mêmes, expliqué-je en portant le bidon à ma bouche. Ils ne voulaient pas que Delos devienne une autre propriété privée de l'Accord. »

Quand je l'abaisse, elle me regarde avec curiosité.

« Tu as sûrement combattu, non ? Avant d'être condamnée ?

– Je doute que tu appelles ça combattre. »

Elle plisse les yeux. « Mais tu faisais bien partie des LL ?

– Pendant un temps.

– Dans quelle cellule ? Où ? Si ça se trouve, nous nous sommes affrontées. »

Je n'arrive pas à savoir, au ton de sa voix, ce qu'elle attend.

« J'ai fait partie des Chats, au début. Et je ne crois pas, non. » Je revisse solidement le bouchon du bidon. « Je n'étais pas soldate.

– Non, dit-elle d'un ton méprisant. Il n'y avait pas un seul vrai soldat parmi vous, d'ailleurs. Dans le cas contraire, vous auriez compris à quel point votre petite expérience sociologique était stupide. Vous pensiez vraiment que les gens allaient renoncer au fruit de leur labeur ? Se contenter de le donner à des inconnus ? » Elle me scrute avec un regard inquisiteur. « Vous les auriez précipités dans la pauvreté et la ruine. Vous comprenez, à présent, non ? »

Je me remets en marche sans un mot.

Le temps que nous atteignions la gare de la Ligne Aérienne, midi est passé. Je m'engage la première et m'approche avec prudence. C'est une sorte d'îlot de civilisation contrôlé par l'Accord, ou du moins par des Pacificateurs indépendants à la solde de l'Accord. Ce n'est pas l'endroit idéal pour une détenue, ou même une ex-détenue.

FÉLICITÉ, annonce un panneau. En dessous, quelqu'un a griffonné : EST MORTE.

À mon grand soulagement, la cour de la gare est vide de mulets et de tout autre véhicule. Cela m'indique que la Ligne ne passera pas avant des heures. Tout est silencieux. Le soleil martèle les rails avec tant de férocité que l'air semble en tinter.

La gare elle-même paraît pratiquement déserte. La seule personne présente est le chef de gare, qui pue le mauvais benzène. Il cille à peine en me voyant, crasseuse et couverte de poussière, et ne semble s'intéresser qu'à deux choses : me faire cracher un maximum d'argent et reprendre sa sieste. Au final, j'arrive à marchander deux steaks secs, un demi-seau d'eau et un vieux poncho étanche pour masquer la combinaison de la Générale. Le temps que j'ouvre la porte pour sortir, il s'est déjà à moitié rendormi et ne remarque donc pas que je reste paralysée à la vue d'une affiche placardée sur un mur.

Mal réalisée, elle se résume à un croquis grossier sur du papier carbone, sans doute copié d'un bulletin câblé, mais les mots sont très lisibles :

ON RECHERCHE

LA DÉNOMMÉE « LOW »

POUR VOL, TENTATIVE DE MEURTRE,
KIDNAPPING ET CONJURATION DE FORCES MALÉFIQUES.
ELLE SE DIRIGERAIT VERS LANDFALL CINQ

LES FRÈRES KWALKAVITCH OFFRENT
UNE RÉCOMPENSE DE
100 CRÉDITS
(OU LEUR ÉQUIVALENT EN MONNAIE ÉTRANGÈRE)

J'arrache l'affiche et la froisse dans mon poing. Des pensées filent devant moi tandis que je sors brutalement. La nouvelle ne s'est peut-être pas encore répandue. Peut-être que, sans l'affiche comme incitation, personne ne s'intéressera à moi.

Garde la tête baissée. Dès demain, ça n'aura plus d'importance. Tu te seras débarrassée d'elle et tu pourras retourner aux Friches, ou personne ne se souciera de ton nom du moment que tu arrives à fournir ce qu'on attend de toi.

Je laisse tomber sans un mot la nourriture et l'eau devant la Générale. Elle a tellement faim et soif qu'elle ne remarque pas mon inquiétude. Les steaks se résument à de la bouillie de protéines frite dans de la vieille graisse. Ils se transforment en pâte dans ma bouche et n'ont aucun goût, mais ils apaisent mes crampes d'estomac. Même la Générale ne proteste pas. Je suppose qu'elle a de nouveau mal ; ses yeux semblent voilés et sa bouche est tendue.

Et moi ? Mon reflet flotte dans le seau, quasi-silhouette sur le ciel qui blanchit. Il révèle une femme aux cheveux ras, un visage sale et brûlé par le soleil encadré par deux cicatrices plissées. Quelque chose s'interpose brièvement devant la lumière et, pendant un instant, je crois voir celle que j'étais jadis : peau claire, cheveux châtains brillants, un double triangle net tatoué sur la tempe, sous mon bonnet d'infirmière. L'apparence que j'avais le jour où j'ai pris la décision qui a coupé ma vie en deux.

Je plonge la main dans le seau pour briser l'image et me frotte vigoureusement le visage tout en veillant à ne pas défaire les écharpes passées autour de mon cou, même lorsque l'eau dégouline le long de mon dos. Quand je lève les yeux, la Générale étudie l'affiche froissée.

« Qu'est-ce que c'est ?

– Pas de quoi s'inquiéter.

– "Kidnapping", lit-elle en me lançant un regard amusé. Ils te surestiment. Pourquoi t'accuser de ça, de toute façon ?

– Je te l'ai déjà dit, les enfants sont rares sur Factus. S'ils peuvent te garder pour eux, ils le feront. »

Elle caresse l'affiche. « Ça vaudrait peut-être mieux, murmure-t-elle. Peut-être que je pourrais avoir une vie, ici, une vraie famille, avec des parents qui m'aiment et n'ont pas envie de m'envoyer combattre. » Elle croise mon regard, les yeux écarquillés, presque débordants de larmes. « Tu crois que ça serait possible, Low ? Ce n'est pas trop tard ? »

Je la fixe, décontenancée. A-t-elle encore de la fièvre ? « Je ne sais pas... », commencé-je avant de me rendre compte que sa bouche tremble d'un rire à peine contenu. Je m'affaisse.

« Tu m'as crue ! » Elle éclate de rire en s'essuyant les yeux. « Tu as vraiment marché. »

Un fourgon apparaît au coin de la station, un char à bancs rempli de passagers.

« Couvre-toi », dis-je en lui jetant le poncho et en enfonçant le chapeau sur ma tête.

Elle considère le vêtement en grimaçant. « Ça pue.

– Tu veux que les Pacificateurs t'attrapent ? Dans ce cas, fais comme bon te semble. »

Soufflant, elle passe le poncho par-dessus sa tête. « Quand on sera à Landfall, j'exigerai un bain, peu importe le prix. »

Les passagers du char à bancs ne sont que les premiers d'une longue série. Bientôt, d'autres véhicules arrivent. Des mulets transportant des familles entières, leurs possessions dans une remorque, des gens à pied lestés d'un simple sac à dos. Peu après, les Pacificateurs débarquent, avec leurs gilets de surplus militaire et leurs fusils fournis par l'Accord. Depuis l'ombre de mon chapeau, je les regarde se diriger vers le panneau où sont affichés les avis de recherche. Je me tasse un peu plus dans mon petit coin de pénombre.

Des conversations et des bruits emplissent peu à peu la gare, ainsi que l'odeur de la nourriture : protéines fraîches, huile, et même café. Mon estomac grommelle de jalousie, mais je ne peux pas prendre de risque. La Ligne Aérienne devrait arriver d'ici une heure, selon certains, d'autres maintiennent qu'elle ne passera pas avant le crépuscule. On ne peut pas faire grand-chose d'autre qu'attendre. Une fois de plus, nous nous retrouvons à la merci du Premier Accord et des promesses qu'il n'a pas tenues : des promesses de terre, d'espace, de voyages plus rapides qu'on ne pourrait l'imaginer. De liberté. Je coule un regard vers la Générale. Elle fixe sombrement deux enfants qui désignent quelque chose du doigt en riant.

Soudain, elle se lève. J'attrape l'ourlet du poncho.

« Où vas-tu ? »

Elle se dégage sans un mot. Jurant, je lui emboîte le pas. Les enfants font partie d'un attroupement qui fixe quelque chose par terre.

Une attraction. Pendant une seconde, mon estomac est pris de vertige : je me remémore Valdosta, ses serpents, le claquement des dés d'os sur le bois et le chaos que j'ai laissé derrière moi à Redcrop. Mais ça n'a rien d'aussi grandiose. Un saltimbanque, si l'on peut l'appeler ainsi, est accroupi dans la poussière et fait claquer théâtralement un fouet miniature. Devant lui, deux fourmis-soldates se battent. Sous l'effet de leur frénésie guerrière, les minuscules poils qui couvrent leur carapace scintillent dans la lumière de l'après-midi.

« Approchez, braves gens, et voyez donc leur colère ! pérore le saltimbanque en faisant claquer son fouet. Voyez comme elles ont soif de combat et de mort, aussi belles que féroces ! » Il désigne la plus grosse des deux. « Voici Roseinvale, qui doit son nom à la grande conflagration qui a ravagé cette lune, et son adversaire s'appelle Tragédie de Tamane. Deux grandes batailles entre le Premier Accord et les Limites Libres ; à présent, qui va gagner ? L'histoire sera-t-elle réécrite ? Souhaitez-vous parier, madame ? Roseinvale ou Tamane ? Choisissez dès maintenant, car il n'y aura pas d'autre occasion ! »

Certains badauds secouent la tête et s'éloignent aussi vite que possible. Ce divertissement ressemble trop à un jeu de hasard, ce qui pourrait attirer les Si. Mais les autres restent, leur peur émoussée par la vie dans les Friches, par le désir de nouveauté, quelle qu'elle soit. Il y a toujours de l'argent à se faire auprès des gens qui peuvent supporter un peu de danger.

Je sais que je devrais m'en aller, mais les paroles du saltimbanque résonnent dans ma tête ; *la Tragédie de Tamane.* Je regarde les deux fourmis échanger des coups de mandibules, irisées de fureur. La Générale regarde aussi, ses yeux – comme les miens – fixés sur la fourmi que l'homme a baptisée Tamane. Elle se bat jusqu'à ce que, finalement, la plus grosse ouvre une plaie dégoulinante dans son abdomen. Tandis qu'elle s'effondre, ma peau se couvre d'une pellicule froide malgré le soleil.

« Roseinvale ! Roseinvale l'a emporté ! C'est notre championne, et une victoire pour les Limites Libres, enfin ! Venez, braves gens, récolter vos gains… »

Les spectateurs se dispersent, maugréant ou souriant en

glissant des pièces de métal dans leurs poches. Je cherche à tirer la Générale par le bras mais elle ne bouge pas, pas même une fois qu'il ne reste plus que nous et que le saltimbanque commence à remballer son ring. La fourmi vaincue est encore vivante, elle essaie toujours de se battre en se traînant vers son adversaire, qui est à présent remisé dans une minuscule cage.

« Ne soyez pas triste, jeune dame, ricane le saltimbanque en révélant des dents en fibres de verre rayées. La vieille Tamane a bien vécu, elle n'a manqué de rien et a dévoré tout son soûl de litière de feuille.

– Comment oses-tu ? » Le ton de la Générale n'a rien d'enfantin. Avant que je ne puisse réagir, l'homme se retrouve par terre, un genou sur la gorge.

« Sale vermine, lui crache-t-elle, comment oses-tu ? Ceux qui sont tombés à Tamane sont des héros ; ils n'ont pas été vaincus par la force, mais par la lâcheté ! Et tu te moques d'eux ! »

L'homme vire au violet, les yeux exorbités. Mobilisant toute ma force, j'attrape la Générale et la tire en arrière tout en enfonçant le coude dans son sternum. L'air quitte ses poumons et elle abandonne.

« Vraiment navrée, monsieur, bafouillé-je. Veuillez pardonner à ma fille. On a perdu ma femme sur Tamane à cause du virus, vous comprenez, et la pauvrette a vu des choses affreuses.

– Elle est folle ! s'étrangle le type en se frottant la gorge. Écartez-la de moi ! Je devrais prévenir les Pacificateurs ! »

Les gens commencent à regarder dans notre direction. Rapidement, je tire ma sacoche de souffles de sous mes vêtements et la lui lance.

« Tenez, monsieur, pour votre peine. »

Il ouvre la bouche pour crier, mais se ravise en voyant son contenu. « Eh bien, croasse-t-il en se relevant. On a tous vu des choses affreuses. » Il lance un bref regard à la

Générale, qui hoquette encore dans mes bras, et pendant un instant, des rides douloureuses envahissent son visage, comme cela doit se produire chaque fois qu'il se retrouve seul. « Soyez reconnaissante de l'avoir encore, dit-il. Ma famille voyageait sur l'un des navires en partance pour Brovos. Elle s'est retrouvée au milieu des frappes. Je m'en suis sorti uniquement parce que j'étais dans les hourques. »

Je baisse la tête. « Puissent vos pensées rester claires. »

Son rire creux me poursuit dans la cour tandis que j'éloigne la Générale. « Mieux vaut le contraire. »

La Générale s'assoit dans un coin du wagon de la Ligne Aérienne et fixe le sol de métal parsemé de sable. Embarquer sans nous faire remarquer me tirait tellement souci que je n'ai pas prêté attention à ses actes du moment qu'elle se taisait et avançait quand je la poussais. Maintenant que nous sommes en route, la Ligne filant le long des rails, dans l'air lourd de la sueur et de l'haleine des passagers, je la regarde.

À ses pieds rampe une minuscule créature : la fourmi-soldate blessée. Elle se traîne en décrivant un cercle, l'une de ses pinces claquant dans le vide, avide d'en découdre jusque dans son agonie.

« Pourquoi tu l'as ramenée ? » demandé-je.

Elle hausse les épaules et tâte l'insecte du bout du doigt. Il attaque aveuglément en tentant de la pincer.

« Ne l'embête pas, l'avertis-je. Elle se battra jusqu'à la mort. Elles sont élevées pour ça. »

Elle m'ignore et continue de taquiner la fourmi en la laissant décrire ses cercles malheureux.

« As-tu jamais été enfant ? » m'entends-je demander par-dessus le vacarme des rails.

Elle ne me regarde pas. « J'ai été enrôlée à l'âge de sept ans. Le concept d'enfance était jugé inutile.

– Inutile. » Je répète le mot pour éprouver sa réalité.

Il ne fait aucun doute qu'il figure quelque part sur la paperasse de l'Armée du Premier Accord, assorti d'un tampon d'approbation, et a été envoyé à maintes familles des mondes colonisés.

« Qu'est-ce que tu voulais qu'on fasse ? » Son expression évoque presque le chagrin. « J'aurais dû attendre la guerre, faible et non préparée, comme vos enfants à vous ? Blottie dans un coin, réduite au silence, privée de toute possibilité d'agir ? » Ses lèvres tremblent. « Tu aurais préféré que d'autres se battent et meurent pour moi. Tu m'aurais laissée grandir dans le sang de mes aînés. Il était juste que nous participions. C'était notre combat. Notre avenir. Et l'Accord nous a permis de le façonner. »

Au plus profond de moi, quelque chose frémit en entendant ses paroles. « Ce qu'on t'a fait est une horreur. Je ne vais pas le nier.

– C'est vraiment pire que ce que *ton* camp a fait ? Pire que de tuer des milliers d'innocents ? » Elle a un sourire cruel. « On m'a accordé un don. On m'a donné des talents tactiques dont les gens comme toi ne pourraient que rêver. On m'a rendue implacable. On savait que même l'ennemi hésiterait avant d'attaquer des enfants, de peur d'être éternellement méprisé par les siens. C'est pourquoi nous sommes si précieux : vous avez beaucoup de mal à nous affronter. »

Comme par triomphe, elle pousse la fourmi, qui tombe sur le flanc, ses pattes ruant pour essayer de l'atteindre. « Pathétique », murmure-t-elle.

Après cela, nous ne parlons plus. Que dire de plus ?

Je crois qu'elle a fini par s'endormir, mais quand je baisse les yeux, ses paupières sont ouvertes et elle fixe sans les voir les bandes de lumières que projettent les vitres rayées. Elle est à mille kilomètres d'ici. Mais où ? Sur la passerelle d'un navire, observant avec une satisfaction féroce le bombardement des hôpitaux de campagne des LL sur

Roseinvale, l'un après l'autre ? Dans un bureau de verre et de chrome, prête à donner un ordre d'exécution ? Sur une table d'opération, tout sourire alors que les chirurgiens de l'Accord ouvrent sa chair pour la rendre plus forte et plus rapide ?

Et où étais-je, moi ? Je ferme les yeux. J'étais à nouveau une jeune femme, rêvant d'une existence au-delà d'un petit amas de satellites, entendant parler de liberté, d'autonomie et de nouvelles façons de vivre qui faisaient battre mon cœur plus vite. J'étais sur Prospérité, dans la cave de l'hôpital, sur le point de devenir une meurtrière. J'étais sur Tamane, cernée par les morts et la preuve de mes péchés. J'étais dans ma cellule des hourques. Je titubais, blessée, en sortant d'une capsule de sauvetage. J'étais ici. Je n'étais nulle part. Est-ce pour cela qu'*ils* me suivent ?

Les heures passent sans que nous n'échangions le moindre mot. L'agitation me gagne et je regrette amèrement d'avoir donné mes dernières perles au saltimbanque. Le soleil glisse sur le wagon, les gens marchandent et rient et sanglotent et se disputent, et sur les parois, au-dessus de nous, des affiches de l'Accord vantent des prêts visant à rembourser la dette de guerre, des banques de graines et des dons de terre, au gré de slogans tels que « Il est temps de guérir » ou « Pour l'Avenir ». Je détourne les yeux.

À côté de moi, la Générale dort, la fourmi écrasée près de son pied.

Cela fait bien des mois que je n'ai pas mis les pieds à Landfall Cinq, et la ville a naturellement beaucoup changé. Voici la nouvelle prospérité promise par les dédommagements : de vraies routes goudronnées, des bâtiments faits de poutrelles en acier et de béton. On y trouve des mulets et des appareils qui ont moins de dix ans et ne sont pas alourdis par la poussière. Le commerce, officiel ou non, injecte un peu de vie dans cette lune aride. Il y a des gens venus de toutes les nations nouvellement Accordées, plus que je n'en ai vu depuis longtemps, tous pressés de se faire une place en essayant de se rappeler autant que possible leur identité et leurs coutumes.

Autour, la ville puante originelle de Landfall persiste, témoignage du dur labeur des premiers arrivants, des forçats, qui se tassaient près des installations militaires pour quémander un peu de nourriture et de chaleur. Si j'avais été seule, je me serais précipitée vers ses ombres, mais vu les circonstances actuelles, je n'ai pas d'autre choix que de garder la tête baissée et de suivre ces nouvelles routes, encore poisseuses, vers le centre-ville : la base de l'armée où les premiers navires ont atterri voilà trente ans.

Il fait presque nuit. Dehors, dans les Friches, le sable soupire, l'air est d'un bleu froid et les voix descendent d'entre les étoiles au gré des vents. Ici, il n'y a rien de tel. L'odeur des cuisines et du poivre et de la viande anonyme des stands de kawap se mélange à celle de l'huile chaude dans laquelle les vendeurs d'arepa font frire du maïs-protéine, ce qui me rappelle que mon estomac, autrefois, a su ce qu'était la vraie nourriture. L'air crépite des étincelles des garages, qui entrent en compétition avec les lumières des cantines à ragoût de serpent, des montreurs de pictocâbles, des liquoristes colportant du vin de serpent, du jus de scorpion et du venin distillé « à usage strictement médical ». Près d'une fontaine rationnée, on fait la queue avec des barils et des seaux, commérant, toussant, jetant de brefs coups d'œil vers le ciel. Ici, les gens n'ont pas tellement peur des Si. Avec assez d'activité, l'improbable se résume à ce qu'il est : le hasard, la coïncidence, le coup de chance.

J'en suis soulagée. Je ne veux pas *les* voir, pas maintenant que l'affaire est presque terminée. Peut-être vont-ils s'intéresser à la Générale, plutôt. Peut-être qu'ils la suivront sur quelque planète où elle sera assignée et me laisseront en paix. Est-ce qu'ils s'aventurent parfois hors de Factus ? Je n'ai jamais entendu parler d'eux ailleurs.

Je soupire. « On est presque arrivées. »

La Générale opine. Si elle ne cesse de regarder autour d'elle avec ses yeux plissés, concentrés, je devine qu'elle souffre. Sa mâchoire est crispée, des perles de sueur luisent sur son front. Ce n'est pas mon problème. Ses amis la guériront grâce à leurs ressources apparemment illimitées, qu'ils partagent si rarement avec le reste d'entre nous.

Bientôt, la base apparaît. Ses hautes clôtures de métal entourent des bâtiments aux arêtes abruptes, utilitaires. Un drapeau danse dans le vent léger qui s'est faufilé depuis le désert.

« Il était temps », dit-elle en se dirigeant vers l'installation. Quand je ne la suis pas, elle se retourne, impatiente. « Quoi encore ?

– Je n'entre pas là-dedans. »

Elle lève les yeux au ciel. « Pénible. Et ton paiement ?

– J'attendrai.

– Il faudra du temps pour dresser un inventaire de nos ressources et déterminer ce dont on peut se passer. » Face à mon immobilité, elle soupire. « Bon, d'accord. J'ordonnerai que tout te soit livré. Où ? »

Sous mes yeux, elle s'est transformée en officière militaire ; ce drapeau, avec ces triangles dorés, a avalé la part d'elle-même qui semblait perdue ou souffrante.

Je tends le menton. « Il y a une benzènerie, à Tiger Town. Chez Maladie Falco. Là-bas, ils sauront.

– C'est bien ton genre d'endroit. D'accord. Tu seras livrée là-bas d'ici 22 h 30.

– Et si la marchandise n'arrive pas ?

– J'ai juré sur le Premier et le Dernier Accord. Tu as oublié ce qu'était le sens de l'honneur ? »

J'esquisse un demi-sourire et secoue la tête.

Elle me scrute, sourcils froncés, encore quelques instants.

« Je ne dirai pas que j'ai été ravie de te connaître. Mais pour une traîtresse, tu as tenu ta parole. Peut-être que les temps changent, après tout. »

Sur ce, elle pivote sur son talon et marche vers le portail, tête levée. Pas de remerciement, pas d'émotion. Je regarde les soldats pointer leurs armes vers elle ; elle balaie leur vigilance d'un geste et penche la tête pour révéler ses tatouages. Les autres se mettent aussitôt au garde-à-vous. Je vois l'immense portail riveté s'ouvrir en glissant et elle le franchit, sa silhouette menue rapidement avalée par la pénombre.

Il y a une douleur dans ma poitrine et un bruit dans ma tête. Je n'en veux pas, aussi me mets-je en quête d'un verre.

Landfall a peut-être changé, mais pas l'établissement de Falco.

Le bar était autrefois un conteneur employé pour acheminer les armes de l'Accord. Falco a décoré le moindre centimètre carré des murs de graffitis outranciers, obscènes, qui tranchent avec l'austérité de la base militaire. *Ils ont peut-être construit cette lune*, m'a-t-elle dit une fois en riant, *mais ça ne veut pas dire qu'elle leur appartient.*

Contrairement à Pardon Damovitch et à la plupart des gens, Falco n'est pas restée bien longtemps sur les hourques pénitentiaires. La rumeur veut qu'elle soit née au sein d'une riche famille marchande qu'une opération malheureuse a ruinée. D'autres prétendent qu'elle est la fille de l'un des premiers convoyeurs de fournitures, et qu'elle est née durant le premier long voyage vers Brovos et les lunes frontalières.

Quelle que soit la vérité, tout le monde s'accorde à dire que lorsque la guerre est venue, Falco s'est enrôlée au sein de l'Accord dans le seul but de le saigner à blanc. Après des années de racket, de profits, d'escamotage et de chantage, elle a finalement été prise et condamnée à Neuf. Mais ses activités ont compromis une prison après l'autre :

les murs des pénitenciers semblaient se transformer en passoire autour d'elle. Enfin, au bout de dix-huit mois, un directeur de prison a jeté l'éponge, a noté sa peine comme « purgée » et lui a imposé le nom *Maladie* en guise d'injure. En vain ; on raconte qu'elle en a été ravie.

Aujourd'hui, l'établissement de Falco est l'endroit numéro un de Landfall Cinq pour faire des affaires. Je franchis la première porte du sas et attends que la deuxième s'ouvre. Aussitôt, je me détends. Malgré la foule qui occupe le bar, l'air est propre et frais. Je prends une profonde inspiration et éprouve le vertige de l'oxygène. Peu de gens sur Factus sont assez puissants ou ont suffisamment de relations pour s'offrir leur propre source d'air amélioré.

Un morceau de pop sautillant et vif que je n'ai jamais entendu passe sur les enceintes. Je m'arrête à côté du bar pour écouter la fin de la chanson, puis le DJ prend le relais :

… un autre hit imparable de nos sirènes aux yeux d'acier. Vous écoutez Lester Sixofus qui balance son rock depuis… on est où, déjà ? Quelque part dans les environs de Ithmid XB1. Des nouvelles de la croisière : quarantaine du bétail sur Brovos, grèves dans les techno-entrepôts de Jéricho, et le magnat du nickel Lutho Xoon a été nommé Premier ministre principal de la délicieuse Delos. Félicitations, cher monsieur. Et maintenant…

« Suce-flaques ! »

Deux bidasses vont en venir aux mains et me poussent en arrière. Leur bagarre dure près de trois secondes avant que l'une des G'hals de Falco ne se lève, la main sur l'arme qu'elle porte à la hanche. Les soldats, malgré toute leur agressivité, vont immédiatement poursuivre leur querelle dehors.

Mon cou me démange ; j'ai la sensation que quelqu'un m'observe. Falco est assise à sa table habituelle, dans un coin, un œil brun plissé, l'autre réduit à une masse de tissu cicatriciel. Retirant mon chapeau, je me dirige vers elle.

Une G'hal monte la garde à ses côtés, silhouette asexuée grande et maigre surmontée d'une crinière chaotique de cheveux gris-blond, la peau tannée au point d'avoir adopté la couleur beige des Friches. Son holster et son ceinturon sont couverts de graffitis et de bouts de métal étincelants. Iel me regarde avec une expression dure comme l'acier, se demandant manifestement pourquoi sa patronne perd du temps avec une paria comme moi. Mais Falco sourit.

« Pegeen, lance-t-elle en poussant du pied une chaise pour moi. Voici Doc Low. C'est elle qui a extrait cette balle de mon crâne. »

La G'hal me considère avec un intérêt renouvelé, mais ma triste tenue continue de lui inspirer un certain mépris. Falco tend le bras et lui tapote la main.

« Apporte-nous une bouteille, Peg, et deux conserves. On dirait que Doc en a besoin. »

Je fais glisser la trousse médicale de mon épaule « Comment tu le sais ?

– Mettons ça sur le compte de l'intuition. C'est bien toi qu'on a aperçue, il n'y a pas longtemps, descendre de la Ligne Aérienne avec un enfant ? »

Ses informateurs sont donc très vifs. « C'est une longue histoire, Mala. Je ne pense pas que tu en croiras la moitié.

– Oh, j'en ai déjà quelques vagues notions. Tu sais que tu es recherchée par des serpentiers du nom de Kwalkavitch ? »

Je lève les yeux au ciel. Pegeen revient avec une bouteille de benzène et deux boîtes de conserve ouvertes. « Des cerises ? m'étonné-je en salivant déjà. Et des pêches ? Où est-ce que tu trouves ces trucs ? Les affaires doivent être bonnes.

– En effet, répond Falco en servant l'alcool. Et je n'ai pas besoin d'ennuis.

– Moi non plus.

– Alors, fait-elle en poussant un verre vers moi, buvons à cela. »

Le benzène est en fait du whiskey, rehaussé du cocktail chimique secret de Falco. Il vous afflige d'une migraine terrible, le lendemain, mais avant cela il vous fait chanter le cœur. Je descends le premier verre comme si c'était de l'eau.

Falco sourit. Elle a bonne mine, bien plus que la dernière fois que je l'ai vue : au cours d'une fusillade avec un gang rival, une balle l'avait atteinte à l'œil et lui avait frôlé le cerveau. Je l'avais retirée, sans autre choix que d'enlever également le globe oculaire mutilé. Lorsqu'elle avait fini par reprendre ses esprits, j'avais peur qu'elle me reproche de ne pas avoir sauvé son œil. Mais elle s'était contentée de grimacer, le visage crispé par la douleur, et de me dire qu'elle se débrouillerait sans.

Dès le début, elle a refusé de porter un bandeau, et je vois à présent qu'elle a tanné la masse rose-brun de tissu cicatriciel avec de l'alcool. Son autre œil est vif, et sa jolie peau brun ocre n'est plus grise. Son crâne est soigneusement rasé, elle porte ironiquement sa veste militaire habituelle bariolée de bleus et de jaunes clairs, et ses lèvres sont maquillées avec de la peinture irisée.

« Alors, demande-t-elle en faisant glisser une cerise dans son verre, tu vas parler ? »

Je commence par prendre des fruits. Lorsque le sucre éclate sur ma langue, j'ai du mal à ne pas fermer les yeux de plaisir. Je les fais descendre avec une gorgée de boisson. Il s'est passé tellement de choses qu'il me sera difficile de tout expliquer. La Générale, *leur* présence, le fait que les Chercheurs nous aient laissées partir… Je bois un peu plus. Des mots simples, me dis-je, des pensées simples. Mieux vaut oublier.

« J'étais dans les Friches, au nord de Redcrop », commencé-je tandis que ma tête s'emplit d'une chaleur pétillante due au benzène et au surplus d'oxygène. « Je m'occupais de mes propres affaires quand...

– Tu as découvert une épave.

– Je l'ai vue, admets-je, ou du moins ce qu'il en restait. »

Falco fait tourner son verre. « Il paraît que c'était un vaisseau d'État de l'Accord, transportant une générale qui est morte durant le crash avec tous les autres. Tu peux parier que les huiles n'ont pas apprécié. »

Je m'arrête, le verre à mi-chemin de ma bouche. « Comment ça, morte ? »

Falco hausse un sourcil. « C'était dans le bulletin. Un groupe d'éclaireurs a réussi à trouver son corps avant les Chercheurs. Il est rapatrié, en ce moment même, pour des funérailles d'État. »

Je la dévisage. Le benzène n'est plus le bienvenu dans ma tête ; il me donne chaud et se heurte au glacier qui me descend l'échine. *Oublie*, me dis-je perfidement. *Oublie et bois.*

« Où est ce bulletin ? » demandé-je à la place.

Falco fait signe à l'une de ses G'hals de l'apporter avant de me fixer intensément. « Qu'est-ce qui t'arrive ? Tu as viré à la couleur d'un vieux fromage.

– Je... je veux juste le lire. »

Elle n'ajoute rien et se contente de poser une tablette de bulletin abîmée devant moi. Je tapote brusquement sa surface jusqu'à ce qu'elle s'allume, et l'encre prend vie. Je parcours le dernier numéro, les nouvelles passées de procès, d'immatriculations de sociétés et d'élections locales, jusqu'à ce que je voie :

> Une Générale des forces occidentales tuée dans un crash
> La capitaine-générale Gabriella Ortiz, ancienne commandante de la Flotte Aérienne occidentale de l'Accord des Nations, a été officiellement déclarée morte, aujourd'hui, après que son corps a été retrouvé dans l'épave de son

navire, le VAP *Tramontane*, qui s'est écrasé sur Factus, une lune extérieure de Brovos. La générale était en route vers la lune de Prodor pour y superviser une formation et d'autres mesures de paix. L'enquête est en cours pour identifier la cause du crash, mais les experts estiment qu'une défaillance des systèmes gravitationnels de l'appareil serait à son origine. Des éclaireurs de l'Accord ont pu récupérer le corps de la générale à 09 h 00, le jour du crash. Aucun survivant n'a été signalé.

Les mots se brouillent sous mes yeux lorsque le bulletin passe automatiquement à la page suivante. Une photo montre une jeune fille qui semble plus vieille que son âge et ne sourit pas. Ses cheveux noirs sont tirés en arrière pour exhiber le tatouage de son grade, son menton est dressé au-dessus du col d'un uniforme empesé de médailles et de rubans. C'est elle. C'est assurément elle. « Bordel, qu'est-ce qui se passe ? »

Falco lève brusquement la tête. Je suis son regard pour voir quatre soldats de l'Accord émerger du sas.

« À toi de me le dire », répond-elle.

Tout le bar fait silence. Lentement, les G'hals de Falco se lèvent de leur siège et avancent délicatement la main vers leur ceinturon ou leurs manches. Pegeen change de position pour se glisser devant Falco.

Les soldats balaient le bar du regard, apparemment peu perturbés par l'hostilité qui alourdit l'atmosphère comme une odeur de goudron brûlé.

« Nous cherchons un médecin appelé Low », lance l'un d'eux.

Toutes les fibres de mon être veulent que je me cache, que je baisse la tête et que je me recroqueville sur moi-même jusqu'à ce qu'ils soient partis. Mais je ne peux pas.

Ils ont ma récompense, les fournitures dont j'ai besoin pour accomplir le travail qu'exige le Compte.

Je me lève. Pendant une seconde, ma vision s'obscurcit et je jure que je *les* sens, que j'éprouve le vertige creux qui annonce leur approche. Mais l'impression reflue à mesure que je retrouve la vue.

« C'est moi. »

Tout le monde nous regarde. La cheffe des soldats incline la tête et désigne la sortie. « On a votre matériel. »

La cerise et le benzène collent à ma gorge tandis que j'essaie de déglutir. J'aurais mieux fait de ne pas boire.

« Bien. »

Trois des soldats font demi-tour pour partir, mais leur supérieure reste à l'entrée, ses yeux braqués sur les miens. De la sueur imprègne mon cou sous mes écharpes soigneusement nouées tandis que je me retourne vers la table. Falco me dévisage avec un air dur.

« Je vais régler la boisson, dis-je d'une voix forte en désignant du menton la bouteille de benzène et les boîtes à moitié vides, mais je veux ma monnaie.

– Naturellement, répond-elle. Je m'en occupe personnellement. » Elle avance à grands pas vers le bar en gratifiant la soldate d'un ricanement au passage.

J'essaie de respirer. Le matériel est là, comme la Générale l'a promis. Mais si la Générale est morte, qui donc m'a fait cette promesse ? Qui est-ce que j'ai escorté dans les plaines, merde ?

Quelque chose rit dans ma tête. *Tu as escorté une version d'elle. Mais qu'en est-il de toutes les autres ? La générale Ortiz qui est morte dans le crash ? Celle que tu as assassinée dans le désert ? Celle que tu as abandonnée aux Chercheurs… ?*

« Tiens. » Falco, de retour, jette une poignée de pièces en métal sur la table. Je les fixe. Je croyais qu'elle aurait compris que je lui demandais autre chose que de l'argent.

« La prochaine fois, Doc, ne ramène pas de chiens dans mon bar. Si ça avait été quelqu'un d'autre que toi, je l'aurais descendu.

– Falco… » commencé-je, mais elle m'attrape par le cou et me serre sans ses bras. Alors, je sens quelque chose glisser sur le devant de ma chemise et venir se poser, lourd et dur, contre ma ceinture. Une arme.

« Quoi qu'il arrive, fais gaffe », siffle-t-elle.

Je lui rends son étreinte avant de la lâcher. Puis je n'ai pas d'autre choix que de ramasser mon chapeau et mon sac, et de suivre la soldate dans le sas, une arme froide plaquée contre mon ventre.

« Où est-ce qu'on va ? »

Je sais que la question est inutile, mais je ne peux pas me contenter de suivre passivement un quartet de soldats de l'Accord dans les rues de Tiger Town, pas quand un tiers des gens qu'on croise crachent sur notre chemin.

« Le matériel est là-bas, dit l'officière d'un ton plat. Nous avons estimé que le bar n'était pas le lieu idéal pour la transaction. »

Je lui jette un bref regard, guettant la moindre trace de duplicité. Malgré son ton dur, elle est jeune ; elle ne doit pas avoir plus de seize ans. Était-elle candidate pour la Force Mineure ? A-t-elle été renvoyée dans le rang parce qu'elle était trop faible, parce qu'elle avait trop de conscience, parce qu'elle ne supportait pas la charge mentale des améliorations ? Ses cheveux noirs sont soigneusement taillés au niveau de la nuque et des oreilles, et aplatis sur le dessus, son uniforme est impeccable jusqu'au moindre bouton. À côté d'elle, je me fais l'effet d'être une crapaude du désert, poussiéreuse et éraillée, l'haleine lourde de benzène. Et pendant tout ce temps, sous mon gilet, l'arme rebondit contre mon ventre…

« Il y a combien de caisses ? demandé-je.

– Quatre, répond-elle immédiatement. Le caporal Toulio a tous les détails.

– Huit paquets de boosters immunitaires, enchaîne automatiquement un autre soldat. Seize boîtes de composés antibiotiques. Une caisse de bandages. Cinq cents ampoules d'analgésiques. Trente sachets de pansements stériles divers… »

La liste se poursuit. Si ce qu'ils disent est vrai, je n'aurais pas à me ravitailler pendant un an ou plus. Et les médicaments sont des produits militaires : je pourrais les couper et ils resteront plus efficaces que tout ce que j'aurais pu acheter au marché noir. Je presse le pas pour me maintenir à la hauteur de la sergente.

« La Générale les a envoyés en personne ?

– Nous avons reçu l'ordre de les livrer sur-le-champ.

– De la Générale ?

– De notre officier.

– Qui est-ce ? »

Elle s'arrête. Je crois qu'elle va me réprimander, mais au lieu de cela, elle tend le doigt.

Nous avons atteint la lisière de Tiger Town, où les maisons de fortune construite à base de conteneurs d'expédition et de vieux véhicules se perdent dans le terrain vague qui jouxte la base, où poussent juste quelques centuriens. Là, gardé par un soldat de l'Accord, repose un mulet flambant neuf, une belle pile de caisses couverte par une bâche à l'arrière. N'en croyant pas mes yeux, je fais un pas en avant.

Avant que mon pied ne touche la terre nue, *ils* sont avec moi et me montrent mon propre dos criblé par une dizaine de tirs, me dévoilent le visage de Falco quand elle découvre mon corps jeté dans la fosse commune municipale, me révèle la Générale, un cadavre dans un cercueil de cellulose…

À l'instant où mon pied touche le sol, je me baisse, arrache l'arme de sous ma chemise et ouvre le feu.

Le mulet est réel, propre et provient bel et bien du parc de l'armée, mais les caisses à l'arrière sont factices. Toutes sont vides. Je jure bruyamment.

Sans *eux*, je serais tombée dans le panneau.

Mon sang est encore enflammé par l'alcool et l'adrénaline. Le pistolet électrique est toujours dans ma main et bourdonne en se rechargeant. À terre, l'un des soldats grogne et roule sur le flanc, du sang dégoulinant des narines. Lorsqu'iel tend la main vers son arme, je la repousse d'un coup de pied.

« Parle », ordonné-je.

Ses yeux gris écarquillés parcourent ses camarades abattus.

« Je... je ne sais rien, je le jure. C'est Garnet qui s'est occupée de tout. »

Je fais glisser la trousse de secours de mon épaule. Pendant une seconde, iel paraît éprouver un répit, jusqu'à ce qu'iel remarque la seringue que je tiens.

« Parle, lui répété-je.

– On a reçu l'ordre d'éliminer un médecin appelé Dix Low.

– Qui a donné cet ordre ? » Pour la première fois depuis ce qui me semble être des années, j'ai les idées claires. Ni doute ni hésitation. « La générale Ortiz ?

– La générale Ortiz est morte.

– Alors qui est-ce que je vous ai ramené ? Qui ai-je laissé à la porte de votre base il n'y a pas deux heures ?

– La commandante a dit... la commandante a dit que c'était un leurre. Le sosie de la générale. »

J'agrippe la seringue plus fermement.

« Pitié, dit-iel d'une voix tremblante. Pitié, ne me tuez pas, vous avez déjà trois morts sur la conscience.

– Tu peux ajouter quelques zéros », dis-je en lui enfonçant l'aiguille dans le cou.

Je vérifie son pouls avant de me relever. Et si c'était vrai ?

Si la Générale, ma Générale n'était qu'un leurre ? Mais elle parlait de Tamane comme si elle avait été sur place… J'ai vu le même chagrin acide lorsqu'elle a contemplé la fourmi mourante, traînant le souvenir de milliers d'âmes derrière elle.

Je pourrais prendre le mulet et m'enfuir dans les Friches, avec ou sans matériel. Je pourrais la laisser à son destin. Les possibles courent à travers moi, font tressaillir mes muscles, rendent mes paumes moites de sueur autour du pistolet. J'ai un sourire amer.

Ils savent ce que je vais faire. Ils savent que le Compte l'exige.

« Halte ! »

J'arrête le mulet. L'enceinte de métal de la base militaire se dresse devant moi, son portail résolument fermé. Je garde la tête baissée et les yeux fixés sur les quelques centimètres de ma taille révélés par ma veste militaire trop courte.

« Sergente Garnet ? » lance quelqu'un depuis la guérite proche du portail. Du coin de l'œil, je vois un soldat en sortir et se diriger vers moi en scrutant les épais bandages qui entourent mon cou. « Ben merde, qu'est-ce qui s'est passé ? Vous voulez que j'appelle un médecin ?

– Pas la peine. »

Je fais feu avec le pistolet électrique.

Le soldat retombe en arrière, pile sur la deuxième sentinelle qui vient d'accourir. Il me suffit de quelques secondes pour la mettre K.O. à son tour.

Le portail, si intimidant soit-il, est une construction bon marché simplement opérée par une carte. Soit la base n'a pas grand-chose à protéger, soit l'Accord n'a pas estimé valable d'investir trop de ressources sur une lune secondaire comme celle-là. Tant pis pour eux. En quelques instants, je franchis le portail et me retrouve dans le complexe.

Tout en conduisant, je découvre un terrain d'exercice

bien éclairé entouré de bâtiments battus par le sable, le tout surmonté du drapeau de l'Accord qui claque au vent. Je bifurque vers les ombres.

Est-ce que la Générale est encore en vie ?

Tu vas tout risquer pour le découvrir.

Une vie est une vie. Et ce n'est qu'une enfant.

C'est une meurtrière. À tout autre moment, n'importe où ailleurs, elle t'aurait tuée sans remords.

Nous ne sommes pas ailleurs. Nous sommes ici.

Tu mourrais pour une gamine malade ?

Les nuages filent sur le ciel sombre comme des traînées d'huile sur l'eau. *Ils* le demandent, dis-je à cette petite voix du passé au fond de moi, celle de la femme dénuée de pitié. Ils m'aideront.

Dans les ténèbres, je tends l'oreille. Pas d'alarme, pas de bruit de panique. Cela me confirme deux choses : premièrement, la base est en sous-effectif et sous-équipée. Deuxièmement, quelque part, quelque chose d'important est en train de se produire.

Où peut-elle être ? Les installations de ce type sont préfabriquées, débarquées du navire de transport déjà assemblées. La Générale est malade. L'infirmerie, donc. Je repense aux premiers jours de mon entraînement chez les LL, même si ça ne me plaît pas. Il y a trop d'autres détails, là, au fond de mes souvenirs. Des choses affreuses, tenaces, qui ne devraient jamais être remuées.

Une porte claque dans la nuit. J'extirpe mes pensées de leur mélasse et ouvre les yeux à temps pour voir une silhouette courir à travers le terrain d'entraînement, en direction du portail que j'ai laissé ouvert.

Il est temps de bouger. Je me faufile le long du bâtiment, le pistolet à ma ceinture. Je *les* sens sur mes talons, aussi impatients que des chiens. Avides de ce qui va suivre.

La présence d'un brancard dans le couloir me confirme que l'infirmerie se trouve bien là où je le pensais. Les murs sont tapissés d'affiches défraîchies mettant en garde contre les contaminants terrestres, les parasites, les insectes comestibles et les symptômes de la putrescence jaune. L'air est lourd de l'odeur du désinfectant.

J'ai parcouru la moitié du couloir, trop pour faire demi-tour, lorsque deux soldats apparaissent et courent dans ma direction. Pendant une seconde, je me fige, m'attendant à ce qu'ils m'interpellent, mais ils sont trop occupés à discuter à voix basse. Je me rappelle que je porte un uniforme, et que les bandages autour de mon cou peuvent me faire passer pour une patiente. Je garde la tête baissée tandis qu'ils me dépassent et jette un regard furtif à leur insigne.

Ce sont des membres de la Flotte Aérienne. Pourquoi l'élite de l'Accord se salirait-elle les bottes sur cette lune oubliée ? Discrètement, je descends le couloir.

D'abord, les chambres. Les LL m'ont bien formée : je pourrais dessiner le plan des lieux les yeux fermés. Ensuite, le bloc opératoire. Le scanner. La réserve. Je m'arrête, une main sur le mur, et regarde devant moi. Des voix retentissent dans la salle d'examen. Une voix douce et inquiète, l'autre impossible à confondre…

Dégainant le pistolet électrique, je m'avance et pousse la porte.

Trois personnes se retournent pour me dévisager : un médecin en blouse verte, seringue à la main, un type massif en uniforme de capitaine, et elle.

Vivante, propre, en tenue de combat complète et la manche relevée, la générale Gabriella Ortiz est assise sur la couchette. Son visage s'affaisse de surprise en me voyant, ainsi que l'uniforme que je porte.

« Qu'est-ce que tu fous ? » demande-t-elle.

Je ne réponds pas et me contente de tirer. Le capitaine s'effondre. Le médecin recule sans lâcher sa seringue. La Générale ne bronche pas.

« Je vois, dit-elle. Tu es finalement venue me tuer.

– C’est tout le contraire. »

Elle fronce les sourcils. Une seconde après, le médecin fond sur moi avec sa seringue. Je me baisse et enfonce mon épaule dans son sternum. La seringue roule par terre et je pose le canon du pistolet sur sa nuque.

« Je ne veux pas te tuer, dis-je, eux si.

– Quoi ? »

Avant que je puisse répondre, le médecin lève subitement la tête, ses yeux humides fixés sur l’écran vide qui occupe la totalité d’un mur, ses lèvres remuent, esquissent des mots muets.

« Qu’y a-t-il dans la seringue ? lui demandé-je en enfonçant un peu plus le pistolet dans son cou.

– Allez au diable. »

Lentement, la Générale descend de la couchette et ramasse la seringue, qui contient un sérum bleuâtre.

« C’est censé être un booster immunitaire, dit-elle pensivement en venant se placer devant le médecin. Vous. Parlez. Qu’est-ce que c’est ?

– J-juste un composé immunitaire, siffle-t-iel. Comme vous dites. Qu’est-ce que vous voulez que ce soit d’autre ? »

Je remarque la sueur qui imprègne sa nuque tandis qu’iel regarde encore l’écran.

« Cet uniforme est celui du sergent Garnet, dit subitement la Générale.

– Le sergent Garnet a essayé de me tuer.

– Pendant la livraison ?

– Il n’y a pas eu de livraison. Juste un guet-apens. » Je la regarde. « Tu es déclarée morte. Je l’ai lu sur le bulletin. Ce n’est pas un examen médical, c’est une exécution. »

Le visage de la Générale reste de marbre. Lorsqu’elle parle à nouveau, sa voix est douce. « Tu es folle, traîtresse. Je le savais. »

Je désigne la seringue du menton. « Vois de tes propres yeux. »

La Générale soutient mon regard, puis se penche brusquement et enfonce l'aiguille dans la cuisse du médecin.

Iel hurle et se débat comme un diable en essayant d'arracher l'aiguille. La Générale tient bon et commence à enfoncer le piston.

« Qu'est-ce qui vous arrive ? Ce n'est qu'un booster immunitaire, non ? lâche-t-elle d'un ton cruel.

– À l'aide ! hurle-t-iel. À l'aide ! »

Dans un flash lumineux, l'écran prend vie en clignotant. Il dévoile une salle d'observation peuplée de gens en uniforme. Au centre est assise une femme d'un certain âge aux boucles grisonnantes coupées court pour révéler ses tatouages de grade : deux triangles délavés soulignés par quatre lignes plus épaisses. Des médailles et des rubans dégoulinent de sa poitrine.

« Générale Ortiz, lance-t-elle d'une voix puissante. Repos. »

La Générale en reste bouche bée. « Commandante ? »

Le visage de la vieille femme est pareil à du granite. « Selon l'ordonnance de l'Armée du Premier Accord, moi, commandante Béatrice Aline, j'ai ordonné votre euthanasie, avec application immédiate. » Un instant après, ses traits changent, s'adoucissent pour communiquer de la pitié. « Repos, Gabi.

– Euthanasie ? » répète la Générale d'une voix tremblante.

La femme acquiesce, jette un bref regard au médecin, qui est accroupi contre le mur et se cramponne la cuisse. « Vous êtes mourante. D'ici quelques mois, peut-être moins, votre corps défaillira complètement.

– C'est vrai ? »

C'est à moi que la Générale adresse la question. Je détache mon regard du visage de la commandante et baisse les yeux.

« Tu m'as soignée, poursuit la Générale. C'est vrai ? Mon corps lâche ? »

Elle est malade, d'une manière ou d'une autre, de cela je suis sûre. Mais mourante ? Je la regarde dans les yeux. « Je n'en sais rien.

– Assez ! aboie la commandante. C'est nous les experts, ici. Nous n'avons pas besoin de l'opinion d'une criminelle. » Elle se penche en avant. « Nous avons déjà constaté le phénomène, Ortiz. Il s'est déclaré il y a deux ans, au sein de la série A. En vieillissant, tout s'effondrait, tout simplement. Nous avons essayé de compenser leurs défaillances, mais nous ne pouvions rien faire. C'est une fin douloureuse et misérable. »

La Générale semble hypnotisée. « Le crash ? » demande-t-elle d'un ton lointain.

Aline prend une inspiration. « C'est malheureux. Vous deviez être la seule perte à déplorer. Il y a eu une erreur, manifestement. » Elle secoue la tête. « Nous avons ordonné votre élimination pour vous épargner ce genre de souffrances, Gabi, pour vous permettre de mourir dignement. Comme il sied à quelqu'un de votre rang. »

La Générale émet un bruit et baisse la tête. Elle était assise dans la même position, dans le wagon, quand elle regardait la fourmi mourante. Est-ce qu'elle savait déjà, à ce moment, qu'elle était condamnée ?

« Qu'est-ce qui va advenir de la traîtresse ? demande-t-elle d'une voix creuse. Quand je mourrai, qu'est-ce que vous ferez d'elle ? »

J'évite de lever la tête et attrape ma main pour l'empêcher de toucher les bandages autour de mon cou. *Ils* ne peuvent pas m'avoir envoyée ici pour ça.

La commandante semble surprise. « Elle est visiblement désaxée. Mais si vous le souhaitez, nous pourrons faire une exception et l'envoyer dans une institution spécialisée où l'on s'occupera d'elle convenablement. » Elle m'accorde même un bref coup d'œil. « Nous vous devons bien cela pour vos états de service exemplaires, générale. Pour honorer votre héritage.

– Mon héritage », répète la Générale dans un murmure avant de relever la tête. Ses yeux sont rougis mais secs. « Oui. Je vois.

– Générale, dis-je en tendant la main vers elle.

– Arrière, traîtresse. Le choix ne te revient pas. » Pendant un instant, un minuscule sourire lui plisse les lèvres. « C'est étrange, mais je suis heureuse que tu sois là. » Elle me tend la main. « Merci pour tes efforts. »

Je m'oblige à la serrer. Ses petits doigts sont calleux.

« Bon, dit-elle en me lâchant avant de croiser les mains dans son dos. Je suis prête. »

La commandante hoche la tête. « Docteur ?

– Et elle ? demande le médecin en me foudroyant du regard avant de se relever.

– Elle gardera le silence si elle veut vivre. Une escorte est déjà en route. »

Déglutissant avec peine, iel retourne au plan de travail et remplit une nouvelle seringue avec une fiole.

« À mon commandement », dit Aline.

Le médecin pose l'aiguille contre le bras de la Générale.

Je ne peux pas voir ça. Je baisse la tête vers le capitaine assommé, le sang martelant mes tympans, persuadée que tout cela n'est pas juste… Là, quelque chose accroche mon regard : l'étui à la hanche du capitaine est vide, alors qu'il contenait une arme à mon arrivée. Je lève subitement la tête vers la Générale, paniquée.

Elle et la commandante se regardent droit dans les yeux, leurs pupilles semblables aux points des faces d'un dé. L'air vibre autour de moi.

« N… », commencé-je.

Une détonation pareille à un coup de tonnerre projette le médecin contre le mur, la poitrine enfoncée par une balle de plasma. La Générale pivote sur elle-même et tire directement sur la caméra, qui explose, et l'écran se vide.

Elle se tourne vers moi et sourit, le visage couvert de sang, le pistolet luisant dans sa main.

« Cours », dit-elle.

DEUXIÈME PARTIE

Le livre de Maladie

Métal froid. Douleur sur les ailes d'un oiseau noir. Une silhouette gantée de sang…

Il y a des cris, une alarme, l'odeur du plastique brûlé et des viscères. Je me rends compte que j'en suis couverte suite à l'explosion de la poitrine du médecin. J'entends des bruits de pas et me retourne, m'attendant à voir des soldats. Mais c'est la Générale, le visage masqué de sang.

« Vite ! » ordonne-t-elle.

Est-ce qu'*ils* sont avec nous ? Est-ce leur intervention, quelque part dans l'écheveau du temps, qui fait que les systèmes d'alerte de la base s'activent avec deux secondes de retard, que les faisceaux de détection des armes automatisées ne réussissent qu'à labourer le sol juste derrière nos talons quand nous traversons le terrain d'entraînement ? Est-ce qu'*ils* montrent à la Générale le chemin à suivre au sein de tous ces avenirs potentiels, comme ils me l'ont montré ?

Le temps que nous atteignions le mulet, le camp est en alerte complète, l'air retentit de tirs, du rugissement des moteurs et de bottes qui courent en tous sens.

« Il y a un canon à impulsions au portail, me dit la Générale, et je suis presque à court de munitions. Si nous arrivons à les occuper et essayons de l'enfoncer… »

Ma tête tinte à force de bruit et de chaos. Je ferme les paupières de toutes mes forces. Est-ce que je savais qu'on en arriverait là ? La Générale jure et me pousse en avant tandis que de nouveaux faisceaux apparaissent et balaient le sol.

« On doit filer.

– Je sais. » Aucune de nous deux ne mourra ici. « Suis-moi.

– Low ! »

Je compte les secondes qui séparent le passage des faisceaux et m'élance vers les quelques centimètres d'ombre projetés par un mur.

« Low, siffle la Générale en galopant juste derrière moi. Qu'est-ce que tu fous ?

– Sur le côté ouest de la base », dis-je en enfermant la trousse dans ma veste, là où mon cœur tambourine follement. « Il devrait y avoir une conduite d'évacuation. S'ils ne l'ont pas enterrée, on peut s'en servir pour sortir.

– Et s'ils l'ont enterrée ? »

Je ne réponds pas. Nous bénéficions de peut-être trente secondes pour nous en tirer vivantes avant que la base ne rassemble tous ses soldats éparpillés.

Grâce à qui ? Je regarde le ciel, comme je le faisais tous les soirs, enfant, au moment des prières, mais des nuages de poussière noient les étoiles.

J'empoigne la Générale et repars. Au-dessus de nous retentit un gémissement terrifiant, le vagissement d'une alarme, et l'une des armes automatisées ouvre le feu, ses charges lacérant la clôture de métal dans notre dos. Pas le temps de s'arrêter. Nous franchissons un angle, et là – je m'étrangle de soulagement – se trouve le tuyau d'évacuation, assez large pour emporter les déchets de toute la base.

« Tu es folle ! crie la Générale en esquivant une charge. Pas question que j'entre là-dedans. »

Je lui arrache le pistolet et tire ses dernières munitions

dans les joints du tuyau, jusqu'à ce que le plastique fonde et commence à laisser couler une eau nauséabonde.

« Aide-moi ! » J'attaque la conduite à coups de pied.

Poussant un juron, elle fait de même. Au bout de quelques secondes, le tuyau est ouvert. Il s'enfonce dans les ténèbres, traverse la clôture et descend la colline de l'autre côté. Une puanteur atroce s'en échappe, mais je pousse la Générale vers l'avant.

Elle s'y glisse et je l'entends hoqueter. Je la suis tandis que les charges des armes automatisées martèlent et brûlent le plastique au-dessus de nous.

« Avance ! » crié-je.

Je progresse désespérément sur mes coudes jusqu'à ce que le tuyau plonge et m'envoie glisser tête la première le long d'une pente qui se termine dans le noir. Je n'ai même pas le temps de reprendre mon souffle avant de frapper l'eau.

Lorsque je refais surface, la puanteur me fait presque vomir même si je m'y attendais : un mélange d'excréments et de puissants produits chimiques stocké dans un espace à peine plus grand que mes bras écartés. J'expulse ce qui a envahi mon nez et ma bouche, rue follement dans les ténèbres totales, mon uniforme et mes bottes menaçant de m'entraîner vers le fond.

Un poing me frappe le visage : la Générale se débat pour ne pas couler.

« … merde ? crie-t-elle à moitié.

– C'est une des fosses septiques, dis-je en refoulant la nausée. N'avale pas l'eau. »

Au-delà des parois du réservoir, j'entends les sirènes de la base. Les poings de la Générale battent le plastique lisse.

« On est coincées. Je vais mourir dans une putain de cuve à merde.

– Silence. » Avec un effort, je tends le bras. Le réservoir

n'est pas assez plein ; le plafond est quelque part au-dessus, mais hors d'atteinte. « Je vais te soulever », sifflé-je.

Avant qu'elle n'ait l'occasion de protester, je plonge les bras dans la bouillie et l'attrape par la taille pour la hisser hors de l'eau. Les fluides dégoulinent sur mon visage et je ferme les paupières de toutes mes forces. Ses ongles griffent le plastique.

« Il n'y a rien… »

Mes bras me brûlent, mes jambes battent désespérément tandis que j'essaie de nous redresser un peu plus. Puis, j'entends un grognement d'effort et le son du plastique qui se casse.

De l'air se déverse sur nous, un air pareil à de l'eau propre, à une pluie torrentielle. À travers l'écoutille, j'aperçois le ciel sombre, la lueur maladive des projecteurs. Dans un dernier effort, je pousse la Générale et elle s'extirpe du réservoir.

Un instant plus tard, son visage apparaît dans l'ouverture. Dans la quasi-pénombre, je ne vois pas tout à fait ses yeux.

« Générale ! » Je tends les bras vers elle.

Elle ne bouge pas.

« Aide-moi », hoqueté-je, les poumons brûlants.

Où sont-*ils* ? J'exerce toutes mes perceptions, mais il n'y a rien. Seulement des sirènes et le visage de la fille qui se demande si elle va me sauver. Est-ce qu'elle voit ma mort, les possibilités d'un monde débarrassé de moi ?

« À l'aide ! »

Elle tend le bras. Je l'attrape de toutes mes forces, mes doigts se referment comme des serres sur sa chair mais elle ne se plaint pas. Elle me tire hors du réservoir avec plus d'aisance qu'une enfant ne devrait en avoir.

Nous nous éloignons en titubant de la cuve, rampons au-delà de son enceinte pour finir dans un champ d'agave poussiéreux tout en demeurant couchées dans les ombres.

Enfin, au-delà d'un trou dans le grillage, j'aperçois les

lumières clignotantes de Tiger Town. Notre unique chance de sécurité.

« On doit aller chez Falco.

– La benzènerie ? crache la Générale. Ils vont tout retourner pour nous retrouver. On doit quitter Landfall.

– Et comment tu proposes de faire ça ? On n'a rien. Falco va nous aider.

– Tu crois que je vais faire confiance à une autre criminelle ?

– Tu n'as pas le choix, *Générale*. »

Je la tire dans les ombres tandis qu'un drone de reconnaissance passe au-dessus de nous, son moteur crachotant déjà engorgé de poussière.

Elle se dégage de mon étreinte. « Je peux me débrouiller. »

Dans un silence tendu, nous nous faufilons vers Tiger Town. Par chance, à cette heure de la soirée, la plupart des habitants sont occupés à se laisser bercer par la fumée de centurien, à siroter du benzène, ou à croquer des perles.

Quand j'aperçois les lumières de chez Falco et entends le raffut qui provient de l'intérieur, j'éclate presque en sanglots de soulagement. Je me dirige vers l'arrière du bar, les muscles tremblants à cause du reflux de l'adrénaline. Mais avant que je n'aie levé le poing pour frapper, la porte s'ouvre à la volée et le canon d'une arme se plaque entre mes yeux.

« C'est moi, croassé-je, les mains levées. C'est Low. »

Derrière l'arme, je reconnais un visage. C'est la G'hal de tout à l'heure, Pegeen. Iel émet un bruit écœuré en flairant mon odeur, puis son regard se pose au-delà de moi, sur la Générale. Iel écarquille les yeux.

« Vous feriez bien d'entrer, les raclures de tripes. »

La Générale s'avachit sur un matelas abîmé et me laisse panser une égratignure sur son bras.

L'unique ampoule du plafond illumine les cicatrices chirurgicales qui zèbrent son cou et ses épaules, révélés par un gilet rose vif.

Elle s'agite dans ses vêtements d'emprunt : je me demande si Falco n'a pas choisi des teintes aussi éclatantes par moquerie. Visiblement, la Générale n'est pas à l'aise et je devine qu'elle préférerait remettre son uniforme.

Falco a refusé de nous laisser entrer dans le bar, vu notre odeur, et a ordonné que nous nous débarrassions de nos vêtements trempés et puants avant d'être lessivés dans la douche à vapeur. Je n'ai pas pu réprimer un frisson quand le jet a frappé ma peau. Ça me rappelait trop les hourques. Les semaines passées dans les camps de détention, les cellules et même le procès militaire ne m'avaient pas préparée à la finalité de mon premier jour de taularde, debout sous la douche stérile, tandis que tout m'était arraché : la fille des lointaines Congrégations, le médecin, même mon nom, jusqu'à ce qu'il ne reste de moi qu'un corps à étiqueter et remiser : l'incarnation de mon crime, rien de plus.

Je ramène mes pensées au présent, à l'enfant qui a besoin de soins.

« Ça devrait bien cicatriser, dis-je.

– Qu'est-ce que ça peut te faire ? » Elle lève les yeux vers moi dans la lumière artificielle. « Pourquoi es-tu revenue, de toute façon ? »

*Parce que je le devais. Parce que c'est ce qu'*ils *voulaient.* Je range les compresses.

« Je ne pouvais pas les laisser te tuer. Je te l'ai déjà dit. J'ai mes raisons pour te garder en vie.

– Tu n'aurais pas dû prendre cette peine. Tu les as entendus ? Je suis une morte en sursis. » Sous sa bravade, je décèle de la peur. « Tu les crois ? »

Je hausse les épaules avec impuissance. « Faute d'équipement pour effectuer un examen… »

Elle jure et se rencogne. « Je dois parler aux autres.

– Quels autres ?
– Les autres généraux, les gens comme moi. »
Elle n'en dit pas plus. Je me demande si elle ressent la même chose que moi : le vide gris et nauséeux que laisse derrière elle *leur* présence. J'aimerais avoir encore quelques souffles pour m'éclaircir les idées, mais Falco ne croit pas aux perles ; elle dit qu'elles vous rendent accro.
« Je banderai ton bras plus tard. » Je soupire et ma tête retombe contre le mur. « Pegeen nous apportera plus de matériel. »
Lorsqu'elle ne me répond pas, je me demande si elle s'est endormie. Mais j'ouvre les yeux et constate qu'elle me fixe, le regard braqué sur mon cou, sur la balafre blafarde qui court d'une oreille à l'autre, mal cicatrisée, mouchetée de rose. Je me rencogne dans l'ombre.
« Qu'est-ce que c'est ? demande-t-elle.
– Une cicatrice. Tu en as ton lot toi aussi.
– Pas des comme ça. » Elle semble presque impressionnée. « Qu'est-ce qui t'est arrivé ? »
J'avale ma salive et éprouve, une nouvelle fois, le vertige terrifiant de mon propre sang sur mes mains tandis que j'essaie de garder ma peau fermée.
« On m'a tranché la gorge, murmuré-je.
– Comment tu as pu survivre ?
– Par chance, je suppose. »
Chance. C'est ce que j'ai toujours cru, jusqu'à ce que j'arrive sur Factus. À présent, je me demande… Est-ce qu'*ils* étaient là avec moi, à regarder le sang couler, à s'assurer que mes mains trouvent le fer à cautériser à temps ? Est-ce qu'ils étaient déjà là, même alors ?
« Eh bien, ricane la Générale, au moins, ça masque les cicatrices laissées par le collier de bagnard. »
La trappe au-dessus de nous s'ouvre brusquement ; des bottes apparaissent et descendent bruyamment les escaliers.

Je me redresse au moment où Falco fait irruption dans la cave.

« Si j'avais su ce que tu allais faire avec ce pistolet électrique, je ne te l'aurais jamais donné, lance-t-elle sèchement. Tous tes beaux discours sur la préservation de la vie, le fait de ne pas tuer…

– Je n'ai tué personne !

– Vraiment ? Alors explique-moi pourquoi la base est en alerte et pourquoi mon informateur me parle d'un toubib mort et de six soldats blessés.

– Sept. Et ce n'est pas moi qui ai tué le médecin, c'est elle. »

Falco scrute la Générale, le visage neutre. « Générale Ortiz. Tu n'es pas censée avoir cané ? »

La Générale rentre la tête dans les épaules, ce qui la fait paraître minuscule sur sa couchette famélique. « Ils disent que je suis mourante. J'ai tellement peur. Vous voulez bien m'aider, s'il vous plaît ?

– Pauvre bichette. » Falco s'agenouille devant elle. « Bien sûr que je vais t'aider. » Elle sourit. « Je vais te lâcher dans le premier orphelinat venu, et tu pourras jouer avec les autres petits pouilleux. »

La Générale abandonne son air d'innocence. « Très drôle.

– Ça t'apprendra à me faire ce numéro minable, rétorque Falco. Maintenant, expliquez-vous, toutes les deux.

– C'était un piège, commencé-je. Ces soldats avaient ordre de m'éliminer. Je savais que la Générale était en danger.

– Alors, tu es allée la chercher ? demande Falco avec incrédulité. Tu es juste… entrée dans la base ? Pour elle ? »

La Générale émet un bruit outré.

« Une vie est une vie. »

Falco secoue la tête, son hostilité devenant pitié et perplexité. « Écoute, tu ne peux pas rester ici, Doc. J'arriverai à les retenir pour un temps, mais pas éternellement.

– Je sais, Mala, dis-je en me frottant le crâne. On doit quitter Landfall.

– Pour aller où ? »

J'ai l'impression d'avoir le cerveau en bouillie. Par le passé, je me serais enfuie dans les Friches. Là, une personne seule peut se débrouiller. Mais y aller avec la Générale reviendrait à m'accrocher une cible dans le dos.

« Otroville ? » dis-je en essayant de réfléchir.

Falco pouffe. « La capitale grouille d'informateurs. Je le sais bien, la moitié travaillent pour moi.

– Le relais Dhu Tran, alors ?

– Les Chercheurs l'ont pris. Sur ordre d'Hel, à ce qu'on dit. Il ne reste rien.

– Si on pouvait atteindre la Zone NI, et si tu avais des contacts là-bas…

– Non, balaie-t-elle rapidement. Il y a trop de Pacificateurs. Vous ne tiendriez pas une journée.

– Où, alors ? »

La Générale suit notre échange, les yeux plissés.

« Même si l'Accord essaie d'étouffer l'affaire, une fois que l'ordre sera donné, tous les chasseurs de primes d'ici à Prospérité vont rappliquer. » Elle s'interrompt et mordille ses lèvres maquillées. « J'imagine que ta seule option, c'est la Fosse. »

Je ris. « Autant nous abattre tout de suite. »

Elle hausse les épaules. « On dit que le pouvoir a changé de main, récemment. Quiconque a pris les commandes l'a nettoyée. Bien sûr, c'est peut-être de simples racontars. Mais c'est le seul coin de ce caillou où l'Accord ne te suivra pas, et ça, ça reste un fait. Là, et dans la Bordure, qui paraît-il est charmante à cette époque de l'année.

– De quoi est-ce que vous parlez, au juste ? » lance sèchement la Générale.

J'hésite en me demandant jusqu'à quel point nous pouvons faire confiance à Falco. « La Fosse est un cratère, à quelques jours au nord d'ici. Il est assez profond pour masquer lumières et signaux. Tout autour, sur des kilomètres, le sol est miné et piégé, si bien que l'Accord ne s'en approche jamais, du moins pas sans appui conséquent. »

La mâchoire de la Générale tressaille et elle se tourne vers Falco. « Je dois quitter cette lune puante et contacter mes pairs. Est-ce que je pourrais monnayer un voyage, une fois dans cette… Fosse ?

– Tout s'achète dans la Fosse.

– Et comment m'y rendre ? Sur un de ces foutus mulets, je présume ?

– Un mulet ? Tu n'y arriverais pas vivante. Il te faudra un meilleur véhicule que ça. Une escorte. Et tout ça n'est pas gratuit.

– Je peux payer.

– Avec quoi, Générale ? L'Accord ne saisit pas les biens de ses morts ? »

La Générale lui lance un regard venimeux. « Je dispose d'un compte anonyme, hors d'atteinte de l'Accord. Combien demanderais-tu pour tout ça, puisqu'apparemment tu connais si bien le coin ?

– Moi ? s'esclaffe Falco. Plus que tu ne peux m'offrir.

– Je ne suis pas d'humeur à marchander avec des criminelles. Donne-moi ton prix. »

Falco s'exécute. Un chiffre tellement élevé que c'en est risible. Mais la Générale se contente de grogner.

« Pour une somme pareille, je veux une garantie de passage. Et ta parole que tu ne vas pas me vendre à l'Accord.

– Je te garantis le passage, et si je reçois une meilleure offre pour ta tête, j'aurais l'amabilité de te prévenir. »

La Générale dévisage Falco, ses traits à la fois tirés et fixes. Brusquement, elle se tourne vers moi. « Toi, la traîtresse, tu lui fais confiance ? »

Je comprends qu'elle n'a plus rien. Sans l'Accord, elle

se retrouve totalement seule, et elle le sait. « Un peu plus qu'à n'importe qui d'autre sur cette lune. »

Falco sourit. « Tu deviens sentimentale en vieillissant. »

La Générale hoche sèchement la tête. « Très bien. Nous avons un accord. Emmène-moi à la Fosse.

– Et Doc ? demande Falco. Elle a risqué sa peau pour sauver la tienne.

– Sa conscience l'a sûrement déjà récompensée pour ça. Je lui enverrai de l'argent pour régler notre dette quand je serai en sûreté, loin de cette lune. » La Générale hausse un sourcil vers moi. « Entendu, traîtresse ? »

Quand je la regarde, quelque chose frémit dans mon estomac, comme une larve qu'on approche d'une flamme. La dette resterait en suspens.

« Non », dis-je doucement.

Ils veulent que je parte avec elle, j'en suis sûre.

« Voilà le deal, intervient Falco. Je vous conduis toutes les deux à la Fosse. Tu paies la moitié d'avance, l'autre moitié une fois là-bas, et tu me jures de donner à Doc ce qui lui est dû. Si tu m'arnaques, mes gens te trouveront et ils se foutent éperdument que tu ne sois qu'une gamine. » Elle se penche en avant. « D'accord, trésor ? »

La Générale a un sourire d'acier. « D'accord. »

« Tu prends des vacances, Mala ? »

Le fourgon s'arrête pesamment. Je demeure aussi immobile que possible et m'efforce de respirer calmement à travers mon masque. Malgré ce que nous avait promis Falco, la puanteur est presque pire que celle de la cuve d'eaux usées. Mes yeux coulent, ma gorge est serrée, et pour la deuxième fois de la journée, je dois refouler la nausée.

La Générale est couchée à côté de moi, raide de colère. Elle est furieuse depuis que Falco a exigé qu'elle se coupe les cheveux, sous le prétexte que sa coiffure trahissait son appartenance à l'Accord à trois kilomètres.

Elles se sont disputées mais, naturellement, Falco a gagné. La Générale a arraché les ciseaux de la main de Pegeen et a taillé avec rancœur son épaisse coupe au carré noire pour n'en laisser qu'une chevelure rase inégale. Ajoutée à ses vêtements bouffants et colorés, cela la rajeunit et lui donne l'air de l'enfant qu'elle est réellement. Sa colère n'a pas diminué lorsqu'elle a eu vent de la méthode éprouvée grâce à laquelle Falco allait nous faire sortir de Landfall.

À présent, j'entends le rire étouffé de Falco à l'avant du fourgon.

« Des vacances ? répond-elle au soldat. Non, je pars pour affaire. Il faut se charger personnellement de certaines missions. »

Derrière nous, un couinement de freins : les G'hals arrêtent leurs juments.

« Tu emmènes de la compagnie, hein ? » La voix du garde recèle un soupçon d'humour. « Il doit y avoir du bon matos, là derrière. Tu n'as pas repris le trafic d'armes, si ?

– Moi, Segun ? Ce serait contraire à la loi. Non, je me diversifie. Je fais dans l'agriculture.

– Je ne t'aurais jamais imaginée dans le commerce de fumier.

– Les affaires sont les affaires. Et depuis que la grippe bovine a tué la moitié du bétail de Brovos, l'engrais est devenu une sacrée grosse affaire. »

Un autre ricanement. « D'accord, Mala. Sois prudente, il paraît qu'il y a des gens mal intentionnés, au-dehors.

– Sans blague. Puissent tes pensées rester claires, Seg. »

Une tape sur le flanc du fourgon, et nous nous remettons en route. Encore quelques mètres et nous serons libres…

« Halte ! »

Le fourgon freine et je roule contre la Générale. Je sens sa respiration saccadée mais n'ose pas bouger, d'autant que j'entends le gémissement d'une arme en charge, des bruits de bottes dans la poussière et des voix hargneuses.

« Soldat, aboie une voix. On a l'ordre de fouiller et de vérifier la cargaison de tous les véhicules qui quittent la ville. Avez-vous fouillé ce fourgon ?

– Ben, non, sergent, mais… »

Je me tends lorsque quelqu'un soulève le coin de la bâche. Il y a un silence.

« Qu'est-ce que c'est que ce truc ? demande une voix étranglée.

– Des tripes de serpent, répond Falco d'une voix dégoulinante de mépris. De la garniture de premier choix macérée avec du cartilage et des restes des cuisines, un vrai cocktail de nitrates, *sergent*. Vous voulez un échantillon gratuit ?

– Ne fais pas la maligne. Où emmènes-tu tout ça ?

– À New Despair. Il paraît que les ranchs manquent cruellement de matière organique. Ils paient le double.

– Tu es un putain de vautour, Falco.

– Si vous en avez fini avec ma marchandise… ? »

Il y a un autre silence avant qu'enfin la bâche retombe. « On va ouvrir l'œil. Tes G'hals ont intérêt à ne pas se bercer d'illusions en ton absence.

– Des illusions ? Jamais de la vie. Encore qu'elles pourraient avoir une idée ou deux. » Falco enfonce la pédale du fourgon et nous propulse en avant dans un nuage de poussière étouffant.

Une demi-heure plus tard, dans les étendues sauvages qui s'étirent au-delà de la Ligne Aérienne, nous pouvons enfin quitter notre cachette fétide. Sitôt qu'elle arrache le respirateur de son visage, la Générale commence à hoqueter et à vomir.

« Salope », croasse-t-elle à l'attention de Falco.

Falco se contente de ricaner, alors qu'en temps normal elle aurait fait battre à mort quiconque lui aurait jeté cette injure. Elle me tend une gourde d'eau. « Ça va, Doc ? »

Je prends une inspiration, forçant l'air fin du désert à entrer dans mes poumons. « Ce n'est pas pire que patauger dans une fosse septique. » Je regarde autour de moi. « Quel est le plan ?

– Tu seras ravie d'apprendre qu'on va se débarrasser du fumier. » Pegeen détache la remorque du fourgon de Falco et la rattache à une paire de juments. De près, ces juments sont de beaux véhicules, plus élancés et plus rapides que les mulets. Leur peinture pailletée de bleu et d'or leur permettra de mieux se mêler aux ombres du désert.

« Emmenez ça au ranch le plus proche, dit Falco aux G'hals qui attendent. Autant se faire un peu de pognon avec. Peg, tu viens avec nous. Boots aussi. » Elle donne un coup de menton vers une autre G'hal, qui porte ses cheveux bleus courts à moitié rasés et des lunettes à verre épais.

Je me hisse dans le fourgon, par chance derrière le siège du conducteur, cette fois, et pose mon nouveau chapeau sur ma tête. Les vêtements de Falco, je dois bien l'admettre, sont de bien meilleure qualité que ma vieille tenue, sans compter qu'ils comprennent un gilet blindé. Au dernier moment, sans un mot, Falco m'a donné une écharpe à motif pour cacher mon cou. Parfois, je me demande ce qu'elle a deviné à mon sujet.

La Générale est déjà tassée sur un siège, et semble plus menue que jamais dans son énorme veste en toile jaune, un bandana noué autour de la tête pour dissimuler ses tatouages. Elle a cessé de hoqueter, mais le tissu sur son front est humide de sueur, ses lèvres pâles et pincées.

D'ici quelques mois, peut-être moins, votre corps défaillira complètement.

Est-ce qu'elle est vraiment en train de mourir, ou était-ce un mensonge pour la persuader de se laisser éliminer sans histoire ?

Dans tous les cas, nous ne trouverons pas la réponse à Landfall. Falco redémarre, les G'hals poussent des cris de joie, et le fourgon met le cap vers la ligne dure et blanche de l'horizon.

Il nous faudra presque deux jours de route pour atteindre la Fosse. Nous ne ménageons pas le fourgon et ne nous arrêtons que pour nous soulager, ou quand le moteur menace de surchauffer sous le soleil impitoyable. Falco, toujours agitée, passe le temps en nous racontant ses nombreuses aventures sur les planètes colonisées : sa salle de poker clandestin sur un navire minier, son commerce de pêches en conserve volées, l'arnaque de deux chasseurs de primes dans la Toile d'Or…

« Doc, je t'ai déjà raconté la première arnaque que j'ai organisée au sein des CA ? »

La Générale lève subitement la tête.

« Tu étais dans l'Accord ? demande-t-elle.

– Comment oses-tu me poser cette question ? répond Falco en feignant l'outrage. Je me suis engagée dès que j'en ai eu l'occasion, car c'était mon devoir de fille des étoiles. Je voulais combattre pour la loi et l'ordre au sein du meilleur des systèmes et vaincre les anarchistes qui menaçaient de nous déchirer. »

Je remarque qu'elle sourit dans le rétroviseur latéral et me retiens d'en faire autant. Peu de gens peuvent me faire rire en plaisantant des LL, désormais.

« Si tu étais dans l'Accord, demande la Générale avec méfiance, où est ton tatouage ?

– Je l'ai fait effacer. Proprement, pas par un poivrot muni d'un fer à souder.

– C'est illégal.

– Je transmettrai l'info à l'esthéticien qui s'en est chargé. Je suis sûre qu'il ira se livrer sur-le-champ. »

La Générale souffle et se détourne, mais je devine qu'elle est curieuse. « Dans quelle division étais-tu ? demande-t-elle enfin.

– Trente-quatrième de Sécurité. Les Pangolins.

– La Sécurité, pouffe la Générale. J'aurais dû m'en douter.

– On avait une tâche très importante, ma Générale : escorter tout ce matériel jusqu'au front, empêcher les LL de détourner ces biens de qualité fabriqués sur Prospérité… »

J'écoute, les yeux mi-clos face au couchant. Chacune de nous a livré sa propre version de la guerre : celle de Falco semblait pleine d'occasions, de quasi-ratés et d'entreprises téméraires. Mais je sais que les histoires qu'elle raconte sont une sorte d'armure, une couche de mots pour enrober et neutraliser la douleur, pour l'empêcher de suinter dans le quotidien.

Enfin, au bout de plusieurs heures, je finis par m'endormir, et me réveille pour découvrir que le fourgon ralentit au milieu de nulle part, sous un ciel brillant semé d'étoiles.

Falco coupe le moteur et les G'hals arrêtent leurs juments. Mes oreilles sifflent dans le silence soudain. Il n'y a pas de vent, pas de voix. Le sable est d'une immobilité mortelle, les étoiles palpitent étrangement à travers la terraforme. Pendant un instant, dans les brumes du réveil, je m'imagine de retour sur Ty-Hala, quand mon meilleur ami Adán et moi nous étions faufilés hors du dortoir pour nous coucher sur le toit de la Maison des Enfants, afin de regarder les étoiles.

À cette époque, les planètes centrales n'étaient pour nous que des lumières dans le ciel. Nous les observions et récitions ce que nous en savions, le plus souvent glané dans les bulletins et parfois dans une publicité. La légère lumière bleue vacillante était Prospérité, disait Adán, où personne ne touchait le sol ni ne connaissait le nom de son voisin. Je lui répondais en tendant le doigt dans le noir pour lui dire que la lointaine Brovos se trouvait tout au bord du système connu, que d'étranges fongus couvraient son sol, qu'il y avait vingt animaux pour chaque humain et que les vaches étaient aussi grosses que des éléphants. On se faisait mutuellement frissonner en parlant de la louche et bouillonnante Jéricho, où des cités entières se tassaient entre les murs des entrepôts, et des murmures lointains des lunes frontalières, avec leurs promesses de terres et de liberté.

Couchés là, nous savions que nous étions spéciaux : nés dans les étoiles, nous faisions partie de l'une des premières générations conçues et élevées loin de la Terre, et tous ces mondes attendaient que nous leur imprimions notre marque.

Eh bien, on peut dire que j'ai réussi.

Je baisse les yeux. La Générale dort, roulée en boule sur elle-même. Une couche de poussière s'est déposée sur son visage, dans les rides qui ne devraient pas exister au bord de ses yeux. De quelle planète ou lune vient-elle ? Est-ce qu'elle le sait seulement ? Doucement, je me débarrasse de mon manteau et l'en couvre.

« Elle a l'air toute petite, hein ? chuchote Pegeen tandis que je descends du fourgon. Comme une vraie gamine. »

J'essaie de sourire. Une *vraie* gamine ? Aucune d'entre nous ne connaît quoi que ce soit à la vérité.

« Je continue de penser », poursuit Peg tandis que nous commençons à faire du feu et que Falco et Boots s'occupent du fourgon, « que j'aurais pu devenir comme ça. Si j'avais eu quelques années de moins.

– Dans quel sens ? »

Peg soupire en façonnant des boules de fibres de feuilles. « Les Forces Mineures sont essentiellement composées d'orphelins, pas vrai ? Tirés des camps et des abris. Comme moi.

– C'est la guerre qui t'a pris tes parents ? demandé-je prudemment.

– Nan. Ils faisaient pas de politique. Ils ont été ferrailleurs sur Delos, pendant des années, et ont réussi à économiser assez pour s'acheter une ferme, près de Renom. Renom, c'était l'ancien nom de Ravage. »

Je tressaille. « La putrescence jaune ?

– L'Accord a toujours dit que l'épidémie était partie d'un engrais issu du marché noir, mais tout le monde savait qu'elle venait du sol. » Peg se penche et lorgne la matière sèche tandis qu'elle s'embrase. Le clignotement des flammes accroche les profonds cratères qui constellent son visage et son cou. « Certains sont morts rapidement, tant mieux pour eux. Ma sœur a combattu la maladie pendant des mois… » Elle laisse sa phrase en suspens. « Moi et mon frère Joby, on s'est retrouvés dans une unité de quarantaine pendant un an avant de se remettre. Le ranch a été saisi pour payer les factures médicales. »

Je jette une boule de fibres dans les flammes crépitantes. J'ai déjà entendu des histoires pareilles, bien des fois, sur Factus et d'autres lunes abandonnées. Les LL mettaient un point d'honneur à cataloguer ce genre de récits.

« Qu'est-ce qui vous est arrivé, après ? »

Peg hausse les épaules. « On nous a placés à l'Institut d'Otroville. Je me suis fait la malle quand j'ai eu seize ans et j'ai rejoint une bande de pillards. Joby s'est enrôlé dans l'Accord quand il a été assez âgé. Il a été posté sur un satellite à l'autre bout du système, si bien que je n'avais plus personne. Jusqu'à ce que j'essaie de dévaliser un des messagers de Falco. » Les yeux de Peg s'illuminent d'un sourire. « Elle a proposé que je la rejoigne, et maintenant…

– Et maintenant, j'ai la meilleure gâchette de tout Delos à mes côtés », complète Falco en se laissant tomber près du feu. Elle pose un baiser bruyant sur le front de Peg.

Peg rit et enlève les lunettes de la tête de Falco. « Regarde ça. Elles sont déjà sales.

– Pourquoi tu t'emmerdes à nettoyer les deux lentilles ?

– Et toi, Doc, me demande Boots en apportant une brassée de couvertures. Tu as de la famille ? »

J'hésite, ne sachant trop quoi dire.

« Assez de bavardages, dit Falco en tendant les mains vers nos provisions. J'ai faim. »

Je lui envoie un regard de gratitude et elle me lance un léger hochement de tête.

Ensemble, nous préparons à manger – ou plutôt, je gêne Falco, Peg et Boots tandis qu'elles travaillent selon une chorégraphie bien huilée. Boots est la plus douée puisqu'elle a travaillé comme cuistot au sein d'une équipe de bagnards, sur un satellite minier. « Ces foutues machines mangeaient mieux que nous », dit-elle en formant une épaisse bouillie avec un mélange de pseudosel, de poudre de criquet et de protéines. « De l'huile de qualité, des lubrifiants de luxe, et tout ce qu'on avait, nous, c'était de la pâte nutritive déshydratée. On en avait tellement marre qu'on la faisait bouillir avec tout ce qui nous tombait sous la main. » Elle tend la jambe. « Et puisque les chaussures réglementaires, en taule, sont faites de collagène bovin…

– Ton nom vient de là ? m'esclaffé-je.

– *Boots*, confirme-t-elle. Je n'étais sûrement pas dans mon état normal, mais je jure que ça avait meilleur goût. » Elle distribue la nourriture. « Ça, au moins, c'est salé.

– Ferme les yeux et ça pourrait aussi bien être du gruau de maïs, dit Falco en lançant un regard suspicieux à son bol. Presque.

– Gabi m'a dit de la laisser tranquille. Elle prétend qu'elle préfère dormir que manger la saleté qu'on prépare », annonce Peg en revenant du fourgon, où la Générale est recroquevillée sur les sièges.

« Les gamins d'aujourd'hui sont d'une impolitesse… » Néanmoins, Boots lui met une portion de côté.

Nous mangeons pendant que Boots raconte des anecdotes amusantes de son temps dans les mines, Falco et moi riant entre deux bouchées, Peg levant les yeux au ciel et, l'espace de quelques minutes, nous pourrions être n'importe quel groupe de voyageurs dînant et bivouaquant pour la nuit. Mais le repas se termine et nous nettoyons bols et casseroles en les grattant avec du sable. Falco et Peg s'éloignent quelques instants, Boots va se soulager, et je me retrouve seule. Je devrais aller voir si la Générale va bien. Il y a toutes les chances que son absence soit due à la maladie plutôt qu'à quelque reste de ressentiment, mais au milieu de ce calme, je finis par me détendre, et mes pensées se déroulent comme du fil de coton.

« Tu ne la sauveras pas. »

Je me redresse, les yeux chauffés et asséchés par le feu, sans la moindre idée du temps qui a pu s'écouler. Au-delà du cercle de lumière, Boots dort déjà sur sa couverture. Pas trace de Pegeen. Falco est assise en face de moi, son visage délicat tendu, les ombres s'agglutinant dans son orbite vide.

« Quoi ? demandé-je tandis qu'elle prend une gorgée d'une bouteille de benzène.

– Je dis que tu ne réussiras pas à la sauver. »

Je gratte la poussière du bout de ma botte. « Je dois essayer.

– Alors essaie, mais n'aie pas trop d'espoir. » Elle soupire. « J'ai connu des gamines comme elle. Pas de la Force M, spécifiquement. Juste des mômes auxquels on avait tout pris, leurs souvenirs et même leur nom, qu'on avait remplacés par la guerre, et à qui on avait enseigné à haïr trop tôt. Je ne me rappelle pas que beaucoup aient survécu assez longtemps pour apprendre à vivre d'une façon différente.

– Elle le pourrait encore. » Je tiraille l'écharpe enroulée autour de mon cou. « Bref, je crois qu'*ils* veulent qu'elle vive.

– L'Accord veut sa tête.

– Je ne parle pas de l'Accord. » Le feu crépite entre nous, occupé à dévorer son propre repas.

« Tu parles des Si ? demande lentement Falco.

– Il m'arrive quelque chose, Mala, murmuré-je en fixant le sable. Je sais que tu vas me prendre pour une folle, mais je *les* sens. De plus en plus, ces derniers temps. Parfois, c'est comme s'ils me montraient des choses qui ne sont pas arrivées, ou qui pourraient arriver. »

Je risque un coup d'œil vers elle en m'attendant à ce qu'elle se moque ou éclate de rire, mais elle se contente de me dévisager. Je n'arrive pas à soutenir son regard perçant, alors je baisse les yeux sur mes mains en essayant de trouver une façon d'expliquer tout ça.

« Je viens des Congrégations, tu le savais ? » demandé-je au bout d'un moment.

Falco secoue pensivement la tête, comme si elle remisait ces informations pour plus tard. « Je me suis toujours demandé pourquoi tu parlais comme une vieille. Mais je ne pensais pas que tu étais du genre religieux.

– Je ne le suis plus. Ma foi n'a pas duré longtemps une fois que je suis partie. Mais sur Ty-Hala, mes pères parlaient souvent de la volonté de Dieu, de la grâce de Dieu. Je ne comprenais pas vraiment, à l'époque, mais… » Je m'agrippe les bras, forts. « Et si ça n'avait jamais été la volonté de Dieu ? Et si ça avait été la *leur* ? » J'ai été élevée dans l'idée que ce que je m'apprête à dire est la pire hérésie, mais je me force à poursuivre. « Peut-être qu'*ils* ont toujours été avec nous, mais que les gens faisaient trop de bruit pour les entendre, et que nous étions trop éloignés d'*eux*, sur Terre. Peut-être que nous ne les sentions que vaguement et qu'on appelait ce sentiment Dieu, le destin ou la chance ; mais maintenant que nous sommes ici, au milieu de tant d'espace et de silence, certains d'entre nous peuvent *les* percevoir pleinement pour la première fois. Sentir leur volonté. »

L'expression de Falco demeure indéchiffrable ; elle prend une longue gorgée de benzène. « Je ne sais rien de Dieu, dit-elle enfin en me tendant la bouteille, mais tu es plus timbrée que je ne le pensais. »

Je n'ai rien à répondre à ça. Je porte la bouteille à mes lèvres lorsqu'un glapissement résonne dans les ténèbres, suivi d'un sifflement. Falco lève brusquement la tête et sa main tombe sur son arme.

« Qu'est-ce que c'est ? demandé-je.
– Peg a vu quelque chose. »
Elle dégaine son arme. L'instant d'après, Pegeen apparaît, à bout de souffle, une paire de jumelles à vision nocturne dans la main.
« Des coucous, une escadrille entière. Venus de l'est.
– Des Chercheurs ?
– Non. C'est pas l'Accord non plus. Ça ressemble plus à des bandits.
– Ils sont loin ?
– Vingt kilomètres. Peut-être moins. Ils ont dû voir le feu de camp. »
Falco jure et recouvre le foyer de sable avec ses bottes.
J'attrape les couvertures pendant que Peg réveille Boots.
« Il y a toujours une récompense pour ma tête suite à l'affaire Kwalkavich, dis-je. Et s'ils viennent de Landfall…
– Ce n'est pas ça, dit Falco en regardant par-dessus son épaule. Ils chassent. »
Moins d'une minute après, elle a réintégré le siège du conducteur et arme ses pistolets. Je me dépêche d'embarquer derrière elle tandis qu'elle démarre.
C'est alors que j'entends le ronflement lointain de moteurs fendre l'air immobile, de plus en plus fort. Pendant un instant, les étoiles tourbillonnent dans mon champ de vision. *Métal froid, sang chaud, douleur sur les ailes d'un oiseau noir…*
Le fourgon s'élance en crissant.
« Qu'est-ce qui se passe ? » La Générale est réveillée et s'agrippe au siège.
« On a de la compagnie », crié-je en attrapant les jumelles qui pendent à côté de Falco, clignant des yeux pour éclaircir ma vue.
Dans la lumière pâle des lunes proches et lointaines, je distingue deux nuages de poussière : les juments de Pegeen et Boots qui nous suivent. Et au-delà…

Des formes pareilles à des brèches irrégulières parmi les étoiles. Huit appareils aux ailes fines, d'un noir huileux, volant bas.

« Les Freux ! » crié-je.

Le fourgon accélère, bringuebalant et grognant, à une vitesse qu'il ne pourra pas conserver.

« Je ne sais pas qui ils sont, mais ils gagnent du terrain, lance la Générale agenouillée sur le siège à côté de moi. Contact dans cinq, quatre, trois…

– Accrochez-vous ! » rugit Falco.

Je saisis la première prise lorsqu'elle braque à fond et envoie le fourgon virer brusquement dans un sens, puis dans l'autre. Pegeen et Boots en font autant avec leurs propres véhicules, soulevant un ample nuage de poussière.

Je ne vois plus rien, je n'arrive plus à respirer. Tout ce que je peux faire, c'est me cramponner. Non loin, quelqu'un hurle. Il me faut plusieurs secondes pour réaliser que c'est la Générale. J'entrouvre à peine un œil pour la voir tassée sur le siège, criant des mots que je ne comprends pas par-dessus le vacarme des moteurs.

Un souffle d'air précède le passage d'un trait incandescent à côté de nous. Trop tard, je me rends compte qu'il provient de l'angle mort de Falco : je l'avertis d'un cri alors même que l'explosion soulève les deux roues latérales du fourgon, qui retombe violemment dans la poussière. Falco jure et tend le cou pour constater les dégâts. Quelque chose tonne et crachote sur notre droite : la jument de Boots rebondit sur le sol en crachant de la fumée noire. Peg rompt la formation pour filer vers elle, ses cheveux pâles flottant à sa suite tandis que Falco pousse un cri de rage.

Mes jointures sont blanches sur le dos du siège, mais à côté de moi, la Générale a glissé sur le plancher et se débat avec quelque chose tout en étant ballottée d'un côté et de l'autre.

Un rugissement tonitruant, un hurlement métallique, et

je comprends qu'il est trop tard. Au-dessus de nous se dessine le ventre graisseux d'un appareil, dont descend une tourelle automatisée.

« Low ! crie la Générale. Stabilise-moi ! »

Elle saute sur le siège, un fusil dans les mains. Falco braque encore, et l'enfant manque de retomber avant que je n'aie pu agripper fermement ses jambes.

Elle fixe l'appareil, ses yeux sombres plissés par la concentration. Alors même que la tourelle commence à cracher ses charges, elle ne tressaille pas, se contente de viser et tire.

Il y a un sifflement et un trait de liquide apparaît derrière l'appareil. Je sens l'odeur du carburant et la tire en lui criant de se baisser lorsqu'une nouvelle salve frappe le fourgon, mais elle n'écoute pas. Telle une machine, elle abaisse le fusil, recharge et tire encore.

Et entre les flashs des balles et des charges, je *les* sens. *Ils* ne sont pas là pour moi, comprends-je avec horreur, c'est elle qu'ils veulent. Ne les voit-elle pas tandis qu'ils tourbillonnent autour d'elle, la goûtent, se nourrissent d'elle, savourent la moindre des éventualités qu'elle incarne ?

Je veux la tirer hors de vue, la dérober à leurs regards même si ça ne sert à rien. S'ils l'ont vue, ils nous suivront, ils tireront sur les fils de nos vies à toutes les deux jusqu'à ce que nous ne connaissions plus que le chaos.

Je crie un avertissement mais c'est trop tard. Elle presse la détente : le réservoir du Freux explose dans une gerbe de flammes et l'envoie s'écraser au sol.

Nous ne nous arrêtons pas tant que nous ne sommes pas certaines de ne plus être suivies.

« Est-ce sûr, ici ? croassé-je dans le silence subit.

– Aucune idée. » Falco baisse l'écharpe qui lui masque le visage. Elle est hagarde. « Mais le moteur est à deux doigts de péter. Si on ne le laisse pas refroidir, on ne fera pas un kilomètre de plus, sans parler d'arriver jusqu'à la Fosse.

– Tu crois qu'ils vont nous suivre ?

– Moloney ressemble peut-être à un tas de viande affublé d'une paire d'yeux, mais c'est un sournois. Les Freux n'ont pas osé s'en prendre à nous à Landfall. Ici, en revanche… »

Une jument vient se ranger à côté de nous. À son bord, Pegeen et une deuxième forme avachie.

« Boots est blessée ! » s'écrie Peg.

L'autre G'hal saigne abondamment d'une plaie à la tête, ses lunettes ont disparu, sa peau est égratignée et lacérée du crâne à la hanche. Elle est consciente, mais à peine. Lorsque nous la faisons glisser de l'arrière de la jument, elle lâche un cri de douleur.

L'œil de Falco brille de larmes tandis qu'elle prend le visage de Boots dans ses mains. « Doc ?

– Amenez-la ici. » J'ouvre la trousse de secours. « Je peux la soigner en chemin. »

La Générale lui laisse son siège. Toute l'énergie sauvage du combat l'a abandonnée et à présent ses yeux sont rouges, à vif, et son visage trahit son épuisement sous une couche de poussière et d'essence.

« Qu'est-ce que je peux faire ? » demande-t-elle.

Je lui jette un bref regard. Est-ce qu'elle combattait comme ça, en faisant si peu de cas de sa vie ? Ou est-ce la témérité d'une mourante ? « Tu as déjà fait beaucoup, lui dis-je.

– On te doit la vie », abonde Pegeen, au bord des larmes.

Falco secoue la tête. « J'aurais jamais cru que je remercierais une générale décorée de l'Accord pour quoi que ce soit, mais Peg a raison. Tu nous as sauvé la peau, là-bas. Même si Dieu seul sait comment tu as fait. »

Un sourire craquelle enfin les lèvres sèches de la Générale. « Cet appareil était un éclaireur modifié. Un Pèlerin 420. Son réservoir est situé sur son ventre pour faciliter le ravitaillement. Un bête défaut de conception.

– N'empêche, toucher une cible comme ça, c'était une chance sur mille, surtout en mouvement et sans parler de l'obscurité. »

La Générale hausse les épaules. « Pour vous, peut-être. »

Je comprends ce qu'elle veut dire. Pour nous autres, simples humains. Je ne dis rien tandis que Falco démarre et que nous nous remettons en route ; je me concentre sur Boots, en refoulant le mélange de stupeur, de pitié et d'horreur qui m'envahit chaque fois que je regarde cette enfant.

Enfin, une fois ses blessures bandées, Boots repose sur le siège et respire plus sereinement ; je baisse les yeux. La Générale est accroupie sur le sol du fourgon dans sa veste jaune, pareille à un canari malade, les yeux clos.

« Comment tu te sens ? » demandé-je maladroitement en envoyant la main pour lui toucher le front.

Elle écarte vivement sa tête mais j'ai eu le temps de sentir que, même en ce début de matinée chaude, sa température est bien plus élevée que la normale.

« Laisse tomber, dit-elle en léchant ses lèvres gercées.

– Générale…

– Ça va. J'en ai juste marre d'être dans cette foutue boîte sur roues. » Elle laisse sa tête retomber en arrière, les yeux fermés. « J'avais mon propre appareil de reconnaissance, tu sais. Un Faucon. C'était une belle machine. Direction intelligente, bobines de stabilisations, pression atmosphérique autorégulée. Je n'aurais jamais imaginé me retrouver coincée au sol comme ça, à ramper comme un cloporte. »

Je ne réponds pas. *Il s'est déclaré il y a deux ans, au sein de la série A.* Les mots de la commandante me reviennent. *En vieillissant, tout s'effondrait, tout simplement. C'est une fin douloureuse et misérable.*

« De quelle série es-tu ? » demandé-je.

Elle n'ouvre pas les yeux. « Série C. Nous étions treize. Nous avons été élevés sur la base de Voivira, sélectionnés parmi des centaines d'autres. » Ses lèvres tressaillent. « La meilleure promotion que l'Accord ait jamais produite, d'après les rapports. On est arrivés assez tard pour que le processus de cognition accélérée ait été perfectionné, et assez tôt pour que le programme n'ait pas encore été abâtardi afin de plaire aux âmes sensibles. » Elle ouvre un œil. « Les séries D et tous ceux qui ont suivi valent à peine mieux que des mannequins. Ils ne sont pas faits pour le combat. Pas comme nous. »

Je me détourne.

Cela relève du génie, me dis-je en contemplant le désert qui défile dans la lumière brillante du matin. Un génie calculé, pervers. Non seulement parce que les enfants ainsi formés sont quasiment surhumains, mais aussi parce qu'ils sont dévoués à leur cause comme seuls de jeunes gens peuvent l'être. Et parce que seul un sociopathe n'éprouverait pas une once de pitié envers eux. Quoi que la Générale ait fait, quelles que soient les atrocités qu'elle a commises, je ne peux pas oublier que sous ses cicatrices et sa redoutable intelligence, elle aurait pu être une enfant ordinaire. Et elle le sait. Et elle s'en sert.

Il n'empêche que je ne peux pas me départir de l'idée qu'*eux* aussi se servent d'elle.

« Quand tu as tiré sur l'appareil, dis-je. Est-ce que tu as… senti quelque chose ?

– Qu'est-ce que tu veux dire ? » riposte-t-elle. Mais sous son insolence, je perçois de la peur et devine que j'ai vu juste.

« Tu n'es pas en train de devenir folle, dis-je par-dessus le vacarme du fourgon. C'est *eux*. J'éprouvais la même chose, au début… »

Je m'interromps lorsque le fourgon rebondit sur un objet dur et métallique enfoui dans le sable.

« C'était une plaque de détection, lance Falco. Soyez sur vos gardes. On approche de la Fosse. »

Devant nous, du métal étincelle au soleil. Des formes étranges sont disposées à intervalles réguliers de part et d'autre de la route. Plus nous approchons, plus mon estomac se contracte.

Ce sont des cages, d'horribles boîtes à moitié enfoncées dans le sol. Lorsque nous dépassons la première, un bras en sort brusquement, griffant l'air de ses ongles ensanglantés. Nous en croisons une autre, puis une autre. Certaines paraissent vides, d'autres sont entourées d'un épais nuage de mouches et du sang séché macule la poussière autour d'elles.

Mon cœur bat fort dans ma gorge. À côté de moi, la Générale a perdu son habituelle impassibilité et regarde dehors avec un mélange de dégoût et d'épouvante.

« Nous devons nous arrêter, dis-je. Il y a des gens encore en vie là-dedans. »

Les mâchoires de Falco se crispent, mais elle continue de rouler en regardant droit devant elle.

« Ça me fait mal de l'admettre, mais la traîtresse a raison. Pourquoi ne fait-on pas demi-tour ? demande la Générale.

– Si on fait demi-tour, c'est fini, dit Falco. Je vous ai dit que la Fosse avait un nouveau patron. J'imagine que c'est sa façon de faire le ménage. »

Quelques minutes après, nous atteignons une tour de guet faite de ferraille rouillée. Au-delà bée un immense cratère. Ses flancs se perdent dans l'ombre, mais quelque chose scintille dans ses profondeurs. Un fin câble descend de la tour et disparaît dans la poussière de la piste. Falco arrête le fourgon assez loin pour que j'imagine qu'il s'agit de la mèche d'un explosif quelconque.

« Eh bien, lance une voix. Si c'est pas Dame Vérole en personne… »

Une silhouette est assise au sommet de la tour sous un

auvent de tôle ondulée. J'aperçois l'éclat d'une veste jaune délavée par le soleil, des yeux brillants au milieu d'un visage buriné par les vents.

Falco lève les yeux au ciel. Lorsque Pegeen grogne et envoie la main vers son arme, elle lui fait signe de se détendre. « J'ai un nom, Carve, rétorque-t-elle en louchant sous le rebord de son chapeau. Comment vont tes poux ?

– Merde, je suis propre comme un sou neuf, maintenant, répond l'homme en se grattant. Qui tu amènes avec toi ? » Il se penche, les mains sur ses genoux écorchés. « Salut, Pegeen. Quand est-ce que t'arrêteras de zoner avec une fille aussi louche pour crécher avec moi ? Je m'occuperai bien de toi.

– Je m'occuperai de toi la première, raclure de tripes, rétorque Pegeen. Dans ton sommeil, sûrement.

– Tu nous laisses entrer ? » reprend Falco.

Le sourire de l'homme vacille. « Je suis pas censé laisser entrer quiconque si Boss approuve pas.

– J'ai entendu dire que vous aviez un nouveau chef. » Falco jette un coup de menton vers les cages. « Et pas un tendre, apparemment. »

Carve remue. « Boss a un deal avec les Chercheurs. On leur verse un tribut, on joue les intermédiaires en morceaux choisis et ils nous foutent la paix. C't'un bon arrangement pour tout le monde, ça oui. » Il n'en a pas l'air persuadé.

« Je doute que les types dans les cages soient d'accord. »

Il crache. « Ils ont eu l'occasion d'y cogiter. Bref, ils vont partir pour un monde meilleur, selon Boss. Boss dit que les Chercheurs sont pas si mauvais, que les gens se gourent à propos d'eux, qu'ils font partie d'un équilibre, que c'est la vérité qu'ils cherchent… »

Il fait silence, comme s'il avait oublié les autres raisons pour lesquelles les prisonniers devraient se réjouir.

« Des timbrés en manque d'oxygène », marmonne la Générale.

Malgré sa voix basse, Carve l'a entendue. « Qui vous avez avec vous, là ? » Son regard acéré passe sur moi pour se poser sur la Générale. « C'est qui, ça ? Et la gamine ?

– Ça, c'est Doc, répond calmement Falco. Et la gamine est une recrue. »

L'homme ricane. « L'est pas un peu jeune pour être une G'hal ?

– Et toi, t'es pas un peu con pour être une sentinelle ? » lui renvoie la Générale.

L'homme éclate de rire en se frappant le genou. « D'accord, elle a le genre qu'il faut, sûr de sûr. »

Falco soupire. « Carve, laisse-nous entrer. On a des affaires à mener.

– Je te l'ai dit, Falco, je peux pas. Faut que je demande à Boss d'abord. »

Falco envoie la main sous son siège pour en tirer un sac. « Je comptais te donner quelques boîtes pour ta peine, mais si tu ne les veux pas… »

Elle ouvre son sac pour révéler des conserves qui luisent comme de l'argent dans la lumière du désert.

« Quoi ? » Carve lèche ses lèvres desséchées. « Qu'est-ce que tu as là ?

– Des poires au sirop. Des tomates venues tout droit de Prospérité. Des fèves marinées. Du poisson…

– Du poisson ? » Le mot est tombé de ses lèvres comme un filet de salive. Il détache les yeux du sac pour regarder derrière lui, l'air peiné.

« D'accord, lâche-t-il une seconde après. Envoie tout ça et je te laisse entrer. Vite ! Si on me voit, je vais me retrouver macchabisé en moins de deux. » Il tourne prestement une manivelle et le câble remonte en sifflant comme un serpent noir. « Va te poser chez Melc, au niveau quatre. C'est calme, là-bas. »

Falco ne perd pas de temps. Sitôt la route dégagée, elle

fait accélérer le fourgon et se dirige vers un tunnel situé au bord du cratère, suivie de près par Pegeen.

« Mon poisson ! » crie Carve.

Tout en ricanant, Falco jette le sac par la fenêtre du fourgon. « Bienvenue dans la Fosse. »

Si mon premier aperçu de la Fosse est désagréable, le deuxième ne fait rien pour arranger les choses. Je vois d'abord la pénombre, puis l'abîme béant du cratère, si profond qu'il semble ne pas avoir de fond. Sable et poussière glissent constamment par-dessus ses parois et dégoulinent comme de l'eau sur les passerelles en métal qui les hérissent.

Celle sur laquelle nous roulons n'a pas de garde-fous et tremble en cliquetant sous le poids du fourgon. De l'autre côté de la Fosse, j'aperçois une plateforme d'atterrissage pour navires. Je détourne les yeux du vide et ferme les paupières.

La Générale m'a vue. « Ne me dis pas que tu as le vertige », se moque-t-elle.

J'esquisse un sourire pincé et n'ouvre pas les yeux. De la sueur imprègne mon cou. Ce n'est pas seulement la hauteur qui me perturbe. C'est la structure. Hormis le fait qu'elle se trouve sur la terre ferme et non dans l'espace, la Fosse est l'image même d'une hourque pénitentiaire.

Ce qui est horriblement logique, comprends-je. Ce sont des taulards qui ont bâti les hourques, et les premiers colons à s'installer sur Factus étaient des taulards : ils ont construit ce qu'ils savaient construire. La Fosse est ainsi composée de passerelles en métal qui tournent en spirale autour d'un puits central. Aucun confort, aucun répit, juste du métal qui claque et résonne constamment jusqu'à ce que le son finisse par se frayer un chemin dans votre tête, vos oreilles, vos yeux, votre âme même.

Les camps de travail valaient toujours mieux que les hourques, à ce que disaient les gens. Au bagne, au moins, on avait la vague illusion de payer sa dette envers la société, la perspective d'un avenir où cette dette serait remboursée. Sur les hourques, il n'y avait que la réalité, dure, froide et implacable. Les hourques étaient conçues pour oublier les détenus, les laisser dériver à travers l'espace dans une cage de métal frémissante et bringuebalante jusqu'à ce que leur corps ou leur esprit défaille. Les hourques étaient réservées aux êtres au-delà de toute rédemption.

J'attrape l'écharpe autour de mon cou en essayant d'oublier ces mois terribles qui se sont écoulés avant que je ne prenne la décision de vivre, et sens de nouveau la morsure du collier contre ma gorge tandis que je reposais sur ma couchette dure comme la pierre. *Souviens-toi du Compte.*

Je n'ouvre les yeux que lorsque l'obscurité s'est refermée sur nous. Nous nous trouvons dans une sorte de caverne taillée dans la roche. Tout autour de nous, des mulets et des juments, des fourgons et des chars à bancs, mais aucun aussi neuf que le véhicule de Falco. Nous nous arrêtons en dérapant.

« Melc ? » lance Falco.

Des bruits de pas traînants annoncent l'apparition d'un homme à la barbe grise, qui émerge d'un rideau usé jusqu'aux fibres.

« Qu'est-ce que… » Il nous fixe, les yeux exorbités. « Qu'est-ce que vous foutez là ? J'ai pas entendu l'alarme.

– Carve nous a laissées entrer, dit Falco en sautant du fourgon. Ce crétin ferait n'importe quoi pour une boîte de poisson.

– Y compris y laisser sa peau, si Boss l'apprend. » L'homme s'essuie le visage avec inquiétude. « Ça va pas du tout lui plaire, ça. »

Pegeen vient se garer à côté de nous et je descends pour l'aider à porter Boots. La Générale suit, le fusil sur l'épaule.

« J'entends un peu trop parler de votre nouveau chef, dit Falco. Et ce que j'entends ne me plaît pas beaucoup.

– Falco », geint Melc avant de se retourner pour voir Boots affaissée dans nos bras. « Non. » Son visage devient un peu plus gris. « Non, non, tu peux pas l'emmener ici. » Ses yeux trouvent la Générale. « Et une enfant ? Merde, qu'est-ce que tu crois ?

– Melc, sale enfoiré, crache Pegeen. Boots est blessée. Tu la connais depuis combien de temps, déjà ? Elle a besoin de repos.

– Je suis désolé, Peg, vraiment désolé, mais faut me comprendre. » Il se tourne vers Falco avec un regard suppliant. « Si Boss apprend qu'elle est blessée, y aura pas de discussion, elle va se retrouver dans une cage en un clin d'œil. Boss dit qu'on ne doit pas gaspiller de soins sur les malades alors que les Chercheurs peuvent leur trouver une utilité. On doit les laisser à Hel comme tribut.

– Si quelqu'un pose seulement un regard de travers sur Boots, il se prend une balle entre les yeux, l'avertit doucement Falco. Et pareil pour la petite. Écoute, le voyage a été rude et je ne suis pas d'humeur à bavarder. On a besoin de repos, de nourriture et d'eau. Et mes amies ici présentes cherchent un navire.

– Pas possible, dit l'homme en reculant. Pas possible. Personne te donnera rien tant que t'auras pas vu l'Augure.

– L'Augure ? » La patience de Falco s'amenuise à vue d'œil.

« Boss. C'est comme ça qu'on l'appelle. » Melc frémit. « Je t'en prie… Allez vous présenter ou je suis un homme mort. »

Je change de jambe d'appui et Boots laisse échapper un râle. « Où est ce Boss ? » demandé-je.

L'homme donne un coup de menton. « De l'autre côté, dans l'ancien bar de Geremy.

– Où est passé Geremy ? »

Melc lance un regard lourd de sous-entendus vers le cratère.

« D'accord, coupe Falco. Emmène-nous là-bas. » Elle attrape l'épaule de Melc d'une poigne de fer au moment où il nous contourne. « Et si quelque chose arrive à Boots, tu seras le premier à mourir. »

Nous suivons Melc dans un ascenseur qui descend en cliquetant vers une autre passerelle. Tout comme dans les hourques, les passerelles sont partiellement ceintes de barreaux, afin de dissuader les gens de se jeter dans le vide, je suppose.

Mes mains sanguinolentes glissent du câble et me laissent tomber, je dépasse deux passerelles, trois, sachant qu'il n'y a rien en bas pour amortir ma chute, seulement davantage de métal.

Pegeen me donne un coup de coude et je chasse le souvenir en cillant, prise de nausée.

« Regarde. »

De l'autre côté de la Fosse, un étrange bâtiment à étage s'avance dans le vide, soutenu par des poutrelles rouillées. Il y a même une véranda, parodie des grandes villas palladiennes qui parsèment les lagons de Prospérité. Sauf que le toit de celle-ci est de tôle ondulée et de la poussière en ruisselle en permanence.

Nous en sommes encore assez loin lorsqu'un cri retentit à l'intérieur. Je vois une silhouette dégringoler dans les ténèbres.

« Je croyais qu'ils avaient fait le ménage, ici, marmonne Peg.

– C'est vrai, nous assure Melc. Vous voyez, y a presque plus de bagarres, maintenant. Ça vaut pas le coup. On risque de se faire blesser, et on finit plus souvent dans une cage que rafistolé par le Toubib. » Ses yeux filent vers le bâtiment. « À moins que l'Augure juge que vous en êtes digne. Comme moi. » Il exhibe ses dents abîmées en une tentative de sourire.

« Cet endroit n'est pas censé être un repaire de bandits ? » répond la Générale.

Melc a un rire nerveux. « Pour sûr, p'tite dame. »

Elle soutient son regard. « Alors pourquoi vous comportez-vous tous comme des serpillières ?

– Quoi qu'il se passe, lance Falco par-dessus les bafouillis de Melc, ça ne me plaît pas. Je n'ai jamais vu la Fosse aussi calme. »

Nous passons devant des ouvertures grandes comme des cellules percées dans les parois du cratère. Beaucoup sont occupées par les devantures de commerces qui vendent de tout, de la viande de serpent séchée, des larves vivantes, des pièces détachées de véhicule, de vieux pictocâbles. D'autres sont des logements ou des benzèneries. Devant l'une d'elles, une femme vêtue d'une armure de combat cabossée salue Pegeen et lui fait signe de la main, le regard brièvement illuminé, puis se penche en avant et crache dans les profondeurs enténébrées.

Mais quantité de ces cellules restent sombres : leur contenu a été pillé, leur porte enfoncée, leurs occupants ont disparu. Quoi qu'il se soit passé ici, je devine à la tension dans les épaules de Falco que ça ne présage rien de bon.

« Bon, dit Melc avec amertume quand nous atteignons la passerelle qui conduit vers le bâtiment. On y est. »

Je m'efforce de ne pas baisser les yeux. Il n'y a pas de rambardes, rien entre le bord de cette passerelle mal fichue et le cratère.

« Si tu essaies de nous doubler, Melc…, commence Falco.

– Non, non. » Il recule, les yeux braqués sur l'étage du bâtiment, que d'étranges flashs de lumière illuminent. « Je fais juste ce que demande l'Augure. »

Falco soupire et se retourne vers nous. « Restez sur vos gardes. Si ça tourne mal, soyez prêts à courir. » Ses yeux se posent sur Boots, qui n'est pas en état de faire quoi que ce soit d'approchant. Pour la première fois, je vois une ombre d'inquiétude passer sur son visage. Peg envoie la main et lui serre le bras, fort, avant de reprendre Boots.

Lentement, nous nous engageons sur la passerelle. Avant d'avoir atteint son milieu, des silhouettes émergent du bâtiment, de grosses armes à charges braquées sur nous.

« Qu'est-ce que vous venez faire ici ? » crie l'une d'elles.

Il y en a six, toutes vêtues de gilets blindés. J'essaie de ne pas m'en préoccuper pour revenir à ce que Falco leur répond.

« … nous reposer, commercer et reprendre notre route.

– Celle-ci a l'air blessée.

– Elle l'est. Et si quelqu'un essaie de lui faire encore plus de mal, il fera un petit plongeon depuis cette plateforme. » La main de Falco se rapproche de son arme, mais les gardes ne bougent pas.

« Ça, c'est à l'Augure d'en décider. » Le canon d'une arme nous fait signe d'avancer. « Par ici. Laissez vos flingues à la porte. »

Nos pas font tinter la passerelle de métal.

« Tu as toujours ton couteau à ta ceinture ? » murmure la Générale.

J'opine discrètement. « Il ne servira pas à grand-chose contre un fusil à charges.

– Pas dans *tes* mains, certes. »

Le rez-de-chaussée abrite encore les vestiges d'un saloon : le comptoir, un écran cassé, quelques affiches vantant des médicaments et des engrais chimiques d'outre-lune, des tables en métal égratignées et un autopiano d'apparence poisseuse. Mais au lieu de clients, la salle est occupée par des cages. Des rats, des souris, des serpents et même des chauves-souris glapissent, frémissent, grattent. Leurs déjections empuantissent toute la pièce.

« Que…, commence Pegeen, bouche bée, ses yeux gris exorbités. Qu'est-ce que c'est que ce truc ? »

La Générale suit son regard. « C'est un cochon d'Inde. Qu'est-ce que tu croyais ?

– Comment tu veux que je le sache ? J'en avais jamais vu jusque-là. Ça n'a pas l'air mauvais.

– Beurk. » La Générale rit presque.

« Des animaux de contrebande, murmure Falco. Il doit y en avoir pour des milliers de crédits.

– Lâchez vos armes et continuez », ordonne le garde armé en nous aiguillant vers les escaliers.

Derrière le comptoir, un homme nous suit de son regard morne, jusqu'à ce qu'il remarque la Générale.

« Eh, Ona, dit-il. La petite peut rester avec moi, non ? Je la surveillerai ; elle a pas besoin de voir le merdier là-haut. » Il lance à la Générale un sourire malsain. « J'ai une bonne bouteille de vin de cactus bien frais, petite demoiselle. »

Les yeux de la Générale glissent rapidement sur le pistolet qui pend à la hanche du type. « Ben mince, m'sieur, vous êtes drôlement gentil, vous alors…

– Laisse tomber. Ce n'est pas une enfant. De toute façon, Boss veut vous voir toutes. » Le garde croise mon regard. « On vous attendait. »

Après que le garde a frappé, la porte s'ouvre brusquement et une lumière vive nous éblouit. Je louche tandis que, peu à peu, la pièce retrouve ses contours. Tous les murs sont percés de fenêtres. Sous chacune d'elles, un miroir renvoie la lumière du ciel du désert comme une gifle. Au centre de cette radiance est assise une silhouette aux yeux brun profond, des yeux inquisiteurs qui vrillent les miens.

Valdosta.

Le canon d'une arme me pousse en avant. Plus je regarde, plus j'ai l'impression que mon esprit m'échappe. C'est bel et bien Valdosta, j'en suis certaine, et pourtant il y a des différences impossibles. L'Augure a perdu le lobe d'une de ses oreilles et arbore des tatouages vieux et passés sur les phalanges que, j'en suis sûre, la personne dénommée Valdosta n'avait pas. Leurs cheveux sont les mêmes, noirs et bouclés, mais la peinture brillante et les rubans entortillés ont disparu, remplacés par une tenue moulante noire rehaussée d'argent qui doit provenir d'une planète-cité. Ses yeux lourdement maquillés ne sont que pupilles malgré la lumière intense qui règne ici. Je frémis, doutant de mon propre cerveau, de mes propres souvenirs.

Et ce n'est pas la première fois.

« Ils ont franchi la porte, Boss, dit le garde armé. Melc les a conduits ici. »

Valdosta détache ses yeux des miens et détaille les autres.

« Oui, Melc sert encore à ça, au moins. »

Je ferme les yeux pour chasser la confusion, la migraine qui naît dans ma tête.

« Je vous en prie, dit l'Augure. Je dois finir de régler quelques affaires avant d'avoir le loisir de converser. »

On nous pousse vers un jeu de chaises abîmées disposées entre deux longs miroirs. Pegeen dépose immédiatement Boots sur l'une d'elles en l'installant aussi droite que possible. La Générale se laisse tomber sur une autre, jambes étalées, en fixant maussadement son propre reflet. Falco dresse un sourcil en me regardant. J'ai un bref aperçu de mon visage, perdu et blême sous les coups de soleil, répété à l'infini dans les miroirs. Je ravale ma nausée.

Deux autres gardes entrent par la même porte que nous, tirant une silhouette vêtue d'un uniforme ensanglanté et défraîchi des Limites Libres.

« Salut, Quatre, dit l'Augure d'une voix paresseuse. Je t'avais dit qu'il ne te servirait à rien de courir. »

L'homme en uniforme lève la tête vers nous, comme si nous allions l'aider. L'un de ses yeux est à moitié fermé par un bleu. Face à notre immobilité, il crache un glaviot sanglant vers Valdosta.

« Va te faire foutre, maître-chien. »

L'Augure sourit. « Dans une autre vie, peut-être. Dans celle-ci, nous semblons voués à nous opposer. Mais je vais être juste, Quatre. Je vais te laisser la même chance qu'aux autres. » Iel fait un geste, et l'un des gardes dispose une table basse à ses pieds. Sa surface est couverte de divers objets, tous des jeux de hasard interdits de séjour dans les bidonvilles. Il y a des brins de paille, des cartes à jouer et même des pièces en métal de la vieille Terre. Le frisson qui s'insinue sous ma peau s'intensifie lorsque je remarque une paire de dés, les mêmes qui ont rebondi sur le comptoir de Pardon Damovitch.

« Alors ? demande l'Augure. Joueras-tu ? »

L'homme renifle et essuie son nez sanguinolent sur sa manche. « Et si je gagne ?

– Tu es libre. »

L'homme scrute la table. « C'est truqué.

– Je suis au service du destin. Pourquoi truquerais-je *leurs* instruments ? »

Je lève brusquement la tête. *Leurs*. Mon cœur bat plus vite.

« Les dés », dit l'homme.

Aussitôt, l'Augure s'empare des vieux dés jaunis et les envoie rouler sur la table.

« Cinq. Pas mal. »

L'homme les récupère et les tient un instant contre sa poitrine avant de les lancer.

Une paire de deux.

Il jure bruyamment.

L'Augure lance encore. Un quatre et un six.

« Dix. » Ses yeux croisent brièvement les miens. « C'est approprié ».

Une sueur d'effroi me picote la peau. La main de l'homme tremble lorsqu'il s'empare des dés. Au plus profond de ma poitrine, quelque chose sursaute au moment où il les lance une dernière fois.

« *Snake eyes.* » L'Augure sourit.

Les gardes s'avancent sans un mot et attrapent l'homme par les bras.

« Non ! » Il essaie de s'enfuir, mais il n'y a nulle part où aller. L'un des hommes de main tire le verrou d'une porte métallique et l'ouvre. Le vent s'engouffre, éparpille les cartes à jouer, emplit la pièce de poussière. Au-delà de cette porte bée le cratère.

Avant de savoir ce que je fais, je suis debout et envoie la main vers le couteau caché dans ma veste. Une vie est une vie. Le Compte l'exige. Mais alors, à mon incrédulité, l'Augure lève la main en me fixant.

Les gardes s'interrompent. Dix centimètres de plancher séparent l'homme de sa mort.

« Lâchez-le. »

Ils s'exécutent abruptement et le type s'effondre en sanglots.

« Tu as de la chance, Quatre, dit l'Augure. La providence a parlé pour toi. »

Le malheureux en uniforme ne s'attarde pas pour remercier qui que ce soit et s'élance simplement vers les escaliers. L'Augure le suit des yeux.

« Il sera mort dans l'heure. » Iel soupire avant de croiser mon regard une fois de plus. « Tu ne crois pas, Dix ? »

« Je vous serrerais bien la main, dit l'Augure en nous gratifiant tour à tour d'un sourire, mais vous dégoulinez de sang de Freux. »

C'est vrai. Nos vêtements et notre visage sont encrassés par le voyage, noircis de saletés et du carburant de l'appareil abattu.

« Ils sont venus ici ? Les Freux ? » Falco semble déconcertée.

L'Augure désigne les miroirs. « Non. J'ai tout vu là-dedans. J'ai vu que vous alliez venir, toutes les cinq, mais je ne vous vois pas repartir ensemble.

– Je n'aime pas les menaces, dit Falco. Et je n'aime pas tes cages.

– Ce n'était pas une menace. Simplement un fait. De même que Moloney va chercher à se venger du mal que vous avez fait à ses Freux : c'est un fait. De même que la Générale ici présente a l'Accord aux trousses. »

Je tressaille, tout comme Pegeen. La Générale se contente de plisser les yeux.

« N'importe quel idiot ayant un accès au câble le sait », rétorque-t-elle.

Je m'oblige à regarder Valdosta dans les yeux. J'ai l'impression de croiser le reflet de quelqu'un qui se tiendrait juste derrière moi.

« Au fait, Low, dit-iel, c'est bon de te revoir. »

Je devine que les autres se tournent vers moi en se demandant si j'ai menti.

L'Augure se lève de sa chaise. « Rappelle-moi, où t'ai-je déjà croisée ? Sur ce monde ? Sur un autre ? Est-ce qu'*ils* ont encore franchi le chemin des réalités ? » Iel saisit mon poignet avec des doigts beaucoup trop froids pour le désert. « *Ils* te suivent comme ils l'ont fait avec moi. Ils sauvent, ils hantent, ils éparpillent en travers des mondes ; c'est ce qu'ils m'ont fait et ils refusent de me dire pourquoi. » L'Augure m'attire légèrement. « J'ai attendu bien longtemps de rencontrer quelqu'un qui sait ce que cela fait d'avoir été choisi par *eux*. »

Je dégage mon poignet, terrifiée. Et pourtant, une partie de moi désespère de savoir que je ne me trompe pas, qu'*ils* sont vraiment réels et pas simplement une illusion de mon cerveau usé. L'Augure tire quelque chose d'une grosse cage recouverte placée sous les miroirs : un serpent du désert noueux et balafré qui se tortille entre ses doigts.

Iel l'abat sur la table, tire son couteau et l'enfonce dans

le crâne de la créature. Pendant que l'animal tressaille, iel ouvre son ventre et répand ses entrailles. Derrière moi, la Générale laisse échapper un grognement dégoûté.

« Freux, chuchote l'Augure en fouaillant les viscères du reptile. Longrider. Spindigo. Enfer. »

Les cheveux de ma nuque se hérissent lorsque la voix de la vieillarde me revient, cette nuit-là, au ranch à serpents.

« Je vois, à présent. » Les yeux de l'Augure brillent. « Je vois. Tu n'as pas encore fait le choix. D'abord, tu dois mourir. Toi et feu la Générale devez vous rendre en enfer.

– Je ne suis pas morte, coupe la Générale d'une voix tremblante. Pourquoi tout le monde croit ça ? Je ne suis pas morte.

– Si. Il est déjà trop tard. » L'Augure reprend son couteau et appelle les gardes. « Conduisez-les toutes aux cages. Conduisez-les à l'Apôtre. »

Dans la demi-seconde qui suit, tout semble s'étirer et s'éloigner, comme sous le souffle d'une grande explosion invisible. Des images viennent s'écraser contre mes pensées, des chemins filent en travers des réalités, chaque issue se mêle à un millier d'autres. Je vois la Générale tituber sous un ciel jaune plat, du sang dans son sillage. Je vois les autres, brisées sur le sable, je vois un navire percuter le sol, son pilote mort, je vois ma propre poitrine, écorchée jusqu'aux côtes comme le serpent de l'Augure, une main qui va saisir mon cœur…

Je recule en chancelant, essaie d'échapper au chaos et tombe simplement face à face avec mon propre reflet. Mais mes yeux sont ceux d'un oiseau de proie, le Compte est gravé sur ma peau et sous mes yeux, mon reflet lève une main sanglante vers ma poitrine.

Mon poing part, brise le miroir. Au loin, comme à travers de l'eau, j'entends des cris et des hurlements. Je vois une version de Falco virevolter pour saisir le bras d'un garde et le briser au moyen d'une clef efficace, tandis qu'une autre version d'elle expédie le même garde à travers la porte de métal d'un coup de pied. Pegeen est touchée d'un tir à la colonne vertébrale, Pegeen envoie un garde rouler dans les escaliers d'un coup de tête. Et la Générale… elle est partout.

Je me précipite maladroitement vers elle tout en regardant, horrifiée, la version d'elle qui se penche sur le torse de l'Augure, les dents découvertes. Sa main fouille les éclats de verre et les tripes de serpent pour en ressortir avec un petit poignard à lame courbe.

Pendant un instant, tout est en suspens. Est-ce la voie qu'*ils* désirent ? Je ne sais pas. Tout ce que je sais, au moment où la Générale pose la lame sur la gorge de l'Augure, c'est que je m'élance et fais mon choix.

Du sang coule sur mes mains, mais ce n'est pas le mien ; il provient du cou de l'Augure, de la blessure que la Générale lui a infligée, à un centimètre de l'artère.

« Freux, hoquette Valdosta entre les doigts qui l'étranglent. Longrider, Spindigo… »

L'instant d'après, je suis au rez-de-chaussée, au milieu du vacarme des animaux en cage qui couinent et piaillent à l'unisson. Quelqu'un glisse une arme dans ma main.

Je ne peux pas, essayé-je de dire. *Je ne peux pas l'utiliser. Je suis médecin*, mais aucun mot ne sort.

« On doit se tirer. » La voix de Falco porte jusqu'à moi. Elle a une ecchymose en pleine expansion sur la joue. « Avant que ce timbré d'Augure reprenne ses esprits et sonne l'alarme. Si on se retrouve séparées, chacune pour soi, Doc. Je dois mettre Boots à l'abri.

– Laissez-moi, siffle Boots en papillonnant des yeux. Partez…

– Tu es une G'hal, répond Falco avec férocité. On n'abandonne pas les nôtres. Quelqu'un est blessé ? »

Je balaie la pièce du regard. Les derniers gardes gisent, morts ou inconscients. Les cheveux pâles de Peg sont poisseux de sang.

« Ça va. » Iel grimace tandis que Falco prend son visage dans ses mains avec inquiétude. « Vraiment, Mala, la plus grande partie de ce sang n'est pas le mien.

– Gabi ? »

La Générale secoue la tête. Elle est dressée au-dessus du barman inerte, armée d'un pistolet, ses jointures enflées et égratignées.

« Doc ? »

Freux, Longrider, Spindigo, Enfer.

« Doc ? Tu es blessée ? »

J'ai derrière la tête une longue coupure appuyée. Je ne me souviens pas comment je l'ai récoltée. « Non. »

Après un hochement de tête, Falco ouvre la porte d'un coup de pied.

Au premier pas dehors, nous comprenons notre erreur. Des gens émergent des logements des plateformes supérieures, alertés par les coups de feu, échangeant des cris, essayant de comprendre ce qui se passe. Tous sont armés.

Falco nous regarde, l'œil brillant.

« Courez. »

Nous n'avons pas fait quatre pas que les charges se mettent à pleuvoir, claquant ou ricochant sur les passerelles en métal. *Courez*, a dit Falco, mais ce n'est pas possible, pas en devant porter Boots, pas alors qu'on se fait mitrailler comme des rats dans un tonneau.

Falco titube en sifflant et porte la main à sa jambe. Pegeen pousse un cri de colère et abat trois ennemis d'un coup. Je vois la Générale jurer quand le pistolet s'envole de sa main et tombe en tournoyant dans le cratère. Puis quelque chose me percute la poitrine avec assez de force pour me jeter à terre.

Pas d'air, pas de son. Je reste couchée, guettant la douleur qui va arriver, j'en suis persuadée ; j'attends que la balle fasse son œuvre et mette un terme à ma vie. J'entends quelqu'un appeler un médecin sur un champ de bataille oublié.

Ma vue se trouble. De l'autre côté du temps, quelqu'un se penche sur moi. Une femme qui porte mon visage.

J'ouvre les yeux, mes poumons se convulsent, je prends une inspiration. Le monde, autour de moi, me semble différent, plus clair, plus net. Plus simple. Je roule sur le dos. Des gens me tirent dessus. J'ai un pistolet à la main. D'accord. Je lève l'arme, vise, tire. Je n'attends pas de voir si j'ai touché ma cible avant de passer à la deuxième, à la troisième, à la quatrième.

Six tirs, six touches. L'air retentit du silence crépitant qui sépare les charges.

Je me lève. Les autres, devant moi, me fixent avec surprise et incrédulité. Je fais un geste. Elles s'enfuient.

Je cours avec elles tout en examinant le pistolet afin de savoir combien de charges il me reste. Six de moins, encore six. L'arme est chaude.

À peine ai-je posé le pied sur la passerelle que j'entends un gémissement et me jette en arrière. Les autres sont expédiées à terre par une explosion d'énergie. L'air tremble, des débris de roche et de la poussière dégringolent. Je vise la silhouette qui vient de faire feu avec son blaster et tire deux fois. Elle bascule dans le cratère.

La femme borgne se redresse en chancelant, coupée, contusionnée et sanguinolente. Je connais son nom, mais je m'en fiche. « Passerelle est, crie-t-elle. On prend celle de l'ouest. »

Au-dessus d'elle, des gardes nous visent déjà.

« Allez », dis-je.

Elle s'exécute en emmenant les autres. Des tirs les pourchassent, mais j'abats leur assaillant avant de partir dans la direction opposée. Quand j'entends des bruits de pas derrière moi, je fais volte-face, prête à ouvrir le feu ; il me reste trois charges.

Mais c'est l'enfant, celle qu'ils appellent la Générale. Elle tient un blaster, qu'elle a dû récupérer après que son propriétaire est tombé.

« Pars avec les autres.

– On a de meilleures chances si on se sépare et qu'on les force à diviser leur feu. » Elle crache un peu de poussière. « Objectif ?

– La plateforme d'atterrissage. » Il n'y a aucun doute dans mon esprit. « Tout en haut, là où sont les navires. »

Elle hoche la tête. « Je couvre nos arrières. »

Je cours en guettant le moindre mouvement. Des bruits de pas secouent la plateforme qui nous surplombe. Je tire et entends un cri. Si cet endroit a été construit selon les plans des hourques pénitentiaires, il devrait y avoir quatre puits répartis autour du périmètre. Sur les hourques, ces puits étaient de métal froid – des surfaces lisses, infranchissables, sur lesquelles l'esprit butait – mais ici, les anciens taulards ont réalisé les voies d'évasion dont ils ne pouvaient que rêver tandis qu'ils dérivaient à travers l'espace : des ascenseurs qui nous conduirons vers le haut, vers la liberté.

J'en aperçois un devant nous, boîte mal fichue faite de chutes de métal, à côté des commandes d'un treuil. La silhouette qui monte la garde lève son fusil. Trop lente. L'enfant ouvre le feu avec le blaster et l'ennemi tombe par-dessus la rambarde.

« Monte », dis-je à la gamine en me penchant pour actionner le treuil.

Elle obéit et saute dans l'ascenseur tandis que les filins nous expédient vers le ciel. Des coups de feu nous talonnent, naturellement, mais ils ne peuvent plus nous atteindre, plus maintenant, et je pousse un éclat de rire. L'enfant à côté de moi est accroupie, son visage de pierre, et regarde la plateforme supérieure approcher.

J'ai vu juste. Les gardes, les démons de la fosse, tous ceux qui nous tirent dessus depuis les positions inférieures n'ont pas encore atteint ce niveau. C'est le point culminant du cratère, juste au sommet de ses parois, une plateforme rouillée le long de laquelle patientent des navires et des coucous. J'ouvre la porte de l'ascenseur d'un coup de pied et en repère un dans le coin opposé – un véhicule bricolé doté d'une soute de transport mal fichue – qui semble être le plus petit, le plus véloce. Je me dirige à grands pas vers lui.

« Tu vas prendre ce tas de boue ? s'étonne la Générale. Laisse-moi choisir. Il y a un Faucon, là-bas.

– La ferme.

– Et les autres ?

– Tu l'as entendue. Si on se retrouve séparées, chacune pour soi.

– Qu'est-ce qui t'arrive ? Où as-tu appris à tirer comme ça ? » Elle presse le pas pour se maintenir à ma hauteur. « Tu dis que tu n'as pas combattu, mais ça m'a tout l'air d'être le fruit d'un entraînement militaire. »

Je l'ignore, atteins le navire, et l'examine brièvement. Impossible de dire de quel modèle il s'agissait, à l'origine, mais j'espère que ses commandes seront simples. Un tuyau de ravitaillement pend de son flanc. Je le détache et appuie sur le bouton d'ouverture de l'écoutille.

« Réponds-moi ! exige l'enfant. Que faisais-tu, pendant la guerre ? Qu'est-ce que tu caches ? »

J'ai fait bien plus que tu ne pourrais l'imaginer.

Dans un grognement, l'écoutille s'ouvre. Dans la pénombre qui règne à l'intérieur, une forme trébuche vers nous, une arme à la main.

Je vise et la distingue enfin clairement.

C'est un jeune homme vêtu d'une veste de vol fatiguée et d'un jean déchiré ; ce n'est pas une arme qu'il tient, mais une pipe. Un fatras d'images envahit mon esprit :

d'innombrables futurs qui meurent avec lui. Au dernier moment, je détourne mon pistolet et la charge ricoche au-dessus de sa tête.

Dans le silence subit, cette femme qui était la mort incarnée et a occupé ma peau disparaît. Elle est remplacée par la conscience soudaine de ce que je viens de faire, l'odeur du sang et la chaleur du pistolet dans ma main. Je le laisse tomber, horrifiée.

« Toi, aboie la Générale. C'est ton vaisseau ?

– Quoi ? » Le jeune homme semble confus. « Euh, oui ? »

Elle arme le blaster.

« Alors, décolle. »

« Vous pouvez baisser ça, maintenant », dit le pilote à la Générale, la pipe entre les dents. « Je ne suis pas armé, après tout. »

J'ouvre les yeux. Le désert défile, flou, quinze mètres sous notre véhicule, gris et or dans la lumière de l'après-midi.

« Tu me prends pour une idiote ? coupe la Générale. Où caches-tu tes armes ?

– Quelles armes ?

– Celles que tu caches quelque part. »

Silence.

« Réponds où je te perce un tout nouveau toit ouvrant. »

L'homme soupire. « Sous le panneau de navigation.

– Prends-les. » Une pause. « Low ! Prends-les. »

Je lève la tête. Rien ne va. La chose qui avait mon visage s'est emparée de mon corps. Combien de gens ai-je tués ? Six ? Huit ? Et j'en ai blessé encore plus : sans traitement, ils vont mourir aussi. Les fragiles lignes du Compte se creusent un peu plus sous le poids de ces nouvelles morts. C'est sans espoir. Peu importe ce que je fais, je continue de prendre des vies.

« Low, siffle la Générale. On n'a pas le temps. Lève-toi. »

Elle est debout au-dessus de moi, les biceps tendus par le poids du blaster. Sonnée, je me relève.

« Va prendre les armes. »

Je tâte le dessous de l'écran de navigation rayé et clignotant. Autour du siège du pilote, le sol disparaît sous les cendres de pipe, les emballages de protéines et les bulletins froissés. Les câbles, sous le panneau, sont lâches, comme s'ils avaient été débranchés et réparés bien des fois. Dès que je sens le métal graissé et le plastique des armes scotchées en dessous, je retire presque la main. Je finis par l'envelopper dans ma manche pour les arracher de leur cachette et les envoie glisser sur le pont. Deux pistolets de l'armée et l'un de ces fusils à l'ancienne qui tirent des balles de métal.

« Bien », dit la Générale. Sous les égratignures et la crasse, son visage est livide. « Maintenant, dis-moi où on va.

– Vous ne savez pas où vous allez ? lui demande l'homme, légèrement surpris. C'est pourtant tout le but d'un détournement, non ? »

Il semble étrangement à l'aise pour quelqu'un qui a une arme braquée sur lui. Je le regarde plus attentivement, scrute ses vêtements froissés, ses bottes délacées. Ce sont des vêtements civils ; sa chemise est ornée de broderies complexes et de bonne qualité, elle ne provient pas d'un surplus militaire, contrairement à la majeure partie de ce qu'on trouve sur Factus. Aucun tatouage facial ne signale qu'il a pu faire partie de l'Accord. Aucune cicatrice sur le cou qui pourrait suggérer les hourques, pas de plaques d'identification qui laisseraient penser qu'il a combattu quelque part, au sein d'un groupe de francs-tireurs. Ses cheveux noirs sont sales et en bataille, sa moustache et sa vague barbe évoquent plus de la paresse qu'un style particulier. Il ne fait pas partie d'un gang, donc. Qu'est-ce qu'il faisait dans la Fosse, dans ce cas ? Il me jette un bref regard et fait passer sa pipe éteinte de l'autre côté de sa bouche.

« Regarde devant toi, lui ordonne la Générale. Et nous n'avons pas détourné ton véhicule ; nous l'avons réquisitionné. Ce n'est pas la même chose.

– C'est sûrement votre arme qui m'a induit en erreur.

– La ferme. Il y a quelqu'un d'autre à bord ?

– Juste moi.

– Et qu'est-ce que tu faisais dans la Fosse, tout seul ? »

L'homme sourit. Il a des dents saines, et vraies, pas en fibre de verre ou en métal. « J'attendais ma cargaison. » Il croise encore mon regard. « Je suis transporteur. Indépendant. »

Bien sûr. Je me laisse tomber sur le siège du copilote. « C'est un contrebandier, dis-je.

– Et me voilà réduit au statut d'otage. Ou de *détourné*. Ça se dit ?

– Bon, il va falloir qu'on se débarrasse de lui. » La Générale promène un œil critique autour d'elle. « J'imagine que je pourrais piloter ce… tas de boue. Qu'est-ce que c'était avant que tu ne le défigures ? Un Orel 250 ?

– Défigure ? » Il semble sincèrement offusqué. « *Charis* est une *hybride*. Et vous n'arriverez pas à la piloter. Personne d'autre que moi ne le peut. C'est une dame exigeante. »

La Générale pousse un grognement dédaigneux.

« Qu'est-ce qu'on fait ? me souffle-t-elle. C'est toi l'experte de ce trou à rats, trouve quelque chose. »

Je ferme les yeux et essaie de réfléchir. « Tu veux quitter la planète ?

– Oui, grosse maligne. Et j'ai besoin d'un câble longue portée pour contacter les autres.

– Quels autres ?

– Les autres généraux. Les classe C. » Elle lèche ses lèvres gercées. La sueur coule le long de ses tempes et de son cou. « Si la commandante Aline a dit la vérité sur ma condition, les autres seront affectés aussi. Ensemble, nous pourrons comparer nos informations, établir un plan pour nous procurer des soins... » Ses mots se tarissent, ses yeux se révulsent. Le blaster tombe par terre avec elle.

« Un port, ordonné-je au pilote. Emmène-nous à un port. »

Son regard glisse encore de côté, d'abord vers la Générale, puis vers l'arme au sol. « Otroville est à une journée de vol vers l'est, dit-il d'un ton prudent. Ou alors, il y a Landf...

– Non. Pas de ville, pas de bases militaires. Pas d'Accord.

– L'Accord est partout. » Il fronce les sourcils. « Il y a un port marchand à l'ouest, près de la Bordure. Le Dépôt Douze. Un coin miteux, surtout utilisé pour le minerai, mais vous pourrez peut-être négocier un voyage, là-bas. Vous avez de l'argent, ou de quoi troquer ? »

Je n'ai même plus ma trousse de secours. Elle s'est perdue durant la fuite de la Fosse. Pour quelque raison, l'idée me fait encore plus mal que mes blessures, comme une épine enfoncée profondément dans ma poitrine. À quoi est-ce que je sers, sans elle ?

« Oui », réponds-je sans plus de précision en me rappelant ce qu'a dit la Générale sur ses comptes étrangers. « On peut payer.

– Bon, dans ce cas... »

Il fait pivoter son siège. Les jambes croisées dans une pose détendue, révélant le pistolet attaché à sa cheville.

« Tu vois, je suis dans une situation délicate. » Il plonge la main dans sa veste et en sort un paquet de feuilles de centurien séchées, avec lesquelles il bourre sa pipe. « Je n'ai pas ma cargaison, et les gens qui l'attendent ne seront pas très heureux que je me pointe les mains vides. Mais si vous payez, je pourrais me ravitailler dans la Zone NI, vous obtiendrez votre voyage, et on oubliera tous cette sale histoire de détournement. »

Face à mon silence, il hausse les épaules. « Ou alors… Vous avez l'air assez crevées. Si vous vous endormez, je risque d'être obligé d'essayer de vous descendre, ou du moins de vous balancer par-dessus bord. De vous abandonner au milieu de nulle part, à la merci des Chercheurs. »

Je sens les muscles de la Générale frémir sous mes mains.

« D'accord, dis-je. D'accord. On paiera. Emmène-nous. »

L'homme exhibe un briquet en argent cabossé ; une relique de l'ancien monde. Il fait tourner plusieurs fois la molette avant que la mèche ne s'embrase, et le foyer de sa pipe commence à brasiller. L'odeur âcre du centurien envahit la cabine.

« Nous avons un accord, madame », sourit-il.

La nuit tombe durant le trajet. Assise sur le siège du copilote, j'observe la pénombre qui se fait plus dense, le rose marbré de Brovos dans le ciel, le scintillement arc-en-ciel de Delos, les innombrables clignotements des navires en orbite. Et au-delà de ces lumières… rien. Seulement le Vide, un insoupçonnable écheveau de matière noire. Il me tiraille. Aucune des sondes qu'on y a envoyées n'est jamais revenue. Est-ce que les marins avaient cette impression, jadis, quand ils se tenaient sur le promontoire le plus avancé, face à des océans inconnus, conscients que s'y aventurer les condamnerait selon toute vraisemblance à ne jamais revenir ?

Je détache les yeux du ciel. En dessous de nous, le sol file aussi silencieusement qu'une main passée sur un coussin. Dans le navire, la nuit est calme et sans heurts.

Le pilote – Silas – vole en souplesse. Peut-être à cause de la fumée de centurien qui dérive encore comme des lambeaux de toile d'araignée dans la cabine, j'ai bientôt oublié sa présence. Je me perds dans le vrombissement du moteur et les lointains motifs que dessine la poussière sur la carlingue du navire, un peu comme je me perdrais dans le bruit de la pluie sur un toit de métal. Je pose une main sur le verre froid et frémissant de la vitre. Une partie de moi aimerait être à l'image de ce navire, calme et fonctionnelle, dénuée de sang et de sentiments.

« Low ? »

Le pilote se tourne vers moi. Les ombres sous ses yeux se fondent dans la peau mate de ses joues. Il donne un coup de menton derrière nous.

« Elle t'appelle. »

La Générale est allongée sur une couchette de fortune dans un réduit qui fait aussi office d'infirmerie et de réserve. Je me glisse près d'elle.

La crasse des derniers jours a disparu, chassée par la douche à vapeur du navire. Sans cela pour souligner les rides précoces de son visage, elle a l'air plus jeune que jamais.

« Comment tu te sens ? demandé-je.

– Faible. Et fatiguée. Je n'ai jamais été aussi épuisée, même durant une campagne. » Elle ouvre les yeux pour contempler le plafond et je sens qu'elle lutte pour empêcher l'émotion de percer dans sa voix. « Ce n'est pas seulement physique. Je souffre de réactions atypiques, de distorsions visuelles. » Elle tourne vers moi ses yeux ourlés de rose. « Tu avais raison. J'ai vu quelque chose quand les Freux ont attaqué. Et là-bas, avec l'Augure… Je ne veux pas devenir folle. »

Je lui réponds avec une voix que j'ai le plus grand mal à garder calme. « La faiblesse physique vient peut-être du fait que ton corps s'adapte encore à la terraforme.

– Ou alors, je suis mourante. »

Rien ne sert de se mentir. « Il y a quelque chose qui cloche, oui. Mais sans laboratoire convenable pour effectuer des tests… »

Elle secoue la tête. « Même si on en trouvait un, mes améliorations sont trop complexes pour que qui que ce soit, sur cette lune, les comprenne. » Son front se plisse.

« Je dois les voir. Les autres classe C. Si c'est vrai, si nous sommes tous dans la même situation, nous pouvons au moins faire face ensemble. »

La résignation qui a envahi son ton m'effraie. « Et si ce n'est pas le cas ? »

Elle a un sourire amer. « On veut quand même ma mort. »

J'occupe mes mains en fouillant dans la trousse de secours du navire. « Tu n'as pas de famille ?

– Non. Mes parents avaient une boîte de sécurité sur Felicitatum. Notre entrepôt a été détruit lors d'une des premières frappes des Limites. Ils ont été tués avec ma petite sœur. » Elle me regarde droit dans les yeux. « Tu te rappelles où tu étais quand tu as appris la nouvelle ? Tu l'as fêtée ? »

Je détourne les yeux pour scruter la trousse. « Je suis navrée.

– Pour moi ou pour la guerre ? » Elle laisse sa tête retomber. « Peu importe. »

Sans un mot, je panse ses phalanges, m'efforce d'ignorer le choc entre hostilité et chagrin, essaie de me rappeler les paroles de Peg, quand iel a dit que n'importe quel orphelin pouvait devenir comme la Générale. Que ça me plaise ou non, j'ai joué un rôle dans sa création.

« Et toi, traîtresse ? demande-t-elle d'un ton vaseux. Tu as de la famille ?

– Non. » Je trouve une ampoule d'anesthésique. « Je suis morte à leurs yeux depuis des années.

– Ça ne m'étonne pas », dit-elle, mais il y a peu d'agressivité dans sa voix, seulement de la fatigue.

« Même si ça ne sert à rien », dis-je maladroitement depuis la porte une fois que j'ai terminé, « je suis désolée de ce que l'Accord t'a fait. »

Elle ne répond pas.

Je ne sais pas combien de temps je reste dans la coursive du navire après ça, la paume de la main posée sur la cloison de métal. Enfin, je me redresse et retourne sur la passerelle. Le pilote est toujours sur son siège, le pilotage automatique enclenché, les pieds sur la console. Il boit dans une tasse en métal en feuilletant un almanach vieux de plusieurs années.

« Elle va bien ? »

Je me laisse tomber sur le siège du copilote en tressaillant. J'ai sur l'estomac un bleu de la taille d'une assiette, dû à l'impact de la balle sur le gilet blindé.

« Elle dort. On n'a pas beaucoup dormi, ces derniers temps.

– Tu m'étonnes. On dirait que vous avez le diable aux trousses. »

Je ris et passe ma main sur mon crâne. « Si ce n'était que lui.

– J'ai entendu des coups de feu, dans la Fosse…

– S'il te plaît, ne pose pas de questions. »

Il hausse les épaules et retourne à son almanach. Une minute après, je l'entends remuer et ouvre les yeux pour le voir sortir une bouteille sans étiquette d'un compartiment caché.

« Tiens », dit-il en versant une lampée dans une autre tasse.

Je l'accepte et bois sans discuter tant je suis crevée. Sitôt que le liquide touche mes lèvres, je le recrache presque, de surprise. C'est du whiskey. Du *vrai* whiskey, pas du benzène coupé ou distillé dans une grange. Son arôme envahit ma bouche comme un nuage d'ambre riche et piquant.

« Où as-tu trouvé ça ? » dis-je d'une voix étranglée tandis que le liquide franchit mon œsophage.

Il a un rictus. « C'est du bon, hein ? Je l'ai eu comme paiement d'un job, il y a quelques cycles. Il me semble qu'avoir transformé un détournement en voyage avec chauffeur mérite une petite célébration. »

Je prends une autre gorgée. Malgré la brûlure de mes

lèvres gercées, le liquide a l'air propre et pur, à l'inverse de tout, sur Factus. Comme la première inspiration d'air glacial du matin sur une vraie planète.

« Merci.

– De rien, Low. » Il hoche la tête. « C'est ton nom, hein ? »

Je prends une autre gorgée.

« Je m'appelle Dix.

– Ah. » Il y a un silence gêné avant qu'il ne se rencogne sur son siège. « Je n'avais jamais rencontré de Dix. »

Son ton reste celui d'une conversation insignifiante, sans la moindre trace de ce jugement que je dois affronter quand mes interlocuteurs découvrent l'ampleur de ma sentence. Il constate ma surprise et rit.

« Écoute, quoi que tu aies fait, quel que soit le camp que tu as rejoint, ça n'a aucune importance pour moi. Ici, tout le monde est ressuscité, pas vrai ? Nous sommes tous égaux dans la poussière. » Il vide sa tasse. « Tu as autant le droit à une nouvelle vie que n'importe qui. »

J'essaie de sourire. « L'Accord ne serait pas de cet avis.

– L'Accord devrait s'occuper de ses propres problèmes. Les bonnes intentions signifient que dalle pour les gens qui meurent de soif. L'Accord a eu ce qu'il voulait, et c'est bien plus qu'il ne peut gérer. La vie serait plus facile s'il l'admettait. »

Je regarde son visage éclairé par les veilleuses de la console. Il n'est ni de l'Accord ni des LL… Qu'est-ce qu'il fabrique sur Factus ? Il y a en lui des marques de vie à la dure, mais superficielles seulement. Ses vêtements, si usés soient-ils, évoquent un autre endroit, loin des lunes frontalières.

Pendant une seconde, nos regards se croisent.

« Tu devrais aller te reposer », dit-il.

J'opine en finissant mon whiskey. « Je vais dormir dans la soute. Tu as une couverture ? »

Il agite la main. « Prends ma couchette. Je reste ici, de toute façon. Qu'au moins l'un de nous ait une vraie nuit de sommeil. »

Ses doigts touchent les miens lorsqu'il envoie la main vers la tasse, et pendant un instant, je suis tentée de les serrer, de lui demander de venir avec moi et de me perdre dans la fumée et la chaleur de quelqu'un d'autre. Mais j'aperçois alors mon reflet dans ses yeux, mon visage cabossé, l'écharpe serrée autour de mon cou, et je me rappelle ce que je suis.

« Merci. » Je me détourne.

Sa voix me suit. « Puissent tes pensées rester claires, Dix. »

À mon réveil, j'éprouve un sentiment inhabituel. J'ai chaud et la somnolence ne me quitte pas sur-le-champ. Je ne me rappelle pas la dernière fois que je me suis sentie en sécurité. Un léger vrombissement résonne, comme des abeilles ou une voix grave et rauque qui fredonne. J'enfonce un peu plus la tête dans un oreiller qui a l'odeur des cheveux de quelqu'un d'autre, refusant de me réveiller.

C'est pourtant ce qui arrive. La réalité m'aiguillonne ; d'abord mes côtes douloureuses, puis la peau à vif de mon visage, puis le souvenir de l'endroit où je me trouve. J'ouvre les yeux.

La couchette est une alcôve coupée du reste du navire par un épais rideau. La lumière filtre à travers ses mailles, illuminant les parois et le plafond, non loin de ma tête. Je souris et tends le bras. J'étais trop fatiguée, la nuit dernière, pour faire attention à quoi que ce soit, mais je constate à présent que cette couchette est un patchwork de couleurs : des cartes postales datant d'il y a un siècle, des emballages de nourriture colorés qu'on ne trouve que sur les planètes-foyers, un poster pour un concert exclusif sur une lune dont je n'ai jamais entendu parler, un croquis à la main de la secrète Voivira et de ses satellites gardiens, et même des posters de propagande particulièrement réussis de l'Accord ou des Limites, arrachés à un mur. Une collection de chapardeur récoltée dans tout le système connu.

Je touche délicatement une très vieille et authentique photographie : une plage sablonneuse, avec des gens en costumes de bain aux couleurs vives assis, souriant, sur des serviettes rayées. Puis, comme si l'image prenait vie, un son inattendu capte mon attention : un éclat de rire.

Glissant mes pieds nus dans mes bottes, je me dirige vers la minuscule coquerie. Silas est là, la pipe pendue aux lèvres, et remue quelque chose sur une cuisinière graisseuse. La Générale est penchée dans l'ouverture de la pièce et écoute.

« … et il me dit : “Fils, j'ai jamais vu de lièvre.” »

La Générale s'esclaffe dans sa tasse. Tous deux se retournent à mon arrivée.

« Bonjour, m'accueille Silas. Tu as faim ?

– C'est pas trop tôt », dit la Générale. Elle a bien meilleure mine : la pâleur grisâtre a quitté son visage, encore qu'une trace de fatigue persiste dans les rides autour de ses yeux. Elle désigne la cuisinière de la tête. « Tu es peut-être timbrée, mais tu as choisi le bon navire. Un qui est fourni avec du café et des œufs.

– Des œufs de vautour, précise Silas sur le ton de l'excuse en jetant des piments verts très desséchés dans la poêle. Il n'empêche qu'ils ne sont pas mauvais. C'est toujours mieux que les protéines. » Il se retourne pour empoigner un pichet cabossé. « Tiens, je t'en ai gardé. »

Je prends une tasse. C'est bel et bien du café. Huileux et amer, mais du vrai café.

« Merci.

– Ça fait partie du service. Avec ce que vous me payez, j'aurais dû préparer un buffet. »

Je jette un bref regard à la Générale, qui hausse les

épaules. Ils se sont manifestement mis d'accord sur les détails de l'arrangement. Combien d'argent a-t-elle de côté ?

Les horreurs de la Fosse ne quittent pas mon esprit mais, comme toujours, mon corps me trahit. Une tasse de café et un ventre plein m'aident à repousser les souvenirs.

« On atteindra Déjàça d'ici midi, annonce Silas en grattant la graisse d'une assiette. Là, on pourra faire le plein, puis filer droit vers Dépôt Douze, le port minier dont je parlais.

– Déjàça ? » La Générale lève un sourcil.

« C'est le seul comptoir commercial à des kilomètres à la ronde, et l'îlot de civilisation le plus proche de la Bordure. L'endroit est si souvent attaqué par des Chercheurs et des bandits que les gens ont pris l'habitude de dire : "Il est encore là, c'est déjà ça."

– Encore les Chercheurs, maugrée la Générale. Ils sont une menace. On devrait s'occuper d'eux. »

Silas rit. « J'aimerais te voir essayer.

– Si j'avais eu une arme quand ils nous ont attaquées, ils seraient beaucoup moins nombreux, à l'heure actuelle.

– Tu les as vraiment vus ? demande Silas avec inquiétude. De près ?

– On a réussi à s'échapper avant qu'ils ne se posent, coupé-je avant que la Générale ne puisse répondre. On a eu beaucoup de chance. »

Silas fronce les sourcils, ce qui n'a rien d'étonnant. À ma connaissance, personne n'a vu les Chercheurs d'aussi près que nous et s'en est sorti. Je devine qu'il essaie encore de nous situer, qu'il se demande s'il doit nous croire ou non.

« Il y aura beaucoup d'autres navires, à Déjàça ? » demandé-je rapidement.

– Ça devrait être calme, dit-il. Je pense que l'Accord a oublié l'existence de ce comptoir. Autant que je sache, il n'y a même plus de distribution d'eau.

– Ça a l'air fantastique, maugrée la Générale.

– Calme ou pas, on ferait bien de ne pas sortir du navire.

– Je ferai ce que je veux. »

Je la foudroie du regard et elle se contente de me rendre la pareille. Si amical que soit Silas, je ne sais pas jusqu'à quel point on peut lui faire confiance.

Freux, a dit l'Augure. *Longrider…*

« Les Chercheurs ne sont pas les seuls à me tirer souci, soupiré-je. On a eu un… accrochage avec les Freux il y a quelques jours. On doit les éviter, eux aussi.

– Les Freux de Moloney ? siffle Silas. Qu'est-ce que vous leur avez fait ?

– On a descendu un de leurs sales coucous, ricane la Générale. Ces fumiers l'avaient bien cherché. »

Silas semble impressionné. « Ça, je n'en doute pas. Écoutez, ne vous inquiétez pas. *Charis* n'est peut-être pas plus rapide qu'un Freux, mais elle est bien équipée. Si quelqu'un nous suit, je le saurai. Et il est peu probable que quelqu'un nous ait devancés. »

Lorsqu'il retourne aux commandes, je prends la Générale à part.

« On doit rester sur nos gardes, lui dis-je vivement.

– À cause de ce drogué ? » Elle ricane. « Ça m'étonne même qu'il réussisse à voler droit.

– Pas seulement de lui. On ne sait pas jusqu'où s'étend l'influence de l'Augure. Et si Moloney découvre qu'on était à la Fosse, ce qu'on a fait…

– On ? D'après mes souvenirs, c'est toi qui t'es chargée de la majeure partie du massacre. Tu as oublié ?

– Je n'avais pas le choix. »

Elle émet un bruit de dégoût. « Typique des LL.

– Qu'est-ce que ça veut dire ?

– On a toujours le choix, Low. Les lâches que vous êtes ne se sont jamais souciés des conséquences. Vous aviez vos théories, vos beaux idéaux, mais quand le temps d'agir est venu, vous avez geint, pleurniché et prétendu que nous vous avions poussé à faire des choses que vous ne vouliez pas faire. Il n'empêche que vous les avez faites. L'Accord m'a appris à assumer mes décisions avant même de me laisser toucher une arme. » Elle me lance un rictus méprisant. « Une fois morts, les gens se moquent des raisons pour lesquelles tu les as tués. »

Sur ce, elle retourne à grands pas vers sa couchette et me laisse seule.

Sonnée, je me rends sur la passerelle. Quand j'entre, Silas repose le transmetteur.

« Je viens d'avoir Déjàça, dit-il. Ils ont du carburant, et la bonne nouvelle c'est qu'ils n'ont pas eu de visite depuis cinq jours. »

Je hoche la tête.

« Gabi, ça va ? demande-t-il.

– Gabi, répété-je sans pouvoir cacher mon amertume. On ne l'appelle pas comme ça, d'ordinaire.

– Peut-être, répond-il en haussant les épaules. Mais comme je te le disais, on vit maintenant, pas dans le passé. » Il taquine du doigt un fil détaché du transmetteur. « Comment vous vous êtes retrouvées ensemble ? Et comment vous avez fini dans la Fosse ? Apparemment, vous ne vous appréciez pas beaucoup.

– C'est arrivé comme ça. »

Au bout d'un moment, il sort un sachet de sa veste. Des souffles. Mes muscles tressaillent d'anticipation et de convoitise. Je le regarde en glisser un entre ses dents et le faire éclater. Je serre la main pour m'empêcher de la plonger dans le sachet.

« J'imagine que tu vas partir avec elle, si elle arrive à se payer un trajet hors de cette lune ? » demande-t-il.

La question me frappe. En vérité, je n'ai pas réfléchi à mon propre devenir. Si la Générale a accès à ses fonds, si elle peut me payer ce qu'elle m'a promis – de quoi acheter du matériel, un nouveau mulet – est-ce que je dois accepter ? Repartir seule dans les Friches et continuer comme avant à rafistoler les colons désespérés, à ajouter chaque vie au Compte, comme si j'essayais de réparer un barrage qui fuit avec des morceaux de papier ? D'un autre côté, si je quitte Factus, est-ce qu'*ils* me suivront ?

Une fois morts, les gens se moquent des raisons pour lesquelles tu les as tués.

« Je ne sais pas.

– En tout cas, si tu veux retourner dans l'Est, j'ai une place. Tu n'auras même pas besoin de détourner mon appareil, cette fois. » Il me tend son sachet de souffles.

Riant doucement, j'en prends un, et Silas rit aussi.

Je scrute l'horizon. Alors que les éclats de la perle fondent sur ma langue et que la dextro se rue en moi, claire et pure, ce que j'éprouve ressemble beaucoup à de l'espoir.

Silas ne mentait pas au sujet de Déjàça. C'est le comptoir commercial le plus rudimentaire que j'aie jamais vu, et sur Factus, ce n'est pas peu dire. Les seuls bâtiments sont les conteneurs résidentiels provisoires qui ont été lâchés il y a des années par le Bureau de Développement Rural de l'Accord afin d'aider les gens à se lancer.

Sauf que c'est un cul-de-sac. La terre est tellement aride que les graines et les cultures sont simplement balayées par le vent ; la distribution mensuelle d'eau suffit à peine à humecter la gorge des habitants, et si l'on en croit Silas, elle n'a même plus cours. Sans cultures, les gens ne peuvent pas s'abonner aux livraisons d'eau, et sans abonnement, ils n'ont pas accès aux banques de graines. C'est comme ça que l'Accord gère ses affaires.

Nous nous posons dans un tourbillon de poussière. Tout semble avoir été utilisé et recyclé des dizaines de fois. Au milieu d'une place primitive se dresse un relais de câble festonné de pièges à vents qui claquent follement à notre passage.

« C'est charmant, dit la Générale tandis que nous sortons du navire. Qu'est-ce qui pue comme ça ? »

Silas remonte le col abîmé de sa veste de pilote sur sa bouche. « Des briques recyclées. Tu t'y feras.

– Des briques recyclées ? »

Il désigne du menton les latrines.

« Beurk.

– Vois le bon côté des choses. Après être passée ici, voyager sur un convoyeur minier te semblera être un luxe. »

Il me lance un clin d'œil. Je réprime un sourire. Après une demi-douzaine de perles, je me sens mieux que depuis des semaines : ma tête est claire, mes pensées nettes. J'avance avec assurance vers le bâtiment principal qui fait visiblement office de magasin général, de bar, de bureau de câble et de tout le reste.

« Qui diable peut vivre ici ? demande la Générale en plissant le nez de dégoût.

– Des gens qui n'ont pas le choix », réponds-je.

Elle me lance un regard mauvais, Silas presse le pas pour nous ouvrir la porte.

« La seule habitante permanente, ici, c'est Gilli. Il y avait aussi son mari, Pike, avant, mais il est allé dans la Bordure un jour et n'en est jamais revenu. Elle est un peu… bizarre, depuis. Ne faites pas trop attention. »

Bien sûr, les lieux sont vides, mais au moment où nous entrons résonne une vieille clochette. Il y a un grincement dans la salle arrière, des bruits de pas traînants, et une femme apparaît. Elle semble terriblement âgée, aussi sèche qu'un vieux citron, et pourtant elle ne doit pas avoir plus de quarante ans. Elle porte un antique pistolet dans un étui d'épaule.

« Bonjour, Gilli, lance Silas. Puissent tes pensées rester claires.

– Les tiennes aussi », répond-elle avec méfiance. Ses

yeux se posent sur la Générale et y restent quelque temps, avant de revenir à Silas. « Je te connais. Mais pas elles.

– C'est vrai. Je m'appelle Silas Gulivinda, je suis passé il y a quelques mois. J'ai acheté un convertisseur de pression qui est tombé en morceaux dans la semaine. »

La femme hoche la tête. « D'accord.

– On peut faire le plein ?

– Vous pouvez faire le plein si vous pouvez payer.

– Vous avez une cabine à câble ? » demande la Générale.

La vieillarde plisse encore plus les yeux, mais finit par donner un coup de menton sec. « À l'arrière, près des filtres à merde. » Tandis que la Générale s'y précipite, elle me regarde. « Si elle s'en sert et que vous payez pas, je la garde avec moi. C'est que justice.

– On peut payer. Vous avez des médicaments ? Des souffles ?

– Pas de souffles. Les médocs sont là, sur l'étagère. »

Je n'écoute pas le reste de sa conversation avec Silas – ils parlent de voleurs d'eau et des éclaireurs des Chercheurs – et inspecte les médicaments. J'aurais dû me douter de ce que j'allais trouver. Les flacons et les boîtes portent leurs étiquettes originelles, mais leur contenu a été remplacé par Dieu sait quoi depuis longtemps. De la bile de serpent, de l'urine fermentée… Je dévisse le bouchon d'un flacon d'expectorant gluant et flaire l'odeur du liquide de refroidissement. Je le repose avec dégoût.

« C'est pire qu'inutile, marmonné-je en me retournant vers Silas. Autant qu'on… » Je m'interromps. Il a disparu.

« Il est à la pompe, dit la femme, ses yeux secs braqués sur moi. Il dit que vous pouvez boire un coup à sa santé. »

Une bouteille de liquide brun et opaque repose sur le comptoir devant elle. Je n'arrive pas à discerner la pompe à travers les vitres rayées, et la Générale est toujours occupée à pianoter sur le câble.

« Qu'est-ce que c'est ? demandé-je en m'accoudant au comptoir.

– Du mescal », répond la femme en versant une mesure dans un vieux verre en plastique.

Un simple coup de narine me confirme que ce n'est pas du mescal mais du jus de cactus fermenté au soleil avec une goutte de benzène. Mais la femme pousse le verre vers moi, ses lèvres sèches tressaillant ; le refuser alors qu'elle possède si peu serait impardonnable. Prenant mon courage à deux mains, je le descends cul sec. Il passe dans ma gorge comme une poignée de griffes de rat.

« Merci, sifflé-je.

– Vous avez marché longtemps. » Son visage a une expression curieuse, comme si elle voyait directement le désert à travers ma tête.

« On n'a pas marché. On est arrivés sur un navire… »

Un fracas nous fait toutes deux sursauter. La femme lâche le verre et sa main vole vers son arme. Un autre choc, et le bruit de quelque chose qui éclate, suivi d'un cri étouffé. Je m'élance avant que Gilli n'ait sorti son pistolet.

Je trouve la Générale accroupie sous la cabine à câble. L'appareil est en miettes, les fils arrachés, le boîtier pend du mur comme une dent de son nerf. Le sol est jonché de tirages carbone.

« Qu'est-ce que tu fabriques ? » Il n'y a personne d'autre, aucune trace de lutte, seulement la Générale agenouillée par terre, ses jointures saignantes crispées autour du receveur brisé.

Je m'accroupis à côté d'elle. Dans son autre main, une affichette. Je la dégage de ses doigts et lisse les plis du papier bon marché.

LA COMMANDANTE DE LA FLOTTE AÉRIENNE NORD
ASSASSINÉE

La Générale Doe Thackeray, commandante de l'Unité Mineure Nord de l'Accord des Nations, a été tuée hier lors d'une attaque terroriste sur la gare de Spargo. Six individus affiliés à une branche radicale des Limites Libres ont été appréhendés...

Je ramasse une autre affichette, puis une autre.

DISPARITION DE LA COMMANDANTE
DE LA FORCE DE PAIX MINEURE

La capitaine Uma Roche, commandante de la Force de Paix Mineure, a été officiellement portée disparue. Elle a été vue pour la dernière fois il y a un cycle, en route vers des pourparlers de réparation avec les représentants de la nouvelle administration de Delos. Le médecin personnel de Roche la soignait récemment pour des troubles nerveux. Nous lui demandons de contacter...

L'AMIRALE GIANG PHAN PERD SON COMBAT
CONTRE LA MALADIE

Nous avons été informés que l'amirale Phan a fini par succomber à la maladie qui l'accablait depuis des mois. Phan est décédée paisiblement, dans une clinique privée de Bleu Shallal, sur Prospérité...

Douze affichettes, datées des dernières semaines et mois, issues de différentes publications dans tout le système connu.

« La classe C, dit la Générale en levant enfin la tête. Toute la classe C. »

Je fixe les articles, sonnée. Les morts et les disparitions sont trop nombreuses, trop diverses pour être de simples coïncidences. Tout cela a été orchestré.

« L'Augure avait raison, sanglote la Générale. Je suis déjà morte. Ils m'ont tuée. »

Je jette les bulletins de côté. « Tu n'en sais rien. Quoi qu'ils t'aient fait, il peut y avoir un moyen de le défaire. Si nous arrivons à trouver un hôpital de l'Accord doté d'un bon laboratoire…

– Ils me tueront avant que j'aie franchi la porte.

– Il y a d'autres façons d'entrer. Des gens peuvent nous aider, moyennant un bon prix.

– Qu'est-ce que tu en sais ? » Ses yeux sont rouges.

« Je l'ai déjà fait, par le passé. »

Elle me dévisage. « Si tu faisais partie des LL, pourquoi t'es-tu retrouvée dans les parages d'un hôpital de l'Accord ? » Ses yeux glissent jusqu'à mes tempes, aux cicatrices qui cachent ce qui était autrefois tatoué sur ma peau. Lentement, la compréhension envahit son visage.

« Tu étais une espionne ? Un foutu *rat* ? » Je ne réponds pas et elle jure. « J'aurais dû te laisser te noyer dans la fosse septique. Combien de mes camarades as-tu trahis ? Combien sont morts à cause de toi ? Est-ce que tu le sais seulement ? »

Le Compte attend, immense et sanglant. « Oui, je le sais. »

Son visage se tord de rage, mais avant que je ne puisse parler, un moteur rugit dehors, suivi d'un autre, et d'un autre. Nos regards se croisent.

« On doit se tirer d'ici », murmuré-je en cherchant des yeux une issue. Quiconque est là, dehors, il nous verra aussitôt si l'on sort par l'entrée principale. Mais il y a une porte à l'arrière, à moitié masquée par des caisses vides. Je les repousse rapidement.

« Tu crois que je vais te suivre ? crache la Générale.

– Tu as le choix ? » J'ouvre la porte d'un coup de pied.

Trop tard. Une silhouette nous bloque le passage, ombre dans la lumière aveuglante du désert. J'envoie la main vers mon couteau.

« Dix ! » C'est Silas, la mine tendue.

Tremblant de soulagement, je lâche mon arme. « J'ai entendu des moteurs. Qu'est-ce qui se passe ?

– Aucune idée. » Il semble inquiet. « Je suis sûr que ce n'est rien. D'autres voyageurs. On paye et on s'en va. »

Le bruit d'un fusil qu'on arme l'interrompt.

« Personne ne va nulle part. »

Un homme apparaît dans l'embrasure de la porte, derrière la Générale. Petit et trapu, son visage est tanné par les vents, ses yeux bleus sont trop clairs. Il sourit et attrape l'épaule de la Générale.

Elle fait volte-face. « Nom de... »

Il lui assène un coup de crosse de pistolet au visage. « Ça, c'est pour mon rafiot », dit-il.

Silas esquisse un pas en avant tandis que la Générale lâche un chapelet d'injures, la joue ensanglantée. Je croise le regard de l'homme ; la peur fait trembler mes mains. « Moloney », dis-je. *Longrider. Enfer.*

Son sourire pivote vers moi. Ses dents en fibres de verre flambant neuves scintillent comme une tache d'huile sur l'eau.

« Tu dois être Low, dit-il.

– Écoute..., commence Silas.

– La ferme, *Ensilage.* » Moloney envoie sa main libre dans la poche de son long manteau de cuir et en sort un fin portefeuille qu'il jette aux pieds de Silas. « Voilà ton salaire, comme convenu. On prend le relais. »

Gilli s'est cachée en tremblant derrière le comptoir et son arme a disparu. Huit Freux, tous vêtus de cuir noir graisseux, s'emparent de tout ce qui peut leur être utile et cassent le reste. L'endroit pue la crasse humaine, l'alcool renversé et l'huile de moteur.

Je marche avec raideur, poussée par le canon du pistolet, malade de peur et de colère face à ma bêtise. L'espoir que j'ai ressenti plus tôt dans la journée caille et devient amertume dès que je regarde Silas.

« Qu'est-ce que vous allez faire d'elles ? demande-t-il à Moloney d'un ton suppliant tout en le suivant comme un toutou.

– Qu'est-ce que ça peut te foutre ?

– On les veut vivantes, tu sais ? »

Le bandit ricane. « L'une d'elles, oui.

– Vermine, crache la Générale à Silas. Tu n'as même pas le courage de nous vendre toi-même. Combien tu as reçu pour ça ? » Face à son silence, elle se tourne vers Moloney. « Quelle prime offre l'Accord pour ma capture ? »

La question semble l'amuser. « Dix mille crédits, ma petite.

– Je double l'offre. Vingt mille pour ma liberté. »

Moloney émet un rire qui ressemble à un bruit de plastique qui se fend. « Pauvre Silas. » Il tend la main pour tapoter la joue du jeune homme. « Tu m'as vendu les deux pour deux cents crédits alors que tu aurais pu t'en faire vingt mille. Combien de matos tu te serais payé avec tout ça ? » Silas a un brusque mouvement de recul et les autres Freux éclatent de rire.

Deux cents crédits. Et dire que j'ai failli m'acoquiner avec lui. Je me détourne, écœurée.

Moloney se gratte le visage avec le canon de son pistolet à charge. « Tu sais quoi, je réfléchis… Et si je disais quarante mille ? Tu me dois un coucou, petiote.

– Trente-cinq.

– Tu marchandes ta vie ? »

La Générale a un ricanement nonchalant, et je devine ce qu'elle pense : *Pour le peu qu'il en reste…* « J'ai déjà misé plus gros. »

Le bandit a un hochement de tête appréciateur. « Ils t'ont sérieusement bricolé la caboche, hein ? D'accord, trésor, on a un deal. Mais je veux mon pognon maintenant, et si tu tentes quoi que ce soit, tu regretteras qu'on ne t'ait pas tuée rapidement. »

Il crache un glaviot huileux sur sa paume. À ma grande incrédulité, la Générale en fait autant et ils se serrent la main.

Lorsqu'elle me regarde, son visage sanguinolent a une expression que je n'arrive pas à déchiffrer.

« Tu as menti, dit-elle. Toutes ces belles déclarations selon lesquelles tu voulais me garder en vie… pour quoi faire ? Pour te servir de moi ?

– Tu ne comprends pas… »

Le monde tourbillonne et je titube ; je m'agrippe à une étagère. Quelque chose tombe. Je cligne des yeux mais n'arrive plus à accommoder. Mince, qu'est-ce qui m'arrive ?

« C'est à elle que tu l'as refilé ? » demande Moloney et je discerne à peine Silas, qui hoche la tête. Le mescal me brûle la gorge et menace de remonter. Pas seulement le mescal, comprends-je.

« T'inquiète pas, Low, dit Moloney d'une voix traînante. C'est juste un petit somnifère. On a entendu parler de toi. De ce que tu étais. Comme ça, tu resteras bien tranquille jusqu'à Otroville. »

Alors même que la drogue envahit mon système, quelque chose en moi se fige.

« Otroville ? » C'est la voix de Silas. « Dix n'est recherchée que dans les Friches. Regardez… » Le bruit d'une feuille de papier qu'on déplie. « Tenez, ça dit : “On recherche la dénommée Low pour vol, tentative de meurtre et kidnapping d'une mineure”. » Il s'arrête quand Moloney s'esclaffe. « Qu'est-ce qu'il y a de si drôle, Dru ?

– Elle s'appelle pas Dix. »

Je lève les yeux tandis que ma vue se trouble. Trois Freux se dressent entre moi et la porte. Je m'élance, penchée comme à l'entraînement, mais le monde vacille telle une barque dans la tempête. On m'attrape l'épaule, je plonge et me tords, envoie le poing, frappe quelqu'un à l'estomac, mais une main venue de je ne sais où me cogne le côté de la tête, expédie mon chapeau par terre ; puis, un coup de pied vide mes poumons de leur oxygène et je tombe à genoux.

Non, essayé-je de crier quand Moloney vient se dresser au-dessus de moi.

« Elle s'appelle pas Dix, dit-il. Elle s'appelle Vie. »

Vie.

Le mot palpite dans l'air ; une balle suspendue à deux doigts de sa cible. Je jette un regard mauvais au bandit à travers mes larmes. Je lui aurais coupé la langue pour l'empêcher de parler et il le sait. Il le savoure, même.

« Qu'est-ce que tu veux dire ? demande la Générale. Qui est-elle ? Qui est-elle, à la fin, bon sang ? »

Moloney s'agenouille et prend mon menton entre ses doigts gras. « Ça, c'est la détenue 00942X. Vie I. Lowry. Le "I", c'est pour Incompressible. » J'essaie de me dégager, mais il me serre plus fort. « Elle s'est évadée d'une hourque haute sécurité il y a quoi, dix-huit mois ? Elle a tué une dizaine de gardes et deux prisonniers et a décollé dans une capsule de sauvetage avant qu'on ne puisse l'arrêter. Je dois bien reconnaître, chérie, que t'as des tripes. Dans un autre monde où on accepterait les femmes, je te proposerais une place chez nous. »

Je ferme les yeux pour repousser l'horrible choc des souvenirs : le sang sur le sol de l'infirmerie, les coups de feu qui ricochent sur les murs de métal de la prison, la chute terrifiante sur trois niveaux, tirer à bout portant dans le ventre du garde qui essaie de m'empêcher d'atteindre le sas… J'ai combattu comme je l'ai fait dans la Fosse, sans pitié, sans hésitation, comme s'il n'existait qu'une seule voie, nette, et que je n'avais pas d'autre choix que de la suivre à tout prix.

Que sont huit vies contre des milliers ?

Luttant contre les effets de la drogue, je lève la tête et crache vers Moloney. Il se contente de sourire et essuie sa main sur ma veste.

« Elle a été condamnée à vie ? » demande Silas, incrédule. Sa voix me paraît lointaine. « Pour quoi ? »

Moloney hausse les épaules. « Espionnage, trahison, meurtre, fais ton choix. C'était une agente fanatique des LL, celle-là. » Ses yeux bleus se plissent. « Ça craint de se retrouver du côté des perdants, pas vrai ? »

Mes lèvres tremblent de rage. *C'était la guerre. J'ai fait ce que je devais faire.*

Mais alors survient la douleur, cette terrible culpabilité écrasante qui ne se fatigue jamais, qui m'a poussée à la démence dans ma cellule. *Tu avais le choix. Tu aurais pu laisser tomber.*

« C'est pas possible, bafouille Silas. Pas possible. Ils l'auraient rattrapée. »

Moloney se redresse en grognant. « Les huiles ont raconté qu'elle était morte dans le crash de sa capsule, histoire de sauver la face. Mais les gens qui ont des contacts savent que l'Accord a drôlement envie de la récupérer. Envie au point de cracher cent mille crédits.

– Mais… »

Moloney envoie la main vers mon cou. Je me débats, mais trois Freux m'empoignent fermement, et je ne peux rien faire pour l'empêcher d'arracher mon écharpe et de révéler la cicatrice livide.

« Là, dit-il. Les taulards en haute sécurité portent des colliers complets, pas des partiels. Pour les enlever, faut une opération chirurgicale. Elle a dû trancher sa propre gorge pour se débarrasser du sien. »

Des larmes de colère envahissent mes yeux. *Vous ne comprenez pas.*

Le vent hurle et fait claquer la porte contre le mur ; un bidon vide se renverse bruyamment.

« Assez, aboie Moloney. Le temps tourne. Menottez-la, et emmenez-les tous à la soute. »

Des mains poisseuses de cambouis m'attachent les poignets dans le dos.

« Je ne pars pas avec vous, proteste la Générale. On a un accord.

– L'accord ne vaut rien tant que je n'ai pas mon pognon, bébé. Et puisque tu as défoncé le câble local, on dirait que tu vas être notre invitée pour un moment. Jax, où est le câble le plus proche ?

– Sûrement à Dépôt Douze, répond l'un des Freux. Il y a des chances qu'on puisse aussi régler le transfert de prisonniers, là-bas.

– Bien. Silas, mon vieux suce-flaques, tu viens aussi. Tu restes avec nous jusqu'à ce que je sois sûr que tu ne vas pas aller voir l'Accord à toute pompe.

– Je ne ferai jamais ça, Moloney.

– Ta gueule. On embarque. »

Des mains me relèvent, me traînent parmi les marchandises dévastées. Par-delà le tumulte du sang dans ma tête, j'entends le vent, j'entends les voix qui le chevauchent, tourbillonnant entre les étoiles.

Les Freux me font sortir du poste et m'emmènent à un grand vaisseau gardé par des hommes en armes. À travers les rafales de poussière, je discerne son nom, gravé dans sa peinture noire huileuse.

Longrider.

Quoi qu'ait vu l'Augure – quoi qu'*ils* lui aient révélé –, ça s'accomplit. La lumière devient aussi jaune et épaisse que de la pâte, les secondes se détachent les unes des autres, la peau du monde tombe de ses os. *Ils* sont là.

« Freux, murmuré-je. Longrider. Spindingo. Enfer.

– Qu'est-ce qu'elle jacte ? » demande un Freux, mais sa question se perd dans le rugissement du vent.

Ils se pressent dans mon corps, innombrables, anonymes, voraces.

Un Freux noir de cambouis tombe du ciel vers la terre. Les yeux bleus de Moloney sont écarquillés par la mort, le sable reste pris dans le sang humide qui couvre son visage. La Générale et moi nous en allons dans le désert...

Et alors, je sais : *ils* me montrent le chemin.

Je ris tandis que les sédatifs font leur œuvre et m'expédient dans le néant.

Je me réveille en sentant un vrombissement dans mon oreille, et pendant un instant je crois être dans le vaisseau de Silas : à tout moment, je vais flairer l'odeur des œufs au plat, du café qui passe, et entendre le rire hésitant de la Générale. Mais lorsque je remue, je sens du métal froid sous ma joue et de l'huile rance, du carburant et l'air du désert. J'ouvre les yeux.

Je suis couchée dans une soute pleine de cambouis et jonchée de monceaux de fils électriques et de pièces détachées. La douleur irradie dans mes épaules : mes poignets sont attachés dans mon dos à l'un des étais du navire.

C'est le vaisseau de Moloney, le *Longrider*.

Le nom me remémore les paroles de l'Augure – *Spindingo, Enfer* – et la vision du roi des Freux, mort dans le désert. Je ne comprends pas, mais ça n'a pas l'air de *les* déranger.

Quand j'essaie de rouler sur moi-même pour me retrouver à genoux, mon estomac est pris d'un spasme violent et je vomis de la bile par terre. Après cela, je réussis à me redresser et m'appuie contre le mur en m'efforçant de réfléchir malgré ma migraine.

Que va faire la Générale, maintenant qu'elle connaît la vérité à mon sujet ?

Une partie de la vérité.

Elle appartient à l'Accord, jusqu'à la moelle. Peu importe que ses maîtres veuillent sa mort, elle croit encore en eux. Même si nous réussissons à échapper aux Freux, comme *ils* le promettent, est-ce qu'elle me laissera partir ?

« Dix ? » Une voix me parvient depuis l'autre côté de la soute. Dans la pénombre, j'aperçois l'éclat terne de la veste de pilote de Silas. Il s'avance prudemment, comme le ferait quelqu'un qui approche d'un animal dangereux, une tasse dans les mains.

« Tu es... » Il s'éclaircit la gorge en pointant le menton vers la flaque de vomi. « Je vois que tu es réveillée.

– Pas grâce à toi. »

Il s'accroupit devant moi. Hors d'atteinte, ne puis-je m'empêcher de remarquer.

« Tiens, dit-il en me tendant la tasse. Ils mangent. C'est pas grand-chose. Juste de la soupe. »

Je pousse un rire qui râpe ma gorge irritée. « Tu crois vraiment que je vais boire ça ? »

Malgré la pénombre, je lis la tension sur son visage. Ses cheveux noirs sont encore plus mal peignés que d'habitude.

« Il n'y a rien de louche », chuchote-t-il. Face à mon immobilité, il en prend une gorgée. « Tu vois ? »

Ma gorge réclame à grands cris n'importe quel liquide. « D'accord. »

Il se rapproche et s'agenouille à côté de moi pour pouvoir porter la tasse à mes lèvres. La soupe est claire ; quelques cuillerées d'une poudre aromatique méconnaissable et des traces de vieux légumes déshydratés mélangés à de l'eau recyclée. Quand ces carottes ont-elles été récoltées dans les fermes hydroponiques de Prospérité ? Il y a trois ans ? Dix ? Mais aussitôt que le liquide touche mes lèvres, mon corps prend les commandes et je bois avidement. Silas penche peu à peu la tasse en veillant à ne pas la renverser.

Quand j'ai fini, il s'assoit et nous nous dévisageons.

« C'est vrai ? demande-t-il enfin.
– Quel passage ?
– Que tu as tué des gens ? »
J'essuie ma bouche sur mon épaule et tressaille lorsqu'une des coupures de mes lèvres se rouvre. « Tu vois, ta théorie est fausse.
– Quelle théorie ?
– Ce que tu m'as dit plus tôt, selon quoi les gens peuvent échapper au passé sur Factus. Impossible. Le passé nous talonne toujours, même ici, au bout du système. »
Il tire sa pipe de sa poche mais ne l'allume pas et se contente de jouer avec la tige.
« Je n'ai pas fait la guerre, dit-il enfin. Je viens de Jéricho. Mes mères sont chefs d'entrepôt, là-bas, toutes les deux ; elles bossent dans l'agricole et le pharmaceutique. Du coup, on a échappé à la guerre et on a profité à fond du commerce. » Ses lèvres se tordent. « De vrais neutres. On a été les premiers planqués. On s'est fait une fortune. »
Cela semble logique, à présent : ses vêtements jadis coûteux, son navire personnel, son absence de tatouages. N'empêche, quitter toute cette richesse, la sécurité d'un foyer puissant…
« Pourquoi ? » croassé-je.
Il secoue la tête. « Mes mères voulaient que je reprenne l'une de leurs affaires mais je… je ne pouvais pas rester. J'ai songé à venir ici, pour voir à quoi ressemblait la vraie vie, les endroits qui se cachaient derrière les noms qu'on lisait sur tous ces manifestes de vol. Je voulais voir la liberté. »
Je ne peux m'empêcher de rire : de mon état lamentable, de ce navire graisseux et brutal, de la flaque de vomi par terre. « Et qu'est-ce que tu en penses ?
– Ce n'est pas exactement ce que j'imaginais. » Il essaie de sourire. « Tu es déjà allée sur Jéricho, Dix ? »
Il continue de m'appeler comme ça. Par habitude ou par déni ? « Une ou deux fois, réponds-je prudemment.

– Alors tu as vu à quel point tout est grand, là-bas, mais à quel point on manque d'espace. Il n'y a que les murs des entrepôts, et un plafond quelque part, des kilomètres au-dessus, avec des ampoules solaires à la place du ciel. » Il scrute les cloisons métalliques du navire comme s'il pouvait voir à travers. « Je regardais ces posters de Factus et Brovos, tu sais, ceux du Développement Rural ? Ces grands espaces, ça me paraissait magnifique. »

Un sourire désespéré fait tressaillir le coin de ma bouche lorsque je repense aux dépliants et aux bulletins qui m'ont poussée à quitter les Congrégations pour rejoindre les LL. Leurs pamphlets semblaient si concrets ; l'idée que toutes ces nouvelles planètes et lunes ne devaient pas devenir la propriété de quelqu'un, qu'elles devaient être partagées, se voir doter de nouvelles lois, de nouvelles sociétés basées sur le sens de la justice de chacun, plutôt que d'être soumise à un système qui avait laissé tant de gens sur la touche…

Mais la Générale avait raison à propos des conséquences, et Silas avait raison à propos des intentions – et j'ai vu jusqu'où l'on pouvait tomber, du moment qu'on trouve une justification à nos actes. Et plus nous combattons, plus chaque choix se révèle difficile, jusqu'à ce que le feu que nous avons allumé pour éclairer le chemin commence à consumer le futur.

Je lève la tête et croise le regard de Silas.

Son visage se froisse. « Dix…

– Tu parles toujours à la traîtresse ? »

La Générale est à l'entrée de la soute. Depuis combien de temps ? Quelqu'un a pansé son visage avec quelques compresses stériles. L'un des Freux, je suppose.

« Selon Moloney, on atteindra Dépôt Douze dans l'heure, annonce-t-elle. Il dit que si tu fais des ennuis, il te descend. »

Je laisse ma tête retomber contre la cloison. « Nous n'atteindrons jamais Dépôt Douze. »

Mon expression doit avoir quelque chose d'étrange. Même Silas se recule un peu.

« Et pourquoi pas ? demande sèchement la Générale.

– S'il ne nous laisse pas partir, Moloney sera mort avant le coucher du soleil. Dis-le-lui. »

Silas lance un regard perplexe à la Générale, mais des bruits de pas se rapprochent déjà de nous. Un Freux, un grand maigre avec le crâne rasé, apparaît aux portes de la soute. « Plus personne n'ouvre sa gueule, aboie-t-il. Quelqu'un nous interpelle.

– Interpelle ? répète Silas en fronçant les sourcils. Qui ?

– Une patrouille de l'Accord. » Il me lance un ricanement. « T'inquiète pas, Vie, on va se débarrasser d'eux. Moloney risque pas de laisser ta prime à une bande de bidasses. »

Un frisson me parcourt, suivi d'un autre. C'est en train d'arriver. Quoi qu'*ils* m'aient montré, quelle que soit la voie qu'ils ont choisie, elle est là. Je tends l'oreille. Au bout de longues minutes, j'entends d'autres bruits de moteur lointains, mais qui se rapprochent.

« Au diable, dit la Générale avec nervosité. Je suis des leurs. Ils m'écouteront. »

Mais avant qu'elle n'ait atteint la porte, Moloney fait irruption dans la soute. Il transpire, son visage rouge est pareil à de la viande persillée.

« Détachez-la », dit-il en donnant un coup de menton dans ma direction.

L'un des Freux s'avance avec un couteau. « Qu'est-ce qui se passe ? demandé-je.

– On va faire un petit détour. » Moloney ouvre une trappe dans le sol de la soute. « Tu crois que je vais laisser des éclaireurs dents-rayées empocher la récompense pour vous deux ? »

La trappe s'ouvre bruyamment. Elle laisse entrer une

bourrasque et le bruit des moteurs, plus proche à présent. Dehors, la nuit en approche teinte tout de gris.

Je pousse un hoquet soulagé lorsqu'on me détache. Avant que je puisse me frotter les poignets, le Freux les rattache, cette fois devant moi. Mon cœur tambourine dans ma poitrine, mon sang vibrionne en anticipation de ce qui va suivre. Moloney est là, bouillonnant de vie violente. Il me semble impossible que tout cela s'éteigne bientôt. Et pourtant. Je l'ai vu…

« Maintenez le cap du *Longrider*, ordonne-t-il. On va s'esquiver dans l'ombre. »

Longrider. Le vent hurle à travers la trappe. Elle donne sur un appareil plus petit, à ce que je vois, l'un des agiles coucous noir brillant qui nous ont poursuivis dans le désert.

Moloney se tourne vers moi. « Tu tentes quoi que ce soit et je laisse la gamine te planter. Je me fous que l'Accord te récupère en un seul morceau ou non. »

Tout va trop vite. Dans mon esprit, les images continuent de survenir. Le sol qui se rue vers nous, le feu dans la nuit. L'enfer. Paniquée, je regarde autour de moi et vois Silas, ses cheveux fouettés par le vent. Il envoie la main pour me serrer l'épaule mais le Freux le repousse.

« On se retrouve à Dépôt Douze, lance Moloney en se glissant dans le cockpit de l'appareil. Personne fait rien tant qu'on n'y est pas.

– D'accord, chef. » Le Freux aide la Générale à descendre à son tour. « Et s'ils ouvrent le feu ? »

Moloney exhibe ses dents en fibres de verre luisantes. « Ripostez. C'est peut-être l'Accord, mais ils sont tout seuls, ici. Il n'y a que nous et la Bordure. » Il me lance un sourire, et l'instant d'après, on me pousse dans un escalier vers l'arrière de l'appareil. Le véhicule est minuscule, prévu pour accueillir deux personnes, et je me retrouve collée à une Générale mal à l'aise. L'écoutille du cockpit se referme brutalement et nous boucle avec Moloney dans des relents de sueur et d'huile.

« Accrochez-vous, mesdames, dit ce dernier en actionnant des interrupteurs pour faire démarrer l'engin. On décolle. »

Les étoiles commencent à peine à scintiller dans le crépuscule, comme des déchirures dans la terraforme. Les vents cernent l'appareil, halètent contre sa carlingue. Je fixe l'arrière de la tête de Moloney, la veine qui palpite dans son cou. Combien de battements de cœur lui reste-t-il ?

« Je crois qu'on s'est débarrassé d'eux, lance-t-il dans sa radio en ajustant sa trajectoire. On va longer la Bordure aussi longtemps que possible, puis virer vers l'est. Et on reviendra à Dépôt Douze par un détour. »

Malgré le soulagement dans sa voix, mon propre cœur ne ralentit pas. J'ai l'impression d'avoir été jetée dans une rivière et d'être emportée par un courant trop violent pour qu'on lui résiste.

Suite à un léger mouvement, je vois les yeux de Moloney reflétés dans la verrière du cockpit.

« T'es un peu trop calme, me dit-il. Si tu mijotes un plan pour m'égorger, tu peux l'oublier.

– Elle pense que ses amis invisibles vont la sauver », raille la Générale.

À ma surprise, Moloney se contente de grogner. « Les Si ? Tu les as vus ?

– Je les ai sentis.

– Toi et cet Augure timbré. » Il secoue la tête. « Ce charlatan m'a prédit ma mort, une fois, tu sais ? À l'aide d'un oiseau crevé. »

Il me regarde dans la verrière. Quelque chose d'indicible passe entre nous.

« Qu'est-ce que c'était ? » demande la Générale d'une

voix aiguë. Sur l'écran du radar, un point mouvant est apparu au-dessus de nous et descend vers notre position.

« Merde », jure Moloney.

Il enfonce plusieurs boutons, se prépare à lancer l'appareil à pleine vitesse, mais un bruit puissant nous vrille les tympans.

« Ils nous interpellent encore. » La Générale regarde à travers la verrière. « Jumelles ?

– Ils peuvent nous interpeller tant qu'ils veulent, crie Moloney en lui tendant des jumelles, pas question que je réponde.

– Ils ouvriront le feu au bout de trois tentatives. C'est le protocole. » La Générale braque les jumelles vers le ciel. « Là, je vois. Un Swift Mk7. Un appareil rapide...

– Rapide ? Ce veau ? » Moloney aboie un rire. « Accrochez-vous ! »

Il actionne le booster et nous nous retrouvons plaqués contre nos sièges. La Générale s'écarte de moi en essayant de voir par la verrière arrière.

« Ils nous suivent ! crie-t-elle.

– Pas possible. » Moloney consulte rapidement le radar : le point recommence à se rapprocher de nous. « C'est quoi ce bordel ? »

L'appareil revient pousser ses rugissements assourdissants au-dessus de notre position.

« Attends, lance la Générale. Attends, je vois son immatriculation... Ce n'est pas un éclaireur standard. C'est la Flotte Aérienne. Quatrième Compagnie, le *Spindigo Drift*... »

Elle ne termine pas sa phrase et quelque chose en moi tressaille. *Spindigo*. Je fixe avec horreur le plafond de fibre de verre et l'ombre noire du vaisseau, pareille à un immense oiseau de proie. *Spindigo. Enfer.*

Je comprends subitement.

« *Enfer. Hel*, murmuré-je.

– Je me fous de quelle compagnie ils viennent, rugit Moloney. On doit les semer.

– Tu ne comprends pas, répond la Générale. Quand j'étais à Landfall, j'ai vu un bulletin : la Quatrième Compagnie est portée disparue depuis plus d'un an. Ils sont morts.

– Ce n'est pas l'Accord, ajouté-je. Ce sont les Chercheurs. »

Nous filons à travers le ciel, brûlant d'une chaleur d'épouvante, véloces comme des bêtes traquées dont les tendons forcent aux limites de la mort. Des balles et des charges criblent les ténèbres, obligent le Freux à tourbillonner follement.

« Qu'est-ce qu'ils veulent ? crie la Générale.

– Ton cœur, tes tripes, ta langue. » Le visage de Moloney est couvert de sueur. « Et les miens aussi. Et ils s'arrêteront pas là… »

Il pousse un cri lorsqu'une détonation ébranle notre appareil, et nous plongeons rapidement avant qu'il ne redresse le manche.

« On ne les sèmera pas ! » crié-je par-dessus le tumulte du moteur et les alarmes aiguës des instruments de vol. « Ils vont pousser nos moteurs jusqu'à ce qu'ils explosent. »

Le visage du bandit est livide. « Alors, on va les esquiver. »

Il envoie le Freux en piqué, droit vers le sol.

« Ils nous suivent ! »

Une grêle de charges fond sur nous, et se solde cette fois par une explosion épouvantable, un sifflement de fumée.

« On est touchés ! hurle la Générale. Longeron d'aile tribord endommagé ! »

Moloney jure à n'en plus finir tout en essayant désespérément de redresser l'appareil. Je fixe les ténèbres illuminées par le flash des charges.

Toi et feu la Générale devrez marcher jusqu'à l'Enfer.

« Fumiers ! » hurle Moloney en entendant quelque chose se briser. Sur le reflet de la verrière, ses yeux sont si écarquillés qu'on en voit nettement le blanc. « Vite, une de vous, dit-il en pointant le doigt vers l'écran de navigation. Vous voyez une interférence sur la droite ? »

Je me dépêche d'obéir malgré mes mains attachées. « Oui.

– Elle est loin ? »

La terreur me glace subitement lorsque je réalise ce que je regarde. « Mais… c'est la Bordure.

– Elle est loin ou pas, bordel ?

– Vingt kilomètres. » Je tremble, la corde autour de mes poignets est glissante de sueur. « Tu ne peux pas.

– Si. »

Ses doigts sont blancs autour du manche de l'appareil. Je discerne son pouls sous la peau crasseuse de son cou, qui bat, bat. « Encore un boost, crie-t-il. Puis on coupe tout et on plonge.

– Moloney… » Je lui attrape l'épaule.

Pendant un bref instant, ses yeux croisent les miens. Ce qu'il y voit le fait blêmir subitement et ses pupilles se contractent. Puis il lâche une malédiction et se dégage, pousse sur le manche et abat la main sur le panneau de contrôle.

« Non ! » crié-je trop tard ; nous plongeons et le vaisseau part en morceaux autour de nous tandis que nous fendons l'air. Et alors, je vois devant nous la nappe d'obscurité qui occulte jusqu'aux étoiles. La Bordure : le lieu dont personne ne revient vivant.

Terre et poussière criblent la verrière. Nous tombons vers le sol, mais il n'y a pas de sol, seulement des tourbillons de sable dans le faisceau des projecteurs. Secoués en tous sens, nous partons en vrille tandis que le vent arrache des pans de métal aux ailes de l'appareil, les écorche jusqu'à l'os.

À côté de moi, la Générale hurle, mais je n'entends pas

ses mots. Je lève les yeux et, l'espace d'un battement de cœur, je vois le sol qui se rue vers nous.

Je passe les bras autour de la Générale et le monde explose.

TROISIÈME PARTIE

Le livre de Vie

Dans la lumière rouge, le sang paraît noir et brille avec une netteté horrible, comme de l'huile. Et il y en a tellement. Trop. Cela signifie que je ne dispose que de quelques minutes, voire de quelques secondes.

Je lâche le scalpel mais ne l'entends pas toucher le sol. L'alarme est trop bruyante et résonne entre les parois de métal. Dans cette lueur cramoisie, rien ne semble réel. Je trébuche, m'étale sur la table d'examen et du sang tombe en grosses flaques. De l'autre côté de la salle, le médecin, Darius, est inconscient, les yeux révulsés, la salive du dernier mot qu'il a prononcé encore fraîche dans sa bouche, l'aiguille toujours plantée dans son cou, là où je l'ai enfoncée. Pauvre Darius. Il était trop jeune pour se retrouver ici. Trop confiant.

Je retombe contre la table et les deux moitiés brisées du collier glissent par terre.

Mes mains tâtonnent désespérément parmi les instruments, mettent du sang partout. Là, la baguette de cautérisation, utilisée pour la plupart des traitements barbares de la prison, parce que c'est la seule chose que nous méritons. Je l'attrape, enfonce le bouton de charge. Elle crépite et commence à chauffer. Des nuages noirs envahissent les bords de mon champ de vision et lorsque je la lève, je crois voir que quelqu'un m'observe : quelqu'un qui a mon visage mais les yeux d'un oiseau de proie.

Je plaque le fer contre ma gorge. Le sifflement, l'odeur et la douleur, c'est trop, et je sais que je vais perdre connaissance, que tout cela n'aura servi à rien. Mais alors que mes yeux se révulsent, la chose qui a mon visage m'attrape par le bras et me redresse brutalement.

Lorsque je vomis, du sable sombre se déverse de ma bouche.

La première inspiration est la pire. La douleur vrille ma poitrine à mesure que mes poumons forcent, aussi inutiles que des sacs vides. Puis vient l'air, lourd de poussière et de fumée, mais de l'air quand même. Je l'inspire, du sable giclant de mes lèvres. Quelque part, une voix jure et prononce mon nom.

« … de Dieu, Low ! »

J'ouvre les yeux. L'un d'eux m'obéit, l'autre reste obstinément clos. Les ténèbres nous cernent, soulignées par une étrange et faible lumière rouge.

« Low ? »

Douloureusement, je lève la tête d'un centimètre. Une petite silhouette émerge des ombres, tachée de sang et de suie. J'essaie de prononcer son nom, mais il y a trop de poussière dans ma bouche, trop peu d'air dans mes poumons. Elle détache mes mains et me redresse en position assise, alors que je voudrais qu'elle me laisse tranquille parce que j'ai l'impression que mon corps va se briser en deux.

« Tu m'écoutes ? » Elle me gifle. « Low, on doit se remettre en route. Cet appareil est comme un foutu signal et… j'entends des choses. »

Ma tête est si lourde, mais je cligne des yeux et m'efforce de me concentrer.

L'épave gît dans le sable, le nez enfoui dans le sol. Des morceaux sont éparpillés autour de nous comme des lambeaux de chair. La lumière rouge provient de son ventre. Une veilleuse d'urgence, comprends-je, qui faiblit petit à petit. Et au-delà…

Pas d'étoiles, un vide noir infini. Je recule, me tasse sur moi-même par crainte d'être aspirée dans ce néant.

Nous sommes dans la Bordure.

« Moloney ? chuchoté-je.

– Mort. »

Je ferme les yeux mais la Générale refuse de me laisser en paix. Elle me gifle derechef.

« La lumière va s'éteindre d'un moment à l'autre, halète-t-elle. Et alors… »

Elle n'a pas besoin de finir. Perdues dans le noir.

Je réussis à me mettre à genoux, puis debout malgré la douleur qui me fait presque vomir. L'un de mes bras me semble salement disloqué, et je suis sûre que j'ai plusieurs côtes cassées. Et plus encore. Je n'ai pas envie de faire la liste de mes blessures pour le moment. Je m'appuie sur la Générale et sens ses épaules, plus solides que ne devraient l'être celles d'une enfant, qui soutiennent mon poids.

« Pourquoi m'aides-tu ? hoqueté-je.

– En temps de crise, deux individus valent mieux qu'un. Même si l'un d'eux est un rat. »

Nous atteignons l'épave fumante de l'appareil. Moloney est avachi à l'avant, toujours sanglé au siège du pilote, pareil à la figure de proue d'un antique galion.

Son crâne est fendu. Du sang coule du bout de son nez, mais ses yeux sont grands ouverts, bleus et vitreux. Comme je l'ai vu. Comme *ils* l'ont promis.

Je l'ai détesté. À un autre moment, en un autre lieu, je l'aurais tué moi-même, mais devant la fin de cette vie violente, un sentiment proche de la tristesse m'envahit.

« Il savait, m'entends-je dire. Il savait que la mort nous attendait ici.

– Impossible, siffle la Générale. Maintenant, arrête de jacasser et aide-moi. »

Elle fouille l'épave à la recherche de tout ce qui pourrait nous être utile. Je tâtonne la dépouille sur le siège du pilote avec ma main valide. Des outils, des vieilles boîtes de conserve et des chiffons dégoûtants tombent de toutes les poches et de tous les compartiments que j'explore mais, enfin, je trouve ce que je cherchais : une boîte en laiton griffée, marquée d'une unique étoile rouge. Une trousse de secours de la guérilla.

Je la glisse dans ma chemise. La veilleuse d'urgence clignote et s'efface.

Dans le noir, quelque chose remue, comme le ventre d'un serpent sinuant sur le sable.

Lorsque la veilleuse reprend vie, les yeux de la Générale sont écarquillés.

« De l'eau ? » croassé-je.

Elle hoche la tête sans cesser de jeter des regards autour de nous. « Un demi-bidon. Croupie.

– De la corde ?

– Il y a des câbles électriques…

– Prends-en un. » Mon corps menace de m'abandonner, la douleur me traverse par vagues, mais il me reste une chose à faire. Après avoir tâtonné, j'ôte le long manteau en cuir du cadavre de Moloney. Il est déchiré, éclaboussé de sang, mais je m'acharne malgré la quasi-impotence de mes muscles.

La Générale revient et pousse un grognement écœuré. « Qu'est-ce que tu fais ? »

Je lui lance le manteau. Sa propre veste est en lambeaux. « La nuit est froide. » *Et nous avons un long chemin à parcourir.*

Cillant, une main plaquée sur le flanc, elle met le manteau, qui l'engloutit et lui tombe jusqu'aux chevilles.

« Maintenant, attache-nous l'une à l'autre.

– Quoi ?
– Si l'une de nous marche là où il ne faut pas… »
Son regard file brièvement vers l'obscurité presque impénétrable. Elle jure et noue le câble autour de sa taille, les dents serrées.
« Attachée à une traîtresse, marmonne-t-elle. Pas question que je meure comme ça. » Elle regarde droit devant nous. « Je crois qu'on vient de là. »
Je vacille. La veilleuse d'urgence ne diffuse plus qu'une vague lueur faiblarde et au-delà de nous, tout autour, l'inconnu.
« Low ? » demande la Générale d'un ton incertain.
Profitant des dernières lueurs, je la regarde dans les yeux.
La veilleuse s'éteint.

Le panneau de contrôle émet des flashs et les canaux de communication braillent sans discontinuer : la hourque essaie de me contacter. C'est la directrice : elle prend une voix tantôt apaisante, tantôt plus dure à mesure qu'elle ordonne, promet, marchande… *Vie, reviens et nous serons magnanimes, nous veillerons à ce que pas plus d'un quart ne soit ajouté à ta sentence, nous fermerons un œil sur les agressions, reviens ou je devrais donner aux forces de l'Accord la permission d'attaquer.*
Ils vont envoyer des éclaireurs bien plus rapides que cette lamentable capsule de sauvetage. Mes mains couvertes de sang caillé manipulent les commandes. Il me reste assez de carburant pour un boost complet, mais pas plus.
Je scrute l'écran de navigation en essayant désespérément de comprendre où je suis. Les hourques sont délibérément postées loin de toute planète ou lune majeure, et on ne nous dit même pas dans quel secteur nous nous trouvons. Je ne reconnais rien, je ne vois que des satellites et des points représentant des navires lointains.
Vie, pense aux familles des victimes, pense à ce qu'elles

vont ressentir quand elles apprendront que tu as essayé de t'échapper. Arrête-toi maintenant et nous pourrons...

J'ouvre le panneau de contrôle et attrape la poignée de câbles. Un coup sec réduit la radio au silence. Je suis toute seule, à présent. Mon corps tremble, glacé et brûlant de douleur, de panique, de manque de sang, ma vue est trouble et vacille. Je ne sais pas piloter, je peux m'évanouir à tout moment, mais je me force à tenir bon.

Là, au bord de l'écran, quelque chose apparaît, une planète lointaine et un amas de lunes, plantées là toutes seules, et au-delà...

Le néant. Je regarde ailleurs, mais le système de navigation émet un avertissement : au-delà de ce point, pas d'autres corps célestes, rien, aussi loin que portent les signaux de balayage. Le Vide, c'est tout.

Un frisson me parcourt, peur et désir entremêlés. J'abaisse plusieurs interrupteurs pour couper les programmes automatiques.

Tout ; je vais devoir tout mobiliser pour le boost, y compris les systèmes de survie. Ça me fera gagner du temps, peut-être seulement quelques minutes, mais ce sera peut-être suffisant pour semer tout éclaireur.

Et après ?

La trousse de secours que j'ai volée est posée sur le siège à côté de moi. Un talisman, un mémento. Je ferme les yeux et revois les murs de ma cellule, dont chaque centimètre carré était couvert d'une ligne, d'une vie. Le Compte.

J'attache la trousse à ma taille. Même si j'arrive à atteindre les lunes, l'atterrissage va se faire en catastrophe. Et si je les dépasse...

Un rire m'échappe. J'active le boost et la capsule de sauvetage se rue vers le Vide.

J'ouvre les yeux. Depuis combien de temps est-ce que je titube, perdue dans le temps, dormant debout ? Impossible de le savoir. Les ténèbres sont totales. Je n'arrive même pas à voir ma main devant mon visage. Lorsque je lève le bras, je ne sens que le vent qui picote ma peau, s'entortille entre mes doigts. Le câble passé autour de ma taille se tend et oscille au gré de la démarche opiniâtre de la Générale.

Parfois, le sol s'élève brutalement comme si nous gravissions une pente et les bottes de la Générale projettent du sable sur mon visage. Je ne cherche même plus à l'appeler. Je dois garder pour moi le peu d'air que j'ai.

La douleur et la fatigue me donnent le vertige. Je ne peux pas continuer. L'instant d'après, un hoquet étranglé retentit devant moi et le câble se tend subitement, m'arrachant à mes pieds. Je pousse un cri de souffrance en tombant mais quelque chose m'entraîne le long d'une pente ; le poids de la Générale. J'essaie frénétiquement de m'agripper au sable, et pendant une seconde de terreur, je sens des doigts sous sa surface qui saisissent les miens.

Je hurle.

« Low, lance la Générale non loin. Qu'est-ce qui se passe ?

– Des mains, bafouillé-je. Il y a quelque chose là-dessous, qui essaie de m'entraîner…

– Tu es tombée. Pourquoi veux-tu qu'il y ait des mains ? Allez, relève-toi. »

Elle attrape mes avant-bras et me redresse

« Là, dit-elle d'une voix pleine d'urgence. Regarde, là, tu vois toi aussi ? »

Je cligne des yeux et, avant de comprendre, je discerne bel et bien quelque chose : une ligne vague, grisâtre, irrégulière, comme une bande de tissu noir trop souvent lavée.

De la lumière. Il y a de la lumière à l'horizon.

Je ris. « C'est la fin de la Bordure. On a réussi. »

Ensemble, nous titubons vers le soleil levant. À mesure de notre progression, la lumière s'amplifie et projette une pellicule jaune-gris sale sur le paysage. Dès qu'il fait assez clair, je me tourne vers la Générale.

Elle se tient le flanc, sous le câble noué autour de son torse. Derrière nous, parmi nos traces de pas sinueuses, le sable est imprégné d'éclaboussures cramoisies.

« Tu es blessée, croassé-je. On devrait s'arrêter. »

Ses yeux ne quittent pas l'horizon. « Pas maintenant. On y est presque. »

Peu à peu, la température augmente, la nuit se départit de son froid creux. Je me concentre sur mes pas, un pied devant l'autre. Enfin, le câble se tend encore. La Générale s'arrête en regardant droit devant elle.

« Quoi ? » demandé-je d'une voix rauque.

La ligne pâle n'a pas bougé. Il n'y a pas de soleil à l'horizon, juste la même horrible demi-lueur jaunâtre. La peur envahit mon corps. Je suis déjà venue ici.

« On devrait déjà être sorties, dit-elle avec désespoir. On n'a pas volé si loin avant le crash. Si c'est bien l'est, on devrait déjà être sorties.

– Ce n'est pas l'est, dis-je d'une voix tremblante. C'est nulle part. L'Augure a dit que nous allions devoir marcher jusqu'à l'enfer…

– L'Augure était complètement dingue. » Son regard est apeuré. « On n'a pas besoin de sornettes, mais de continuer à marcher. »

Elle s'exécute, et je chancelle à sa suite. *Enfer, Hel*, les mots martèlent ma tête. S'agit-il de la même chose ? Qu'est-ce que l'enfer ? Des visages. Je ferme les yeux, mes pieds dérapent dans le sable. Les visages des morts me renvoient mon regard par milliers et je ne peux rien faire pour leur échapper. *Une fois morts, les gens se moquent de savoir pourquoi tu les as tués.* Je me remémore la sensation des doigts qui essayaient de m'entraîner sous le sable et ravale douloureusement un gémissement terrifié.

Je suis presque heureuse que la Générale s'arrête de

nouveau, ainsi je peux voir son visage, rougi et colérique mais encore plein de vie. Pas morte. Pas encore.

« C'est insensé », s'étrangle-t-elle.

Je suis son regard dans l'espoir de distinguer quelque chose, n'importe quoi. Mais plus je scrute, moins je vois, jusqu'à ce que je réalise que même nos traces de pas ont disparu.

« Il y a forcément quelque chose dans le secteur, dit-elle. Une base, une ville ?

– Il n'y a personne ici. Hormis les Chercheurs.

– Je refuse de le croire. Une zone entière de cette lune serait totalement vide ? L'Accord aurait…

– Non.

– Comment ça, "non" ? »

Il y a quelque chose qui cloche, là-bas, et quiconque s'y rend n'en revient jamais. Seuls les Chercheurs peuvent le supporter. Seul Hel.

« On doit se tirer d'ici, dis-je.

– Ce serait déjà fait si tu ne nous avais pas fait dévier de notre route. » La Générale me foudroie de ses yeux rougis. « Regarde encore la boussole. »

Je tâtonne dans la sacoche pleine de matériel récupéré dans l'épave suspendue à mon cou. Enfin, je trouve la boussole de l'appareil avec sa traîne de fils arrachés.

Je prie pour qu'on fasse bel et bien face à l'est et la brandis devant moi.

L'aiguille pointe droit vers le nord. Jurant, je fais quelques pas vacillants dans la direction opposée, mais l'aiguille ne pivote pas et se contente d'osciller de haut en bas. Avec un cri de colère, je la jette dans la poussière pâle.

Une main émerge du sable et la saisit. Une main aux ongles brisés, la peau grise d'un cadavre.

Je m'étrangle et m'enfuis, oubliant que je suis attachée à la Générale. Le câble me retient et je tombe face la première. Tandis que j'essaie de me relever, je tâte quelque chose de mou et froid sous le sable. Un visage humain.

La terreur s'empare de moi et je n'arrive plus à penser jusqu'à ce que la Générale m'attrape l'épaule.

« Qu'est-ce qu'il y a ? » demande-t-elle.

Frénétiquement, je fouille le sable autour de moi, mais ce n'est jamais que du sable, chaud en surface, d'un froid nocturne en dessous.

Des larmes me brûlent les yeux. « On ne s'en sortira jamais. C'est l'enfer. »

La Générale me pousse avec une grimace. « Tu ne veux pas qu'on s'en sorte. Tu sais ce qui te guette, là-bas. Une cellule de prison pour le restant de tes jours. Tu vas attendre que je meure, et après… » Sa respiration se met à siffler et elle est prise d'une quinte de toux. Enfin, elle renonce à ses accusations et s'assied à côté de moi.

« Qu'est-ce qu'on va faire ? » chuchote-t-elle.

Je regarde le ciel d'un jaune de moelle.

« Marcher. »

« Quelque chose approche. »

Ces mots pressants me tirent subitement de ma stupeur. Ma tête bat à chaque trait de lumière, ma bouche est sèche et pleine d'un goût atroce.

« Quoi ? » Je me retourne juste à temps pour voir la Générale s'effondrer. Je titube vers elle. Dans l'épaisse clarté, son visage est cadavérique, et lorsque j'ouvre le manteau de Moloney, je comprends pourquoi. Sa chemise rose est trempée de sang, de même que le bandage de fortune qui y est logé.

« Idiote », dis-je en cherchant la trousse que j'ai glissée dans mes vêtements. Pourquoi ne m'a-t-elle rien dit ? J'ouvre le couvercle.

Elle est vide, à l'exception d'une bouteille de liqueur et de quelques chiffons.

« Moloney, sale fumier », sifflé-je.

Aussi vite que possible, je retire le pansement du torse de la Générale. Une blessure, sur son flanc, saigne tellement que je ne saurais dire si elle est profonde. J'attrape la bouteille et dévisse le bouchon. L'odeur du mescal brut, bon marché, me rend presque malade.

« Désolée », dis-je en en versant un peu sur la plaie.

La Générale reprend ses esprits, jure violemment, avant de retomber prestement dans l'inconscience. Je plaque les chiffons contre la blessure afin de les maintenir en place avec la seule chose dont je dispose : le câble qui nous attache l'une à l'autre.

Je m'assieds, à bout de souffle. La chaleur est insupportable, écrasante comme à midi dans les Friches, et pendant un instant, je crois que la forme que j'aperçois est une tache de soleil. Sauf qu'il n'y a pas de soleil. Lorsque je regarde de nouveau, je vois une silhouette se découper, immobile, qui m'observe.

La terreur hérisse ma peau.

« Qui est là ? » croassé-je. La silhouette ne bouge pas.

Tremblante, je cherche à tâtons quelque chose derrière moi, n'importe quoi qui pourrait me servir d'arme. Mais au lieu de trouver la bouteille en verre, mes doigts se referment sur de la chair humide, des esquilles d'os. Je recule, horrifiée.

Moloney est couché à côté de la Générale, saignant abondamment de la tête. Ses yeux, bleus et perçants, glissent vers moi.

« Non… » La peur rend ma voix rauque. « Tu es mort. »

Le bandit sourit. « C'est celle qui le dit qui l'est.

– Nous ne sommes pas mortes », chuchoté-je.

Je ferme les yeux et enfonce mes ongles dans la paume de ma main pour m'obliger à revenir à la réalité. Mais lorsque je rouvre les paupières, je vois la même lumière visqueuse, le même sourire en fibres de verre.

« Je suis en train de perdre la tête », dis-je.

Le cadavre s'esclaffe. « Seulement en train ?

– Qu'est-ce que c'est ? Qu'est-ce qui se passe ? »

Le bandit mort lève les yeux vers le ciel aveugle. « C'est le Suplicio.

– Comment est-ce qu'on en sort ?

– On ne peut pas. » Moloney roule sur le flanc pour me faire face.

J'attrape la Générale par le bras et la traîne sur le sable. J'ai dû lui faire mal, parce qu'elle se réveille en poussant un cri assez fort pour que je m'arrête.

« Que… » Elle se débat avant de baisser les yeux vers sa blessure. « Aïe. »

J'arrive à peine à respirer et fixe Moloney. « On doit fuir.

– Fuir ? » La Générale se relève péniblement. « Fuir quoi ? » Elle regarde autour d'elle et ses yeux glissent sur le cadavre de Moloney sans s'arrêter.

« Tu ne le vois pas ? »

Elle semble confuse, puis rit faiblement en envoyant la main vers la bouteille de mescal gisant dans le sable.

« Ça te rendra folle plus vite que la chaleur. » Elle vacille en fixant l'objet. « Mais tu as peut-être raison. »

Avant que je puisse l'arrêter, elle ouvre la bouteille et avale une gorgée brûlante de liqueur.

« À la tienne, Moloney », dit-elle d'une voix sifflante.

Derrière elle, le bandit fronce les sourcils. Un morceau de sa cervelle tombe de son crâne.

« C'est mon manteau », dit-il.

Je prends la bouteille.

« Tu sais ce que je déteste ? Les chaussures. Les bottes de l'armée m'ont détruit les pieds. On m'en a mis alors que j'étais toute jeune, elles m'ont déformé les pieds, et à présent, je n'arrive plus à porter autre chose. Giang disait que mes pieds ressemblaient à des racines. » Elle prend une gorgée.

« Qui est Giang ?

– L'amirale. Ma meilleure amie. »

J'ai abandonné depuis longtemps l'idée de trouver la bonne direction. Ça ne sert à rien, pas quand il n'y a pas de soleil et que rien ne bouge.

« Où vous allez ? geint Moloney quelques pas derrière nous. On n'y arrivera pas comme ça.

– Arriver où ?

– En enfer.

– Laisse-moi tranquille. Tu es mort. » J'envoie la main vers le mescal.

« Je suis quoi ? demande la Générale d'une voix traînante.

– Je parlais à Moloney.

– Tu le vois encore ?

– Qu'est-ce que tu vois, toi ? »

Elle ne répond pas, mais quelque chose la fait subitement larmoyer et la pousse à reprendre la bouteille de mescal pour en boire une longue rasade. « Rien », marmonne-t-elle.

Je hoche la tête en récupérant la bouteille. Je lui ai parlé de Moloney, mais pas des cadavres sur lesquels nous marchons actuellement.

« Je suis désolée. » Je titube pour éviter une jambe qui dépasse du sable. « Je suis désolée pour tout ça. Sans moi, tu serais…

– Morte », complète la Générale en tendant la main vers le mescal. « L'Augure avait raison, je suis morte depuis que tu m'as trouvée, je ne fais que repousser l'inévitable. »

Elle fait quelques pas hésitants pour contourner quelque chose que je ne vois pas. « On aurait dû laisser faire la commandante, dit-elle. Au moins, j'aurais eu des funérailles, une crémation. Je n'aurais jamais cru que ça finirait comme ça. » Elle incline la bouteille vers sa bouche et s'en met plein le menton. « Huit citations. Deux du plus haut niveau. Je pensais que ce serait ça, mon héritage. Mais maintenant, je vais finir perdue ici à jamais, avec une traîtresse condamnée, sans famille pour se souvenir de moi, sans même un ami…

– N'cmpêche… » Je titube. « C'est toujours mieux que de finir noyée dans une fosse septique. »

Elle éclate de rire et me tend la bouteille, mais le geste la déséquilibre et elle s'étale lourdement sur le côté.

Des doigts émergent du sable comme des vers et rampent vers elle. J'attrape d'abord la bouteille, puis son bras, et la tire hors de portée des morts.

« Non, grogne-t-elle.

– On doit continuer à avancer.

– … reçois pas d'ordre d'une condamnée à perpétuité », bafouille-t-elle tandis que ses yeux se révulsent peu à peu.

Un corps émerge du sol et je recule maladroitement. Si nous arrivons à échapper aux morts, si seulement ils veulent bien rester morts, nous pourrons peut-être progresser.

« Encore un peu, marmonné-je.

– Et quoi, après ? » Moloney est devant nous, à présent, et se penche pour examiner un bras qui rampe hors du sable. Il lui assène une tape lorsqu'il essaie d'agripper faiblement sa jambe. « Je te l'ai dit, il n'y a pas d'issue. Tu vas devoir *les* attendre.

– *Ils* sont ici ?

– Bien sûr ». Le bandit coule un regard vers le ciel. « C'est eux qui ont créé cet endroit. »

Je m'arrête. Quelque chose est apparu à l'horizon, devant nous : une forme noire biscornue, comme un bâtiment en ruine ou…

« Générale. » Je la secoue et sa tête roule sur ses épaules. « Il y a un appareil devant nous. »

Lorsque je relève la tête, j'ai l'impression qu'il est en train de s'éloigner.

« Non », soufflé-je. Mon corps se désintègre ; à chaque

pas, une nouvelle cellule s'éteint, et je n'arrive plus à porter la Générale. Je la laisse s'effondrer sur le sable. Mais l'appareil réapparaît, juste un peu plus loin…

Je m'arrête en chancelant et pousse un cri. C'est une épave. Pire, c'est *notre* épave. Elle gît telle que nous l'avons laissée, le corps de Moloney avachi sur son siège. Sous mes yeux, la carcasse s'ébranle et glisse sur le sable avec une horrible lenteur.

« Je te l'avais dit », lance Moloney en regardant son propre cadavre s'éloigner peu à peu.

Sanglotant à moitié, je retourne en titubant auprès de la Générale et me laisse tomber à côté d'elle.

Tout autour de nous, la lumière change et prend la couleur d'une vieille dent.

« Low », dit la Générale d'une voix traînante, et j'entends l'enfant terrifiée qu'elle aurait pu être dans un autre monde. « Je ne veux pas mourir.

– Je ne crois pas qu'on ait le choix.

– On a toujours… le choix. »

La lumière décline rapidement. Ou est-ce ma vue ? Je ferme les yeux, parce que je vois des membres monter tout autour de nous, des cadavres se traîner douloureusement sur le sable, dans toutes les directions. Je sais combien il y en a : huit mille quatre cent quarante-sept. Ils sont tous ici. Une cohorte entière de recrues de l'Accord décimée.

« Tamane », chuchoté-je.

Moloney baisse ses yeux vitreux sur moi. « C'était toi ?

– Les LL m'ont dit que ça sauverait des vies, murmuré-je. Ils m'ont dit que l'Accord libérerait le virus sur les lunes frontalières si on ne le volait pas. Ils ne m'ont pas prévenue qu'ils allaient s'en servir à la place, et je n'ai pas posé de questions, je me suis contentée de suivre les ordres… »

J'ouvre les yeux pour regarder les corps, ces victimes de l'attaque bactériologique qui sont mortes en se noyant dans leurs propres poumons. « Elle avait raison. On a toujours le choix. »

Le bandit ne dit rien, ne fait que regarder la lointaine et lamentable progression de sa dépouille mutilée qui disparaît dans le désert tandis que les morts viennent me chercher.

La mort n'est pas la libération que je croyais. Pour commencer, les cadavres ne se satisfont pas de mon trépas. Ça ne leur suffit pas : ils veulent aussi m'ouvrir et compter mes os, dérouler mes nerfs et les étirer pour mesurer leur propre existence, un centimètre à la fois. Je les laisse faire. N'ai-je pas gravé leurs vies, une par une, sur les murs de ma cellule, avant de comprendre ce que je devais faire ? N'ai-je pas tenu le Compte pour ça ?

Une aiguille se plante dans ma chair et me siphonne un peu de sang pour ajuster la pesée de mon être, une lame presse ma peau entre mes seins afin de prélever mes organes et de les jeter sur la balance.

Sauf que ça fait mal, ce qui est anormal puisque les morts ne ressentent pas la douleur. J'ouvre les yeux et perçois des ténèbres pleines d'étoiles à pointes rouges, et des formes en mouvement si vastes qu'elles éclipsent la lumière. *Eux* ?

Oui, *ils* sont là. Et à travers le chaos, un visage me renvoie mon regard. Sa peau est marquée par des milliers de lignes gravées dans sa chair selon le même motif : quatre traits verticaux barrés par une ligne oblique.

Hel ?

La silhouette se penche plus près. Ses mains sont gantées de sang et quand je vois ses yeux, j'ai envie de hurler parce que ce sont les miens.

Les morts me maintiennent fermement pour que la chose qui porte mon visage puisse travailler paisiblement. Elle prononce des mots que je devrais comprendre mais je n'en suis pas capable, et les étoiles palpitent, vermillon, et la chose qui a mes traits continue de couper et ils – *eux* – font basculer l'univers et heurtent les mondes les uns contre les autres jusqu'à ce que des réalités s'en détachent.

Je me retrouve à regarder ces yeux, de sombres reflets des miens, ces pupilles immenses et noires et insondables comme celles d'un rapace. Puis, avec un hochement de tête final, Hel l'Apôtre abaisse le scalpel et tranche le dernier fil.

« … pourrait être encore vivante, pour ce qu'on en sait. Et on n'en saura rien tant qu'elle n'aura pas parlé. Et elle ne pourra pas parler si tu lui mets une balle dans la tête, Amir.

– C'est pas normal. Elle est pas normale. Personne peut revenir de là-bas. Regarde-la.

– Et toi, tu aurais bonne mine après plusieurs jours passés dans la Bordure ?

– Nan, j'aurais l'air d'avoir paumé un ou deux organes, c'est bien ça le problème. »

Quelque chose m'effleure le bras. « Elle a peut-être juste eu de la chance.

– Sur Factus, "chance" est un gros mot. »

Silence. J'ouvre les yeux. Tout est flou et, pendant un instant, je ne distingue qu'une pellicule de lumière grasse. Pas d'étoiles aux dents vermillon, pas de ténèbres. Une ombre se pose sur moi et je me recroqueville d'effroi en me remémorant la chose qui portait ma peau et a arraché mon cœur de ma poitrine.

« Dix ? »

Le visage se précise. Des yeux doux, dont l'un enflé et rouge, une barbe noire en bataille…

« Silas ? » J'essaie de parler, mais aucun son ne vient et je panique. Des mains traversent précipitamment mon champ de vision pour me débarrasser d'un objet lourd et vicié à force de respirations. De l'air – impur mais frais – se déverse sur moi.

Silas fait un pas en arrière, un casque de pilote dans les mains. « Je te l'avais mis pour te donner de l'oxygène. On ne savait pas… » Il s'interrompt.

Je cligne des yeux, ma tête bourdonne. Silas me donne une tasse d'eau et je la bois sans l'apprécier, toussant et en renversant la moitié.

« Quoi… ? » C'est le seul mot qui me vient.

« Bonne question. » Un sourire révèle ses dents, mais il semble nerveux et fouille dans ses poches. « Tu es de retour à bord du *Longrider*. On vous a trouvées, toi et la Générale, la nuit dernière, à quatre cents mètres de la Bordure. Vous étiez juste couchées là. Aucune trace de pas, rien. On a cru que vous étiez mortes. »

Je baisse les yeux sur le corps que le Suplicio a brisé. Mon bras est passé dans une écharpe grossière, mes blessures tamponnées avec de la teinture d'iode. Ma main monte sur ma poitrine. Un pansement y est collé et mon maillot de corps est raide de sang séché.

« Ouais, désolé pour ça, dit Silas en désignant le bandage. Je ne suis pas médecin. »

Je touche le bord de la compresse. Le souvenir de la chose qui me découpait me revient.

« Non. » Silas avance la main pour m'en empêcher.

Trop tard. J'arrache le pansement. Deux lignes obliques, gravées dans ma chair, forment un V profond des clavicules au sternum, et une ligne horizontale les traverse en leur milieu. Même enflées, couvertes de sang et de teinture, je vois que les incisions sont nettes et précises. Délibérées.

« Je ne voulais pas que les autres le voient, marmonne-t-il sans me regarder. Ils ont déjà assez peur. Il paraît que la Bordure affecte les pensées, pousse à la folie. On n'était pas sûrs que tu… »

Je frémis. Est-ce moi qui ai fait ça ? Le Suplicio, les

morts sous le sable, Moloney. Est-ce que tout ça était réel ? Je remets le pansement.

Silas me tend un sachet de souffles. Il lui en reste très peu, à ce que je vois. J'en saisis un d'une main tremblante. Il attend un peu avant de reprendre la parole.

« Tu te souviens de quoi, au juste ? »

J'écrase la perle et laisse fondre ses éclats avant de répondre. « Je me souviens de l'appareil. Celui qui nous a interpellés. Ce n'était pas l'Accord mais les Chercheurs. »

Silas désigne son visage battu. « Sans blague. Ils étaient après nous aussi. On a réussi à les repousser et finalement ils ont juste... fait demi-tour. » Il marque un temps d'arrêt. « Je n'avais jamais entendu dire qu'ils abandonnaient leur proie, parfois. Ça paraît dingue, mais je crois qu'ils s'intéressaient bien plus à vous.

– Ils ont ouvert le feu. » La détonation des charges, l'appareil qui tombe en morceaux autour de nous. « Moloney nous a envoyés directement dans la Bordure, selon lui c'était notre seule chance. Mais il faisait trop sombre, on allait trop vite. On s'est écrasés...

– Moloney est mort ?

– Oui.

– Où est-il, alors ? Son corps ? »

Je revois l'expression morose de Moloney qui regardait son cadavre s'éloigner en silence dans la désolation. Quelque chose, au fond de mon esprit, frémit et menace de céder.

« On l'a laissé dans l'épave. » Avec un grognement, je me redresse et envoie mes pieds au sol ; le souffle fait son œuvre et me gratifie d'un afflux d'énergie. J'étais couchée sur une pile de caisses recouverte d'un drap, à ce que je vois. « Et la Générale ?

– Elle est vivante. Mais elle n'a pas encore repris connaissance. D'après l'état de ses vêtements, elle a perdu beaucoup de sang. » Il s'arrête et mâchonne sa lèvre fendue.

« Quoi ?

– Elle devrait être morte. Vous devriez l'être toutes les deux. » Quand je le regarde de nouveau, son visage est presque implorant. « Tu ne te souviens vraiment de rien, après le crash ? »

Je remue mes orteils sur le sol. Il semble solide, poisseux. Réel.

« Je me souviens avoir marché.

– Et les Chercheurs ? Ils ne vous ont pas trouvées ?

– Si c'était le cas, est-ce qu'on serait encore là ? »

Je me relève et, quand je chancelle, Silas me rattrape. De près, je vois à quel point il est épuisé. « Tu ne devrais pas sortir, Dix.

– Pourquoi ?

– Les Freux ne voulaient pas de toi à bord. Ils me tolèrent uniquement parce que je les ai aidés à combattre. Ils pensent que tu as tué Moloney. Et ils croient que tu es maudite. Ils répètent que personne ne revient jamais vivant de la Bordure.

– Je ne suis pas sûre qu'ils aient tort. »

Au-delà de la réserve, le *Longrider* est plongé dans la confusion. Le navire accuse les traces d'une violente bataille : des brèches percent ses cloisons, des fils pendant du plafond comme des entrailles, maladroitement rafistolés avec du ruban adhésif et des chiffons. Il y a du sang, aussi, incrusté dans les rainures du sol métallique, que personne n'a encore nettoyé. En baissant les yeux vers la soute, je vois des corps enveloppés de draps. Cinq en tout. Bien que Silas tente de m'en dissuader, je dois constater de mes yeux que la Générale s'en est vraiment sortie en vie, comme ils le disent.

Trois Freux occupent le poste de pilotage, survivants de l'attaque. À leur expression, je comprends que Silas a dit vrai. Ils ont peur de moi.

Le second de Moloney dégaine un pistolet. Son crâne

rasé est entouré d'un bandage. « Retourne dans la réserve », ordonne-t-il.

Je l'ignore et me dirige en boitant vers le dortoir. Personne n'essaie de m'en empêcher.

La Générale est couchée sur un des lits, une couverture tirée sur son corps. Elle n'a pas eu les honneurs d'être enfermée dans la réserve, elle. Elle a une mine épouvantable ; son visage est brûlé par le soleil, exsangue, mais quand je cherche son pouls, je le découvre fort, presque violent. Baissant la couverture, je trouve la blessure au flanc qui aurait dû la tuer, vu comme elle se vidait de son sang sur le sable. Quelqu'un l'a pansée et, prudemment, je soulève la compresse.

La plaie a été cautérisée avec une efficacité brutale, comme l'aurait fait un médecin militaire sur le terrain. Quelqu'un, ou quelque chose, nous a soignées ; nous a préservées et nous a laissées pour qu'on nous retrouve. Mais les seuls êtres qui parcourent la Bordure sont les Chercheurs, et les Chercheurs… Ma main remonte vers ma poitrine, vers la marque qui y est gravée. *Ils* sont venus, dans ces ténèbres que je pensais être la mort. Eux, et la chose qui portait mon visage.

Je retourne au poste de pilotage.

« Combien de temps a-t-on disparu ? » demandé-je.

Silas retire sa pipe de sa bouche. « Quatre jours. On a dû se poser pour réparer le vaisseau après avoir semé les Chercheurs. Puis on est allés à Dépôt Douze et on a attendu, mais Moloney ne s'est jamais pointé. Alors, on est revenus sur nos pas, on a patrouillé le long de la Bordure, et… » Il jette un bref regard aux autres. « On vous a vues.

– Moloney est mort, dis-je aux Freux. Il a foncé dans la Bordure et s'est crashé. C'est ça qui l'a tué, pas moi. »

Le plus âgé des trois Freux se détourne et pose le poing contre le mur.

« Et on est censés te croire sur parole ? coupe le second.

– Croyez ce que vous voulez. Je lui ai dit que c'était du suicide, mais il l'a fait quand même.

– C'est bien le genre de Dru, ça », dit le plus âgé d'une voix étranglée. Des larmes coulent sur ses joues sales. « Où il est ? Son corps ? »

Il parcourt le désert, horrible figure de proue. « Je ne sais pas.

– S'il est mort, dit le second, c'est moi qui commande. Et je dis qu'on va retourner à Dépôt Douze, remettre cette salope aux autorités et encaisser la prime. »

J'ai un rire froid et fais un pas vers lui. « Si tu essaies, Hel l'Apôtre va venir te chercher toi aussi. »

De toute évidence, ils sont aussi nerveux que le disait Silas parce qu'aucun d'eux n'ouvre la bouche après ça.

« La Générale va peut-être honorer sa parole et vous payer, *si* elle survit, poursuis-je. Et pour ça, on va avoir besoin de plus de médicaments. »

Le second évite soigneusement de me regarder. Sa lèvre supérieure est constellée de sueur. « Dabb, aboie-t-il à l'intention du benjamin du trio. Où est-ce qu'on est, bordel ?

– Au milieu de nulle part, chef. Entre Dépôt Douze et Déjàça.

– Déjàça ? glisse Silas sur un ton optimiste. *Charis* sera là-bas. J'ai des fournitures médicales à bord.

– D'accord, grogne le second. D'accord, mais faites-la sortir d'ici. »

Nous atteignons Déjàça avant la tombée de la nuit. Les Freux ne ménagent pas leur navire rafistolé, ignorant ses grognements et ses crachotements. Ils veulent leur argent, mais plus que tout ils veulent se débarrasser de nous, de moi. Je les entends murmurer que je suis une sorcière, que quelque chose cloche chez moi. Pour quelque raison, ça me fait sourire. Mille armes n'auraient pas réussi à effrayer des hommes pareils, mais deux femmes surgies de la Bordure les terrifient. De plus, sans Moloney, ils n'ont plus de père, plus de guide. Je ne veux pas leur donner le temps de recouvrer leurs forces et de laisser l'idée de mettre la main sur cent mille crédits étouffer leurs peurs.

« Tu crois qu'ils nous laisseront partir ? » demandé-je à Silas tandis que le signal faiblard du comptoir commercial apparaît au loin.

Il rit dans sa pipe. « Je pense qu'ils ont trop peur pour faire quoi que ce soit d'autre. Ils sont persuadés que tu es maudite.

– Et toi ?

– Moi, je pense que tu as de la chance.

– Je voulais dire : est-ce que tu vas nous laisser partir ou est-ce que tu vas encore essayer de nous vendre ? »

Il détourne les yeux, mâchoires serrées. « Je t'ai sauvé la vie, non ? Ils vous auraient abandonnées au milieu du néant.

– On ne se serait pas retrouvées là, sans toi.

– Écoute, dit-il en évitant de me regarder en face, je suis désolé, d'accord ? Je croyais que vous n'étiez que des voleuses à deux ronds, que vous écoperiez d'un mois de travaux forcés et que ça en resterait là. Si j'avais su qui vous étiez, si j'avais su qu'ils voulaient te boucler à perpétuité, je…

– Tu aurais demandé plus d'argent ? »

Ses narines palpitent et il se tait.

« Est-ce que tu l'avais mérité ? demande-t-il au bout d'un moment. Cette sentence ? »

Ma main s'égare vers mon cou, vers le legs de mon évasion. « Oui. Et je la purge encore. »

Nous ne parlons plus jusqu'à ce que le navire atterrisse. Le Freux le plus âgé sort la Générale de l'appareil, non sans tendresse. Dans ses bras, elle a l'air plus menue que jamais. Le comptoir aussi semble minuscule, rare refuge d'humanité pour les cœurs épuisés au milieu de ce désert impitoyable. Je regarde les lumières clignotantes des vaisseaux en orbite et réalise que la nuit ne me paraîtra plus jamais sombre, pas après la Bordure. La terraforme fait curieusement ondoyer le clair d'étoiles, comme si je le percevais à travers la peau d'une grande bête invisible. Le ciel évoque une fragile membrane comparée à l'infinité qui s'étend au-delà.

Charis, grise et poussiéreuse, est tassée dans la zone d'atterrissage.

« Salut, chérie ! lance Silas en s'empressant de la rejoindre. J'avais peur que la vieille sorcière ne t'ait vendue. »

Nous sommes encore à vingt pas du relais lorsqu'un coup de feu lacère la nuit. La porte s'ouvre à la volée et une silhouette en sort, un fusil à pompe dans les mains. Des yeux rouges s'allument, des armes se chargent en gémissant telles des chiens prêts à attaquer. Nous sommes cernés.

Le fusil à pompe tressaille. La silhouette qui le brandit est grande, masquée et affublée de lunettes de vision nocturne.

« Je veux voir vos mains. »

Derrière moi, les Freux jurent. L'un d'eux va faire quelque chose d'idiot d'une seconde à l'autre…

« On vient juste faire le plein, lancé-je en levant les mains. Il y a une enfant blessée avec nous. On ne veut pas d'ennuis. »

C'est un silence et non un coup de feu qui accueille mes mots.

« Doc ? » lance une voix incrédule.

La silhouette arrache ses lunettes. Un œil brun pétille dans la pénombre.

« Falco ?! »

« Je te croyais morte ! s'esclaffe Falco. Gilli m'a dit que tu avais été enlevée par Moloney.

– C'est le cas. »

Elle regarde par-dessus mon épaule, et la joie qui animait son visage devient aussitôt hostilité ; plus que de l'hostilité, une colère que j'ai très rarement vue en elle.

« C'est eux qui t'ont emmenée ? » grogne-t-elle en relevant son arme.

Alors, je comprends. Ce n'est pas que de la colère. C'est du chagrin.

« Où sont les autres ? demandé-je.

– Peg est dedans. » Son fusil reste braqué sur les Freux.

« Et Boots ?

– D'après toi ? » Son œil étincelle au milieu de traits froissés par la douleur. « Elle est là-bas, enterrée dans cette foutue poussière avec un centurien mort pour pierre tombale. Et tout ça parce que ces piafs de merde se sont montrés gourmands et ont voulu s'offrir une petite poursuite.

– Écoute, Falco... », commence Amir.

Elle arme le fusil. « Est-ce que je t'ai donné la permission de parler ? » Elle désigne la Générale de la tête. « La petite est en vie ?

– Aux dernières nouvelles, oui.

– Posez-la par terre. »

Le Freux le plus âgé serre un peu plus la Générale contre lui, comme un bouclier. « Pas question. Tu vas me descendre.

– Affronte la mort avec un peu de dignité, charogne. Pegeen ? lance-t-elle dans son dos. Prépare-toi à ouvrir le feu.

– Moloney est mort », coupe Amir.

La nouvelle laisse Falco pensive. Elle jette un coup d'œil vers moi. « C'est toi qui l'as tué, Doc ? »

Je secoue la tête.

« On a été attaqués par les Chercheurs, reprend Amir. Ils ont descendu les autres, aussi. On est les derniers survivants. »

Falco ne les quitte pas du regard ; un œil plissé, impitoyable, calculateur.

« Avancez dans la lumière, lance-t-elle en appuyant l'ordre d'un geste de son arme. Que je puisse vous voir. »

Les Freux obéissent maussadement, entraînant Silas avec eux, jusqu'à ce que les faibles lueurs du relais éclairent leurs traits. Au bout d'une minute, Falco lâche un rire froid.

« Les trois mousquetaires, les raille-t-elle avant de scruter Silas. Et qui c'est, cette raclure de tripes ?

– C'est juste un camé de contrebandier, Falco..., dit le Freux vénérable.

– Tu parles encore sans permission ? » Elle tourne son regard perçant vers Silas. « Alors c'est toi qui les as vendues, hein ? J'aurais dû m'en douter. Dis un mot, Doc, et je l'envoie nourrir les asticots. »

Silas croise mon regard, à moitié bravache, à moitié suppliant. Lentement, je secoue la tête.

« Il nous a sauvé la vie. J'imagine qu'on est quittes.

– Si tu le dis. » Elle soupèse son fusil. « Bon. J'avais fait le serment de vous descendre jusqu'au dernier, pour Boots, mais puisque Moloney est mort, je pourrais éventuellement caresser l'idée de demander quelque chose en échange de vos misérables vies. Qu'est-ce que ce sera ? La mort ou un deal ? »

Amir serre les dents. Il est furieux, mais au moins il semble assez malin pour comprendre la réalité de la situation.

« Un deal, grogne-t-il.

– Un deal quoi ?

– Un deal, s'il te plaît. »

Falco lui lance un rire. « Doc, prends leurs armes. Ensuite, allons nous installer confortablement. On va avoir une longue discussion. »

Nous nous asseyons tous les sept autour de l'unique table de ce qui fait office de saloon. Pegeen s'avachit dans un coin, un revolver calé sur sa botte et pointé vers Amir. Gilli nous jette des regards méfiants, de temps à autre, depuis l'entrée masquée d'un rideau qui conduit à sa chambre, où se repose la Générale. Elle n'aime visiblement pas l'idée que les Freux qui ont saccagé son commerce soient à présent assis et nous regardent, Falco, Pegeen et moi, manger de la viande de serpent séchée et des poires en conserve en buvant de l'ersatz de café allongé de sirop de cactus. Plus d'une fois, je vois que le Freux le plus jeune fixe la nourriture avec envie et lèche ses lèvres sèches.

« Je veux soixante pour cent, dit Falco en cueillant délicatement une tranche de poire pâle de son assiette. De tout ce que vous prendrez. Votre territoire ira de Wilson's Ridge à Naz Peak. Si je vous attrape à opérer hors de ces limites, je vous fais abattre. Si vous vous en prenez à l'une de mes G'hals, l'un de mes informateurs ou de mes associés, je vous fais abattre. Si j'apprends que vous me blousez sur ma part… » Elle s'essuie les doigts sur un chiffon. « … vous saisissez le concept.

– D'accord », dit Amir. Ses lèvres tressaillent. « Madame.

– Vous retournez au Perchoir ? »

Il hoche sèchement la tête. « On doit enterrer ceux que les Chercheurs ont laissés avant qu'ils commencent à puer.

– Bon, quand vous en aurez terminé là-bas, venez me voir à Landfall et on discutera des modalités de recrutement. » Elle sourit. « Vous avez bien compris ?

– Oui, madame.

– Bien. » Elle s'adosse à sa chaise. « Vous pouvez partir. »

Les Freux se lèvent et se dirigent vers la porte d'un pas traînant, le plus jeune jetant des regards inquiets vers le revolver de Pegeen.

« Vous avez dit quelque chose ? les interrompt la G'hal.

– Merci », marmonnent-ils l'un après l'autre avant de sortir.

Falco se retourne vers la table où est assis Silas, mal à

l'aise, qui joue avec la pipe qu'elle a refusé de le laisser fumer.

« Je, euh, je crois que je devrais aller inspecter *Charis* ? » dit-il d'un ton plein d'espoir.

Falco hoche la tête et il s'empresse de sortir, non sans m'avoir lancé un long regard. Elle rit quand elle s'en aperçoit.

« Tu sais vraiment les choisir, Doc. » Elle prend une gorgée bruyante de son café. Sans les Freux, la petite pièce semble plus confortable ; le poêle émet un halo chaud et orange, j'ai le ventre plein, et le sucre préservé des fruits fait chanter mon sang. Mais nous allons devoir parler, si désagréable que ce soit.

« Qu'est-ce qui s'est passé à la Fosse ? » leur demandé-je doucement.

Falco secoue la tête. « On s'en est sorties. Me demande pas comment. C'était pas joli à voir. On voulait filer vers Landfall, mais les chiens de la Fosse nous ont poursuivis et nous ont rabattus dans la mauvaise direction. Ils ne nous ont lâchées qu'au bout de cinquante kilomètres. » Elle soupire et repose sa tasse. « On a dû utiliser tout le carburant de la jument de Peg rien que pour arriver à mi-chemin d'ici. On a poussé le fourgon aussi dur qu'on pouvait, pour Boots, mais… »

Elle ne finit pas sa phrase et fixe la surface pelée de la table. Peg range son revolver pour passer le bras autour du cou de Falco et pose sa tête contre la sienne.

« Je suis désolée, leur dis-je. Si j'avais été là… »

Falco renifle sèchement. « Les regrets ne servent à rien. »

Nous restons assises en silence pour un temps et écoutons le vent cingler la porte.

« Je vais aller voir Gabi », dit doucement Peg en embrassant Falco sur la joue.

Je remplis nos tasses à la cafetière laissée sur le poêle et lorgne ce breuvage faiblard et sucré dont le goût évoque un fantôme de café, en attendant que Falco m'interroge sur Moloney, la Bordure et comment la Générale et moi avons réussi à survivre.

Mais à ma grande surprise, elle ne dit rien. Au lieu de cela, elle se penche en grognant et sort une boîte de conserve cabossée de son sac.

C'est une sorte de crème qui émet une puissante odeur de violette artificielle. Elle en prend un peu et la passe sur la peau cendrée de ses coudes. « Foutue lune, marmonne-t-elle. Tout s'assèche plus vite que l'œil d'un poivrot. » Elle me tend la boîte. « Tu devrais en mettre un peu avant de te transformer en Gilli. »

Je ris, mon premier vrai rire depuis très longtemps, et en étale sur mes mains crevassées et lézardées par les vents du désert.

« Écoute, Doc, reprend Falco. On est là depuis trois jours à attendre que quelqu'un passe pour le dévaliser. Durant ce temps, on a aidé Gilli à faire le ménage. Peg a même réparé le câble. Et on a lu les nouvelles. » Elle applique de la crème sur un point de son poignet. « J'ai bien peur que les gars de Moloney n'aient pas été très discrets à propos de votre capture. »

Ainsi, elle sait tout sur moi et sur mon passé. J'affronte son regard.

« Quoi ? dit-elle. Tu crois que je n'ai jamais songé que tu avais pris perpétuité ? Avec une cicatrice pareille ? » Elle soupire. « Pour l'instant, l'information ne circule que sur la pelote, pas sur le câble à proprement parler. Mais une fois que la mort de Moloney se sera ébruitée, tous les rapaces du quadrant se ramèneront ici pour empocher ces cent mille crédits.

– Et toi ? » Falco a un prix, comme tout le monde ; elle ne l'a jamais nié. Mais je ne sais tout simplement pas lequel.

« Je ne sais pas ce que tu as fait pour te retrouver sous les verrous aussi longtemps. Mais c'était pendant la guerre, tu n'as rien de spécial. On a tous fait des trucs moches. La différence, c'est juste que vous avez perdu. » Elle a un petit sourire. « L'Accord peut garder sa prime. Je la leur prendrai d'une autre manière.

– Mala ! » Pegeen fait irruption de la chambre, livide sous ses coups de soleil. « C'est Gabi. »

La chambre de Gilli est minuscule, à peine plus grande qu'un placard. La Générale se tord sur le lit, tout son corps maigre pris de convulsions. Gilli observe la scène depuis un coin, les mains sur la bouche. « Va chercher Silas ! dis-je à Peg. Dis-lui d'apporter tous les médicaments qu'il a à bord. »

Les bottes de la Générale ruent et claquent contre les planches du lit. Je fais mon possible pour la maîtriser, pour l'empêcher de se mordre la langue. Elle a un teint affreux, vieilles cendres sillonnées de sueur. La blessure sur son flanc est brûlante, même à travers le bandage. Elle s'est infectée.

« Oh non », sifflé-je tandis que sa respiration devient plus laborieuse et que d'horribles hoquets déchirants s'extirpent de sa gorge. « Tu n'as pas intérêt à me faire ça maintenant. »

Silas accourt. Il écarquille les yeux en découvrant la scène, puis lâche une brassée de médicaments sur le tapis élimé à côté de moi. « Qu'est-ce que je peux faire ?

– Tiens-la ! aboyé-je. Tu as des tranquillisants ?

– Des ampoules de Jix et un flacon de bloquants. »

Je fouille le ramassis de médicaments, la plupart frelatés, achetés à la sauvette déjà coupés et dilués. Je trouve les ampoules de J-I10 dont il a parlé, charge un pistolet injecteur et en expédie une dans le bras de la Générale.

Ça ne fait rien, et son état empire encore ; j'entends sa respiration claquer et s'arrêter, claquer et s'arrêter dans sa gorge. « Est-ce qu'il y a… » demandé-je avec désespoir, mais Falco est arrivée, apportant autre chose : la trousse médicale de la jument abandonnée.

Je pousse un juron de soulagement en découvrant son contenu. Les produits de Silas sont certainement bon marché, alors que ceux de Falco viennent de l'armée, non dilués, purs.

« Elle ne respire plus ?! » s'écrie Pegeen.

J'attrape la seringue d'adrénaline et la plante dans la cuisse de la Générale avant de plaquer une bobine de défibrillation contre sa poitrine. La décharge parcourt violemment son corps et au terme d'une terrible seconde, elle ouvre brusquement les yeux.

Je tombe à genoux tandis qu'elle prend une inspiration laborieuse, puis une autre, sifflant et toussant. Du coin de l'œil, je vois Silas qui s'avachit de soulagement.

« Merde, hoquette la Générale en me fixant vaguement de ses yeux rouges. Tu essaies de me tuer ? »

Pegeen éclate de rire et essuie ses larmes.

« Bienvenue parmi nous », dis-je.

Le lendemain matin, à l'aube, je suis devant le relais, à côté du vieux centurien mort où Boots est enterrée. Des offrandes sont attachées au bois : un bouquet que Falco a confectionné avec des tiges d'agave sèches et des rubans en plastique, quelques balles du revolver de la défunte, une mèche tressée des cheveux pâles de Peg. Le vent pousse de petits tourbillons sur le sol, comme des vagues légères au bord d'une mer calme.

Je laisse une poignée de sable couler entre mes doigts. Je n'ai pas besoin de me remémorer les mots de la prière, ils ont été gravés dans mon cerveau comme dans la pierre par dix-huit années de répétition.

« Créateur, faiseur des planètes et des lunes, qui êtes dans l'espace entre les pensées, le souffle entre les mondes, l'éternité entre les battements d'un cœur, accordez-nous la grâce de parcourir ce monde de matière, et de le façonner en votre nom et selon votre volonté, jusqu'à ce que nous puissions vous rencontrer, au-delà de la substance, au-delà du souffle, et ne faire qu'un, en ce lieu au-delà de toute réalité. »

Le vent soulève les grains de sable, les disperse au gré de ses courants, les emporte. Je regarde vers l'ouest, dans la direction de nos prières. Là, le ciel s'agrippe encore à la nuit. Plus loin encore, au-delà de la limite de la terraforme, au-delà de Factus, s'étale le Vide dont aucun vaisseau d'exploration n'est jamais revenu durant toutes les décennies écoulées depuis que l'humain s'est faufilé dans ce recoin de la galaxie. Parmi les Congrégations, mes pères pensaient que Dieu le Créateur résidait dans l'espace qui sépare les atomes. Qu'est-ce donc qui pourrait vivre dans cette toile de matière noire, d'ultime potentiel ?

J'ouvre la main. À la place du sable, elle enferme à présent un dé, vieux et jaune, dont les points sont soulignés avec du sang.

Je m'agenouille et le lance dans la poussière.

Un.

Je recommence.

Un.

Encore.

Un.

Six fois, toujours la même chose. Je renonce et le glisse dans un creux entre les racines de l'arbre.

« Ainsi que nous sommes, nous ne serons pas. »

Depuis l'ouest, le vent vient lécher le sel de mes yeux. Une offrande de plus. Je me détourne avant qu'il ne décide de prendre davantage.

Dans le saloon, je trouve les autres occupés à déjeuner de café, de granules de protéines et de pêches. Falco a laissé toutes les conserves dont elle pouvait se passer à Gilli, ainsi que la promesse de lui livrer régulièrement de l'eau par le biais d'un de ses contacts du marché noir ; elle dit que l'Accord a peut-être laissé Déjàça pourrir, mais pas elle, pas tant que l'une de ses meilleures camarades est enterrée ici. Gilli a pleuré et a demandé à Falco et Peg de rester tout en sachant que c'était impossible.

Je m'arrête à l'entrée. Non loin de moi, la vieillarde dispose fièrement les conserves de poisson, de haricots et de tomates sur l'étagère. Elle croise mon regard et sourit.

« Vous avez marché un sacré bout de chemin », dit-elle.

Je la dévisage en fronçant les sourcils lorsqu'un coup me fait sursauter : la Générale frappe la boîte de sirop de cactus contre la table et fait descendre ses granules avec ses dernières gouttes.

« Une chose est foutrement sûre, dit Falco au milieu de la conversation, Doc doit se tirer de cette lune. Et toi aussi, Gabi.

– Oui, abonde la Générale en portant des pelletées de granules à sa bouche. Mais si tu crois que je vais voyager avec *elle*…

– Elle t'a sauvé la vie, une fois de plus, sale petit rat. » Peg lui arrache la boîte de sirop des mains. « Tu l'as déjà oublié ?

– C'était son choix ! Tu peux me la rendre ?

– Non, dit Falco en prenant le sirop. Tu as une dette envers elle. Et si ton argent te permet de quitter cette lune, elle va en profiter. »

La Générale gonfle les joues et se laisse retomber sur sa chaise.

« Ça ne va pas être facile, dit Silas. Chaque port grouillera d'yeux grands ouverts.

– Et toi ? demande la Générale d'un ton avenant. Tu ne pourrais pas nous faire sortir d'ici ? »

Il secoue la tête en frottant sa barbe en broussaille. « *Charis* n'est pas conçue pour les longs trajets. Elle pourrait effectuer un saut rapide mais pas plus loin que, disons, Relais Neuf-Quatre. »

Je dois avoir fait du bruit parce qu'il lève les yeux et m'aperçoit dans les ombres.

« Dix, lance-t-il. Viens boire ton café. » Il prend la cafetière sur le poêle et verse le fond dans une tasse. « On est en train de décider où aller.

– *On* ? demandé-je avec un demi-sourire.

– Apparemment, mon navire a encore été détourné. » Il me tend la tasse et sa main réchauffe brièvement ma peau gelée.

« Vers l'est, leur dis-je. On devrait partir vers l'est. »

Dès le décollage, il est évident que le voyage va être tout sauf facile. Falco arpente *Charis*, tâte les câbles, inspecte chaque cachette et chaque placard.

« C'est dingue que ce truc parvienne à voler », chuchote-t-elle, mais il y a une note d'amusement, presque de respect dans sa voix. Du moins durant la première heure. Un torrent de jurons se déverse de la coursive, suivi d'une série de coups et du sifflement de la douche à vapeur ouverte à fond.

« Hé ! crie Silas en tendant le cou à l'opposé des commandes. Qu'est-ce que vous foutez ? On ne doit pas gaspiller l'eau, on en a besoin pour les systèmes de refroidissement. » Il me lance un regard suppliant. « Dix ? »

Je trouve Falco devant la cabine de douche, occupée à la baigner de vapeur.

« Ce camé n'a aucun sens de l'hygiène », marmonne-t-elle. Je ris et la laisse à sa tâche.

Plus tard, après avoir changé le pansement de ma poitrine et aidé Pegeen à faire l'inventaire des armes, je vais voir la Générale. Je la trouve devant l'un des hublots, fixant le désert chaud et sifflant qui glisse en dessous de nous. Elle ne lève pas les yeux quand je la rejoins mais prend une profonde inspiration.

« Low, tu es une traîtresse et une meurtrière qui n'a

même pas eu le courage de répondre de ses crimes. » Elle change de position, mal à l'aise. « Mais si nous trouvons quelqu'un d'assez fou ou stupide pour nous emmener loin de cette lune, je paierai ton voyage. En retour, tu... feras de ton mieux pour me garder en vie. Jusqu'à ce que je comprenne ce qui peut bien m'arriver. »

Sa main est encore posée contre son flanc. Elle souffre, et pas seulement à cause de sa blessure. Est-ce que les améliorations implantées en elles défaillent, comme l'a dit la commandante ?

« D'accord. »

Nous regardons le désert défiler.

« On ne devrait pas être là, dit-elle.

– Je sais.

– On était en train de mourir. Je n'aurais pas pu faire un pas de plus, et encore moins ramper hors de ce désert. » Ses yeux noisette sont encore injectés de sang. « Comment peut-on être encore en vie ? »

Je me rappelle la manière dont le dé a roulé, *un, un, un*. « Je me demande si c'est le cas.

– Qu'est-ce que tu veux dire ? »

J'hésite. Laisser ce genre d'idées bourdonner dans ma tête est une chose, mais les énoncer à voix haute ? « Et si nous étions vraiment mortes dans la Bordure ? Mais que, d'une façon ou d'une autre, nous avions accédé à une autre réalité, où nous sommes toujours en vie... » Je n'arrive pas à la regarder. « Tout ce que je sais, c'est que lorsque je sens les Si, je vois différents avenirs, ou différents avenirs possibles ou... des réalités qui se déroulent simultanément. Imaginons qu'*ils* nous ont fait passer de l'une à l'autre, qu'ils nous ont fait traverser des mondes ? Qu'est-ce qu'on en saurait ? Rien. On *sentirait* peut-être, seulement, que quelque chose cloche. »

Elle me dévisage. « Ces... *choses* qui t'obsèdent n'existent pas. Ce n'est qu'une superstition. »

Je l'attrape par le bras tandis qu'elle se détourne. « Ils m'ont montré la mort de Moloney avant qu'elle ne se produise. C'est pour ça que je suis partie avec lui. Je savais qu'il allait mourir.

– Et ils ont oublié de te dire que nous aussi ?

– Tu ne te souviens pas ? L'Augure nous a annoncé que nous devions traverser l'enfer.

– Tu es consciente d'être complètement timbrée ? »

Mais son visage est fermé, effrayé. La marque gravée sur ma poitrine me démange.

« Qu'est-ce que tu as vu dans le Suplicio ? lui demandé-je brusquement. Moi, j'ai vu Moloney. Et des cadavres. Je sais que tu as vu quelque chose aussi.

– Rien, dit-elle d'une voix tremblante en essayant de se dégager. Rien, ce n'était qu'une hallucination.

– C'était plus que ça. Qu'est-ce que tu as vu ?

– Je n'ai rien vu. »

Je la secoue. « Parle !

– Je ne peux pas ! éclate-t-elle, écarlate, terrifiée. Ne m'y oblige pas, s'il te plaît ! »

Je la lâche subitement. Je comprends, alors, plus clairement que je n'en étais capable jusque-là, le poids qu'elle porte malgré son jeune âge, un poids et une responsabilité qu'elle n'aurait jamais dû charrier, mais dont elle s'accommode malgré tout.

Hésitante, je tends encore le bras et pose la main sur son épaule. « Je suis navrée. Tu as raison. Ce n'était que des hallucinations. »

Elle essuie ses yeux. « Ne me prends pas de haut, traîtresse. »

J'ai un petit sourire. « Je n'oserais pas.

– Tu serais morte avant d'ouvrir la bouche. » Elle renifle. « Bon, qu'est-ce que fabrique Peg avec toutes ces armes ? »

Elle s'éloigne rapidement.

Frottant ma poitrine, où la douleur semble venir à la fois de l'intérieur et de l'extérieur, je la suis.

Le soleil se couche et, dans l'infinie étendue des Friches, la moindre roche projette une ombre difforme. Profitant de l'absence momentanée de Falco, Silas allume discrètement sa pipe et la fumée amère vient alourdir mes paupières. La lumière ruisselle comme du miel à travers la verrière pour réchauffer l'almanach abîmé posé sur mes genoux.

Il n'a que cinq ans, mais il pourrait aussi bien provenir d'un autre siècle. On y trouve un article sur Factus illustré de magnifiques images de dunes majestueuses, de couchers de soleil spectaculaires, une photo de l'architecture éclatante et chaotique de la rue principale d'Otroville. Est-ce ce genre de cliché qui a persuadé Silas de renoncer à son existence sûre, confortable et protégée sur Jéricho ?

Je laisse échapper un rire, tourne la page. Ce que l'article ne mentionne pas, c'est que les bâtiments vus sur la photo d'Otroville ne sont pas réels : ce sont de simples façades disposées devant les conteneurs résidentiels, construites par la propagande de l'Accord pour rassurer les nouveaux arrivants. Quiconque débarque du port de nos jours perce rapidement la supercherie, et très littéralement car le métal ravagé par le sable dont elles sont faites transparaît par endroits. L'article ne mentionne pas non plus la « Foire aux Innocents », le chemin de croix qui sépare le port de la ville, où langues rapides et doigts habiles guettent les nouveaux arrivants pour les dépouiller de leurs derniers deniers tandis qu'ils halètent, confus et nauséeux à cause du manque d'oxygène. L'article ne mentionne pas davantage que les subsides de l'Accord disparaissent et que les largages de ravitaillement ont déjà été grignotés jusqu'à l'os quand ils arrivent, chacune des mains entre lesquelles ils sont passés ayant prélevé sa part, jusqu'à ce qu'il n'en reste pratiquement rien. Enfin, il ne signale pas le simple fait que Factus est trop éloignée de tout pour que l'Accord s'en soucie. Sur ce point précis, au moins, les Limites Libres avaient raison depuis le début : un système entier est un peu trop vaste pour qu'un unique gouvernement le dirige.

Quelque part dans le navire résonnent des discussions et des coups occasionnels ; la Générale, Peg et Falco s'entraînent au combat dans la soute.

« Encore, dit la voix de Falco par-dessus les braillements d'une musique bruyante.

– Montre-moi l'autre, demande la Générale. Pour arracher l'œil.

– Pas tant que tu n'auras pas appris celui-là.

– Je le connais déjà ! »

Des bruits de pas pressés suivis d'un choc lourd.

« C'est de la triche, se plaint la Générale. Je n'étais pas prête. Essaie encore, je vais te montrer un mouvement que j'ai appris d'un lutteur de Delos…

– On fait une pause. Tu dois te reposer.

– Non !

– Si. Tu es fatiguée.

– Non, je ne suis *pas* fatiguée. »

Souriant pour moi-même, je me retourne pour scruter le profil de Silas. La lumière dorée souligne le ton chaud de sa peau et le bleu noir saturé de sa chevelure. Il se retourne, croise mon regard et sourit aussi.

Une seconde après, le vaisseau fait une embardée qui manque de me projeter hors de mon siège. Aussitôt, ma somnolence se dissipe et je suis aux aguets.

« Qu'est-ce qui se passe ? »

Les dents de Silas se serrent sur la tige de sa pipe tandis qu'il martèle les contrôles. Le vaisseau tressaille et perd brusquement un peu d'altitude. « Les boosters ne répondent pas. » Il jure, pivote sur lui-même et ouvre un panneau pour révéler un fouillis de câbles. « Bordel. »

Pegeen arrive en titubant dans le poste de pilotage, suivie de Falco, tandis que le navire se cabre et plonge tour à tour.

« Qu'est-ce qui se passe ? crie Falco.

– Ouais, c'est quoi ce bordel ? répond Silas sur le même ton. Sûrement ce qui arrive quand une dingue armée d'un fusil à pompe utilise toute l'eau qu'on gardait pour empêcher le système de surchauffer.

– Un vrai navire ne surchaufferait pas. » Elle s'appuie sur la chaise de Silas. « Qu'est-ce que tu peux faire pour régler ça ? »

Silas fait basculer quelques interrupteurs en secouant la tête. « Rien. On doit se poser et la laisser refroidir. »

Je me dépêche d'aller regarder par le hublot. Le spectacle n'est pas rassurant : nous volons au-dessus d'un long canyon désolé séparant deux plateaux. Un sale coin, à moins de vouloir y tendre une embuscade.

« Où est-ce qu'on se trouve ? » Je me tourne vers l'écran de navigation et le fais défiler rapidement en espérant me tromper. « Merde.

– Quoi ? demande Falco.

– Je crois qu'on est dans la Zone NI. »

Elle jure avec plus d'énergie que moi. Je sais pourquoi. La Zone Non Incorporée est une partie des Friches que même elle évite, à moins qu'elle n'ait vraiment pas le choix. Parfois, quand je suis au plus bas, je songe à la Zone NI, à lancer le mulet au-delà des panneaux qui me disent que je quitte le territoire officiel de Factus et que les lois de l'Accord ou de n'importe quel autre gouvernement n'ont plus cours. Mais chaque fois, je me remémore les histoires – les sectes, les solitaires, les communautés xénophobes hostiles jusqu'à la démence, entourées de trop d'espace et de trop peu de visiteurs, l'absence de ravitaillement en eau, en médicaments ou en nourriture, aucune Ligne Aérienne sur des centaines de kilomètres – et je fais demi-tour.

« Tu as une carte ? » demande Falco.

La chose tachée et déchirée que lui tend Silas ne promet rien de bon.

« Elle est obsolète, constate Falco en l'examinant. Regarde, il y a encore le Chat Blanc, alors qu'il a brûlé il y a deux ans.

– Qu'est-ce qui se passe ? demande la Générale en déboulant maladroitement.

– On va devoir se poser, lui réponds-je.

– Pourquoi ?

– Le système surchauffe. » Silas pousse un grognement frustré tandis que le vaisseau plonge et qu'un horrible gémissement aigu emplit le poste de pilotage. « Ça a l'air moche. Ça risque de nécessiter des réparations.

– Tu as essayé d'ouvrir les conduites d'aérorefroidissement secondaires ? demande la Générale.

– Évidemment ! »

Falco plante un doigt sur la carte. « Là, je crois qu'on est au bout de ce canyon. »

Je regarde l'armée de X tracés en travers des désolations, qui marquent des villes fantômes, des villages inaccessibles et des ranchs déserts.

« Tu crois qu'on peut atteindre Tidhar's Dozen ?

– C'est loin ?

– Quatre-vingts kilomètres.

– Non, c'est trop ! » Silas se cramponne à la console tandis que le navire bringuebale.

« Là, dit Pegeen derrière l'épaule de Falco. Bliss ?

– Il paraît que le chef est devenu fou et a tué tous les autres.

– Il y a un ranch, là… Ah, laisse tomber, c'était chez Mbela. Ils ont mis les bouts il y a six mois.

– Et Potenceville ?

– Potence ? On sera mort et ce navire mis en pièces détachées en moins de cinq minutes.

– Ici. » Sur la carte, juste au-delà des parois du canyon,

une ligne pointillée a été hachurée. « Qu'est-ce que c'est ? La carte ne dit rien, seulement... » Je plisse les yeux. « Estherházy. »

Falco et Pegeen échangent un regard.

« C'est Angel Share, dit Pegeen. Une sorte de port.

– Un port ? On peut se poser là, alors ?

– Ce serait pas une bonne idée.

– Pourquoi pas ? crie Silas tandis que le gémissement se fait plus prononcé. J'ai entendu parler de l'endroit, c'est un bureau de dédouanement, non ? »

Falco serre les dents. « C'est un bureau de dédouanement qui grouille de chasseurs de primes ; en plus, le marshal est un connard doublé d'un psychopathe. »

Silas jure. « On perd de l'altitude trop vite. Soit on se pose là-bas, soit on grille dans le désert ! »

Pegeen prend le bras de Falco. « Pec nous abritera sûrement, non ? »

Le bruit négatif qu'émet Falco se perd dans une nouvelle et terrible embardée du navire qui plonge. « On dirait qu'on n'a pas le choix. »

Je ne sais pas du tout comment Silas arrive à pousser *Charis* sur les quelques kilomètres qui nous séparent d'Angel Share. Le temps que la ville apparaisse, nous volons déjà trop bas et nous affaissons peu à peu comme un vautour ivre. À travers la verrière inclinée, je discerne une structure métallique grossière : un port comptant pas moins d'une trentaine de plateformes d'atterrissage rouillées éparpillées dans la poussière. Derrière s'étend une forêt de conteneurs, certains neufs et brillants de peinture, d'autres rapiécés et percés comme s'ils avaient traversé le système une dizaine de fois. Une poignée de bâtiments s'étale au-delà, de part et d'autre d'une avenue de sable battue, comme si le port avait ouvert sa grande gueule d'acier et les avait vomis là.

Il y a un ou deux autres vaisseaux à quai, des pilotines et une paire de cargos, d'après les apparences. Pas du genre honnête. Je hausse un sourcil en voyant Pegeen armer deux pistolets. Quoi qui nous attende, nous allons devoir faire face.

Charis atteint maladroitement la toute dernière plateforme et arrache presque une passerelle avant de faire un tête-à-queue dans la poussière et de s'arrêter brutalement contre la rambarde. Silas se laisse tomber sur son siège, les cheveux plaqués par la sueur.

« Gentille fille, halète-t-il en tapotant le manche.

– Bon », dit Falco en attachant un holster sous sa veste et en vérifiant celui qui est dissimulé à sa cheville, « que tout soit bien clair : on entre, on fait réparer le vaisseau, on se tire. Et on fait profil bas. On ne cherche pas les ennuis. » Elle lance un regard appuyé à la Générale.

« C'est jamais de *ma* faute », se plaint cette dernière.

Falco émet un grognement perplexe. « Veuillez cacher ces tatouages, ma Générale. Et, Low… » Elle soupire en regardant mes vêtements sales et maculés de sang.

« Tiens, dit Silas d'un ton épuisé en se débarrassant de sa veste de pilote. Porte ça. Et tu pourras aussi prendre le manche, après. J'en ai ma claque. » Il commence à bourrer sa pipe avec des doigts qui tremblent.

Prudemment, je glisse les bras dans la veste, dont la doublure est déchirée et encore humide de sueur. Elle est lourde et imprégnée de son odeur : fumée de centurien, transpiration et vieux café. Je remonte le col pour cacher ma gorge emmitouflée et, pour quelque raison, je me sens aussitôt mieux.

« Bien, dit Falco. Peg, tu es d'attaque ? »

Pegeen attache ses cheveux ébouriffés. « Oui. »

Dehors, les quais sont silencieux. Les seuls sons proviennent d'un morceau de métal qui couine dans la brise, du grognement occasionnel d'une plateforme et quelque part résonne un bourdonnement assourdi. Le soleil de la fin d'après-midi écrase tout, comme si la terraforme était plus faible ici, comme si l'Accord avait fait des économies même là-dessus, puisque les gens d'ici ne veulent pas payer leurs taxes foncières. Au milieu du vent qui se lève, l'endroit est d'un calme irréel. Rien ne vit aussi loin de tout. L'air est trop rare pour que les vautours s'aventurent à l'écart des grandes villes qui représentent leur source de nourriture. Même les serpents qui s'échappent des ranchs ne survivent pas longtemps sans rien d'autre que la poussière et les hurlements des bourrasques pour se sustenter.

« Il n'y a pas de vigiles ? » chuchoté-je à Pegeen tandis que nous descendons la passerelle en faisant claquer son métal.

Ses yeux gris scrutent les cargos tapis tels des crapauds aveugles. « Les navires ont leurs propres gardes. C'est chacun pour soi, ici. »

Au bout de la passerelle nichent des bâtiments trapus en métal séparés par un portail. Une pancarte annonce :

O ICE ES UANES

« Ils ont enlevé les F », dit une voix. Un homme est assis dans le soupçon d'ombre que projette le toit du deuxième bâtiment. Son visage est affaissé sur lui-même et ses yeux pareils à des scarabées larmoient dans la brise. Il les essuie avec un chiffon sale avant de recommencer à réparer un objet posé sur ses genoux.

« Pardon ? lui demandé-je.

– Je disais qu'ils ont enlevé les F ». L'homme visse quelque chose avec une lenteur douloureuse. « Un équipage les a pris pour son vaisseau, le *Fine Fandango*. Les D sont tombés tout seuls. J'ai jamais su ce qui était arrivé au O. »

La Générale lève les yeux au ciel. « Est-ce qu'il existe un seul endroit, sur cette lune, où les gens sont *normaux* ?

– J’en suis navrée », dis-je à l’homme, mais il ne semblait pas attendre une réaction. Au lieu de cela, il pose l’objet qu’il réparait par terre. C’est un chien mécanique. L’animal fait quatre pas en avant, pousse un aboiement et tombe sur le côté.

« On est à l’écurie ? » demande Falco en scrutant le bâtiment derrière l’homme, dont déborde une jungle de câbles et de pièces détachées.

L’homme lance un regard chagriné à son chien. « Oui.

– Qu’est-ce qui est arrivé à Horse, l’ancien mécano ?

– C’est moi, Horse. »

Falco fait la grimace. « D’accord. On vient de se poser dans cet Orel. » Elle agite le pouce vers *Charis*. « Le pilote pense que les valves du booster sont bousillées. Tu peux y jeter un œil ? Les purger ?

– J’peux jeter un œil et les purger », répond l’homme en ramassant son chien.

Silas fait un pas vers lui. « Pas question… » commence-t-il, mais Falco le repousse si brutalement qu’il laisse échapper un hoquet sifflant.

« Merci bien, dit-elle. Et si tu foires le job, je te coupe les mains.

– Les mains », agrée l’homme.

Nous repartons dans la poussière. Derrière nous, j’entends le vrombissement des pas du chien, un autre semi-aboiement, un bruit de chute.

Silas est furieux. « Si vous croyez que je vais laisser ce gratte-poussière taré bousiller ma princesse…

– Il fera son job, répond Falco, le visage fermé. C’était le meilleur mécano entre ici et Prodor.

– Qu’est-ce qui lui est arrivé ? demandé-je en me retournant brièvement.

– D’après toi ? Factus lui est arrivé, c’est tout. »

Nous nous dirigeons vers ce qui passe pour une ville, ici dans la Zone NI. L’air est si lourd et maussade qu’on pourrait tirer une balle qui descendrait ramper sur le sol aussitôt.

Des bâtiments flanquent une avenue en terre battue. Ils ressemblent à la plupart des édifices de Factus, mélanges de bois de centurien et de vieux conteneurs de fret. Le sable s'agglutine contre leurs façades. Une série de bicoques soudées les unes aux autres s'annonce comme étant le Magasin Général. Les portes sont fermées et une pancarte défraîchie, derrière les vitres en plastique grossier, propose : CHENILLES D'ACACIA : 4 POUR LE PRIX DE 3. En dessous, dans un vivarium, de grosses larves blafardes palpitent doucement sur un morceau de bois pourri.

La route donne sur un bâtiment plus grand – le seul à disposer d'un étage – fait de parpaings peints dans un bleu fatigué.

« Qu'est-ce que c'est ? demandé-je.

– Le bureau de dédouanement, à ce qu'il paraît, marmonne Silas. Les matelots des cargos s'arrêtent ici pour obtenir leurs autorisations avant de rejoindre les dépôts d'Otroville ou les bidonvilles.

– Pourquoi ne pas aller directement là-bas ? demande la Générale. L'Accord a ses propres bureaux de dédouanement.

– L'Accord n'aime pas relever des différences entre le manifeste et la cargaison. En revanche, quand c'est Pec Esterházy qui se charge de donner le coup de tampon..., fait Peg en haussant les épaules.

– Des bandits, renifle la Générale. Voilà ce qui maintient ces foutues lunes dans leur barbarie.

– C'est ce qui empêche ces foutues lunes de complètement pourrir, ma petite dame, riposte Falco en plissant les yeux. Tu crois vraiment que les gens peuvent vivre avec les miettes que l'Accord prend la peine de leur envoyer ? »

La Générale dresse le menton. « Les fournitures envoyées par le Bureau vers les lunes inutiles comme celle-ci seraient plus que suffisantes si des escrocs n'en prélevaient pas une part à chaque étape de leur transit.

– "Plus que suffisantes", répète Falco d'un ton moqueur. Il va falloir que tu te débarrasses de ces conneries qu'on t'a inculquées à l'Académie. Si on avait le temps, je t'emmènerais dans une ville de frontière gérée par l'Accord et je t'y laisserais une semaine. Ensuite, tu pourrais me reparler de ce qui est "suffisant".

– Chut, siffle Peg par-dessus la réponse bafouillée de la Générale. Qu'est-ce que c'est ? »

On s'arrête au beau milieu de la rue.

Pendant longtemps, rien ne retentit hormis les lointains gémissements métalliques du port. Puis j'entends enfin : *tap, tap, tap.*

Falco envoie la main vers son arme.

Tap, tap, tap.

« Deux tireurs embusqués, murmure la Générale, les yeux fixés sur les rideaux des fenêtres du bâtiment. À onze heures et une heure. » Sa main tressaille vers le fusil que Falco lui a prêté.

Tap, tap.

La porte principale du bâtiment bleu s'ouvre en grinçant ; une femme en émerge, appuyée sur une canne, et se protège les yeux du soleil. Je ne peux pas m'empêcher de la fixer. Elle est vieille ; c'est sûrement la personne la plus âgée que j'aie vue sur Factus. Son visage ressemble aux Friches mêmes ; les vents en ont volé la dernière goutte d'humidité, l'ont creusé de canyons profonds et sillonnés de fines rigoles, comme des pistes pour mulets abandonnées. Un tatouage à moitié effacé représentant un croissant de lune entoure l'un de ses yeux.

« Qui est là ? lance-t-elle d'une voix plus puissante que je ne m'y attendais. Qu'est-ce que vous venez faire ici ? »

Falco s'avance. « Bonne après-midi, Pec. »

Le visage de la vieillarde se fend d'un sourire, comme

un accordéon qui s'étire. « Mala ! Viens vite te mettre à l'abri du soleil. » Elle jette un bref regard vers l'une des fenêtres. « Bebe, Thrip, repos. »

Avec un frisson, je vois des canons se replier derrière les rideaux.

« Qui c'est, ça ? » demande la Générale en dévisageant la femme. Avec un sursaut, je me rends compte que ce que j'ai pris pour une canne est en réalité un long fusil, dont le canon repose par terre.

« *Ça*, c'est Ma Esterházy, la première et la plus grande contrebandière de cette lune, réplique Falco. Alors surveille ta langue.

– Falco », la salue la femme en tendant un bras tandis que nous nous rapprochons. Falco lui répond avec une étreinte de G'hal, version douce. « Et Pegeen. Ça faisait trop longtemps.

– On serait volontiers revenues plus tôt sans cet horrible marshal. À moins que quelqu'un ait fini par se débarrasser de lui ? » Il y a dans la voix de Falco une note de fausse joie que je n'avais pas entendue jusque-là.

« Hélas non, répond la vieille femme. Et qui m'as-tu amené ? » Ses yeux prennent un pli amusé en se posant sur Silas. « Un nouvel ami spécial, Falco ?

– Dans ses rêves, sourit Falco. Peg est mon unique âme sœur. Silas n'est que notre pilote, pour le moment. » Elle se tourne vers moi. Sous son air affable, je lis un avertissement dans ses yeux. « Voici Doc, elle est médecin et nous l'emmenons dans l'Est. Et Gabi, sa nièce.

– C'est un plaisir de vous rencontrer, pour sûr », dit la vieillarde sans hésitation avec un léger accent que je n'arrive pas à situer. « Venez, entrez donc. »

Tandis que les autres la suivent, une douleur soudaine me poignarde le torse, comme une piqûre d'insecte. Je touche ma blessure à travers ma veste. Quelque chose est gravé au-dessus de la porte, dans les parpaings. Deux lignes obliques et une horizontale : le même symbole que celui qui est taillé sur ma poitrine.

La peur me glace l'épiderme, et je baisse les yeux pour croiser le regard de la vieillarde braqué sur moi, aussi noir que l'espace entre les étoiles.

« Bienvenue à Angel Share », dit-elle.

Un simple coup d'œil suffit à me révéler que la maison de Ma Esterházy remplit bien des fonctions. Les murs sont festonnés de relevés topographiques chiffonnés et de cartes stellaires, si criblées de trous d'épingles qu'elles semblent avoir été assaillies par des termites. Silas les scrute avec des yeux brillants d'intérêt. Il y a aussi des avis de recherche et des bulletins qui me font marquer un temps d'arrêt – mais aucun ne paraît récent –, ainsi que des milliers de bons de transport arborant diverses couleurs et formes, frappés des logos de toutes les sociétés de fret du système. Ça me rappelle le bar de Falco : un patchwork de tout ce qui a pu être mis de côté ou volé, chaque objet représentant une victoire, si mineure soit-elle.

Un comptoir en métal grossier domine la salle principale, entouré de tables et de chaises dépareillées, et à travers une porte dans le mur, j'aperçois ce qui ressemble à une cellule de prison à l'ancienne.

« Pour les objets précieux », explique suavement Esterházy lorsqu'elle voit ce que je regarde.

Je me contente d'opiner. J'aimerais tordre le bras fin et sec de la vieillarde pour lui ordonner de me dire ce que signifie le symbole et qui l'a gravé sur ma peau en me sauvant la vie. Mais je sais que je ne peux pas. À ses yeux, je ne suis que « Doc », simple médecin et amie de Falco qui se rend dans l'Est. Si seulement c'était le cas. Je m'assois à la table qu'elle nous indique.

« Pardonnez-moi… »

Une femme s'est approchée de moi. Ses cheveux noirs

pendent mollement dans son dos, et un holster usé chargé de deux pistolets ceint sa robe à fleurs défraîchie.

J'essaie de sourire. Elle me renvoie l'éclat de ses dents en fibres de verre bon marché.

« Je me demandais juste, dit-elle doucement, si votre nièce pouvait passer un peu de temps avec mon Franzi ? Il ne voit pas souvent d'autres enfants, ces jours-ci.

– Pardon ? »

Un petit garçon rôde dans l'ombre de sa mère. Il semble avoir neuf ans mais pourrait être plus âgé. Les problèmes de croissance ne sont pas rares, ici, et les visages s'usent trop vite, si bien qu'il est impossible de deviner l'âge de quelqu'un. Sa peau brun clair est sale, ses cheveux noirs ras. Il regarde fixement la Générale.

« Ah. » Je me tourne vers l'autre côté de la table. « Eh bien, c'est à Gabi qu'il faut poser la question.

– Non », répond la Générale sans la moindre hésitation, les yeux rivés au plateau plein de verres apporté par l'homme qui tient le bar. Il est très musclé et son crâne rasé est parcouru de vieux tatouages abstraits.

« Sois polie, Gabi, dis-je en lui lançant un regard d'avertissement. Pourquoi n'irais-tu pas jouer un peu avec Franzi ? »

La Générale me jette un œil noir. « Parce que je n'ai pas envie. J'ai soif. Je veux boire. »

L'homme au plateau l'entend. « D'accord, trésor, je t'apporte un soda, qu'est-ce que tu en dis ? »

Le visage de Franzi se froisse de jalousie. Vu sa teneur en sucre, le soda est un plaisir rare sur Factus. Timidement, l'enfant fait le tour de la table et attrape la main de la Générale. « Allez, viens, dit-il. J'ai des scarabées. »

La Générale me lance un regard outré tandis que l'enfant l'entraîne loin de la table. Je hausse les épaules en essayant de réprimer un sourire.

« Merci, dit la femme en les regardant partir. Ça fait des mois qu'il n'a pas vu quelqu'un d'à peu près son âge.

– Ne va pas te mettre à pleurer, Bebe, lance Ma Esterházy en revenant du bar en boitant, une bouteille sans étiquette dans la main. Pas devant nos invités. » Elle pose bruyamment la bouteille sur la table et se laisse tomber sur une chaisc.

« Il est bien normal qu'on commence par boire un coup, poursuit-elle en versant le liquide clair dans de petits verres en métal. Les anciens Grecs appelaient ça "xenia", la loi sacrée de l'hospitalité. Ou, traduit en termes locaux : on picole d'abord, on pose les questions après. »

Bebe lève joyeusement les yeux au ciel en prenant un verre et s'appuie contre une table. Il me semble obligatoire que nous en fassions autant.

« *Egészségedre*, dit Esterházy en nous regardant dans les yeux.

– *Egészségedre* », bafouillé-je en m'obligeant à affronter son regard. Son expression vacille brièvement, avant qu'elle ne lève son verre et boive.

Quelle que soit cette liqueur, elle me pique les lèvres et me fait larmoyer, mais elle est bonne, propre, et chasse la poussière de ma gorge.

« Maintenant, dit Ma Esterházy en remplissant de nouveau les verres. Nous pouvons parler. Qu'est-ce qui amène l'illustre Maladie Falco si loin de Landfall ?

– J'ai eu des ennuis à la Fosse, dit-elle prudemment en sirotant son deuxième verre.

– Comme beaucoup de gens, ces derniers temps. Il paraît que cet Augure a une façon particulière de mener ses affaires.

– Valdosta est dingue, dit Silas en nettoyant le foyer de sa pipe. À la moindre estafilade, on finit dans une cage pour les Chercheurs.

– C'est ce qui vous est arrivé ? demande-t-elle en me jetant un bref regard.

– Ça ou pire. Ils nous ont poursuivis jusqu'à l'autre côté

du plateau avant de laisser tomber. » Falco baisse les yeux sur son verre. « On y a laissé une G'hal. »

Esterházy tend une main usée par-dessus la table et serre le bras nu de Falco. « J'en suis navrée.

– Moi aussi.

– Tu comptes te venger ? » Les mots de la vieille femme recèlent une tension certaine.

« Le responsable a déjà payé.

– Et qui était-ce ? »

Une ombre de sourire passe sur les lèvres de Falco. « Dru Moloney. »

Tous jurent : Esterházy, Bebe, le barman, et Falco rit. Pendant que nous continuons de boire, Falco et Pegeen racontent, si ce n'est la vérité, une version de la mort de Moloney dont Gabi et moi sommes prudemment absentes. Je reste silencieuse et me contente de regarder par la fenêtre, en essayant d'éviter les yeux de la vieillarde sans vraiment savoir pourquoi.

Dehors, la rue est aussi immobile que plus tôt, mais sous l'ombre de ce qui ressemble à une borne à eau cadenassée, j'aperçois la Générale et Franzi. La Générale boit une longue gorgée de sa bouteille de soda frais, hésite, puis donne le reste au garçonnet, à sa grande joie.

« Horse s'occupe de votre vaisseau ? demande Esterházy si abruptement que je reviens à elle.

– Oui, grimace Silas. Je ne peux pas dire que ça m'enchante. *Charis* est…

– Capricieuse ? » La vieillarde sourit face à la surprise de Silas. « Ne vous faites pas de bile. Horse est un bon mécanicien, même s'il n'a plus toute sa tête. » Elle nous lance un regard subitement autoritaire. « Je vous offre mon toit aussi longtemps que dureront les réparations. Mais j'ai bien peur de ne pas pouvoir vous promettre la sécurité. »

Falco acquiesce. « Nous acceptons le toit volontiers.

Mais j'espère que nous serons reparties avant le coucher du soleil. »

Esterházy secoue la tête. « Reposez-vous pendant que vous le pouvez. La nuit tombe vite dans les Friches. »

Malgré ces encouragements, je n'arrive pas à trouver le repos. Cependant, après avoir pris une douche de vapeur et passé de nouveaux vêtements offerts par Esterházy, je commence à me détendre. J'ai moins l'impression d'être un chien aux ergots dressés, ou un soldat qui n'ose pas bouger les pieds, la nuit, de peur qu'un ordre hurlé ne le réveille.

Bebe revient avec des vêtements pour la Générale et une boîte de maquillage. J'examine les cosmétiques. Ça fait si longtemps que je ne me suis pas maquillée… Je touche les petits tubes et les petites boîtes en me rappelant que sur Prospérité, jadis, j'avais un sac plein de ces choses, que je tamponnais, appliquais, fondais sur mon visage ; je les avais partagées avec les autres parmi les bavardages et les plaisanteries amicales des toilettes de la caserne, juste avant une rare permission du soir. Je m'étais apprêtée pour une soirée dans les bars lumineux de Prospérité en peignant un visage par-dessus le masque que je portais déjà tous les jours : celui d'une camarade, d'une amie.

D'une traîtresse.

Lentement, je saisis une boîte en fer contenant du mascara maison fabriqué avec du savon, de la teinture noire et peut-être des oxydes si Bebe a pu s'en procurer. Je l'utilise pour me noircir les cils, puis prends un petit pot de rouge et en passe sur mes lèvres desséchées. Pendant un instant, j'entrevois la femme que j'étais, celle qui a fait les choix qui m'ont conduite ici.

Je reste assise sur le lit et écoute les cliquetis et les légers vrombissements de l'établissement d'Esterházy. Est-ce que je pourrais vivre dans un endroit comme ça ? Est-ce que je m'en satisferais, ou est-ce que le Compte me rendrait folle ? Est-ce qu'*ils* me retrouveraient, comme ils le font toujours, et tritureraient les rouages de ma vie pour la faire dévier de sa trajectoire ? Est-ce ce qu'ils ont fait, dans la Bordure ?

La porte s'ouvre en grinçant et la Générale se faufile à l'intérieur, sale et puant le graillon.

« Je devrais te tuer », lâche-t-elle en se laissant tomber sur le lit, sans toutefois sembler le penser. En me voyant, elle fronce les sourcils. « Tu as l'air… différente. Tu ressembles à un être humain. »

Je souris en désignant de la tête le tas de vêtements au pied du lit. « Bebe a laissé ça pour toi. Et il y a de l'eau pour se laver dans le seau.

– Grâce à Dieu. » La Générale se débarrasse de sa veste et de sa chemise crasseuses, cillant lorsque le mouvement tire sur sa blessure au flanc. Je remarque une fois de plus, sur sa poitrine et ses bras, les cicatrices qui zèbrent sa peau depuis qu'elle a été défaite et refaite. « Pauvre petit, dit-elle en se frottant le cou. Il m'a montré ses scarabées de combat. J'admets qu'ils valent toujours mieux que ces lamentables fourmis. Ils se sont vraiment battus. Ils se jetaient sur le dos l'un de l'autre. Lui a gagné trois combats, mais j'ai remporté le dernier. Et il m'a laissée baptiser l'un d'eux. Je l'ai appelé Voivira, en hommage au camp. » Elle s'interrompt pour me regarder. « Quoi ?

– Rien. J'ai oublié, l'espace d'un instant.

– Comme tout le monde, quand j'en ai envie. » Elle passe maladroitement la robe à fleurs trop grande que Bebe lui a donnée et tend les bras. « Regarde. Qui soupçonnerait quoi que ce soit ? »

Juste après, elle chancelle et se rattrape en s'appuyant au mur.

« Fais-moi une piqûre. Ce gamin m'a épuisée. »

J'attrape la trousse médicale rapportée de *Charis*.

« Je devrais aussi examiner ta blessure, dis-je en injectant un stimulant dans son bras. Elle te paraît encore chaude ?

– Pas de temps à perdre, toubib, coupe-t-elle en regardant autour d'elle. C'est vraiment la meilleure unité qu'ils m'ont trouvée ? Je n'ai pas pour habitude de résider dans des quartiers pareils. »

Avec abattement, je constate la confusion qui a envahi son visage, ses joues rouges, la course rapide de son pouls. « Vous devriez vous reposer, Générale.

– Non, je dois passer en revue les arrivages. » Ses yeux parcourent aveuglément la pièce. « Où sont-ils ? »

La pitié me poinçonne les tripes comme une épingle défaite. « Tenez. » Je lui tends un almanach abîmé trouvé sur la table de chevet.

Elle le prend solennellement. Puis son visage s'éclaircit et elle me regarde avec une lucidité subite, terrible.

« Low ? chuchote-t-elle.

– Je sais. » Le chagrin me vrille encore tandis que je remplis la seringue d'un améliorateur cognitif. « Ne t'inquiète pas. Ça va aller. »

Après cela, elle ne dit plus rien. Je la laisse tranquille. Dans tous les cas, le temps de se reposer est passé. Comme Esterházy l'avait promis : le crépuscule amène des navires à Angel Share, tels des insectes sortant à la faveur de la nuit fraîche.

Pas beaucoup, mais suffisamment pour me préoccuper. Certains semblent ne s'arrêter que pour faire le plein, d'autres pour rendre visite aux commerces de fortune qui ouvrent leurs portes au coucher du soleil. La plupart viennent pour le bar de Ma Esterházy. Depuis la fenêtre de l'étage, je vois des gens avancer d'un pas conquérant ou urgent le long de la rue sablonneuse, en direction de la maison bleue. Elle est le cœur d'Angel Share, puisqu'elle fournit sexe, boissons, informations et autorisations ; répit et menaces en égales mesures.

Bebe et Thrip dirigent conjointement le bordel et louent des chambres aux travailleurs indépendants qui arrivent par navire. Ma Esterházy est assise dans son bureau, qui jouxte le bar, et dispense les coups de tampon sur les documents que lui apportent les envoyés des transporteurs. Les cargos eux-mêmes viennent de partout : de la viande et des produits laitiers de Brovos, de l'huile issue de la grande régurgitation flottante que sont les raffineries de Delos, des métaux de Tin Town, des conserves et de l'eau de Prospérité… Parmi les manifestes, j'aperçois même l'austère symbole bleu et blanc des Congrégations, encore que j'ignore ce que quiconque sur Factus peut bien faire des chapelets artisanaux et des pamphlets religieux de ma planète natale.

Falco a raison : notre présence ici nous fait courir un danger, et pourtant je me sens assez insignifiante pour me perdre au milieu de toute cette activité. Nous nous retrouvons bientôt assis à la table privée de Ma Esterházy, installée dans une alcôve depuis laquelle nous avons une vue dégagée sur tout le bar. Silas sourit en me voyant : lui aussi a fait un brin de toilette, il s'est lavé les cheveux et s'est taillé la moustache et la barbe pour leur donner ce qui pourrait s'apparenter à du style. Falco est davantage elle-même : le crâne fraîchement rasé, un peu de peinture orange vif qu'elle a dû trouver quelque part sur les lèvres. Peg aussi est propre, les cheveux exceptionnellement peignés, qui frisottent à cause de l'air sec. Et pourtant, chaque fois que les gonds de la porte grincent, je les vois se tendre.

Je m'attendais à dîner d'un repas typique de Factus : steaks de protéines cuits dans de la vieille graisse et graines longue conservation aussi dures que des dents, mais je me trompais. Esterházy a visiblement accès à des denrées qui échappent à la plupart des gens, et n'a pas regardé à la dépense pour nourrir ses invités.

Pour la première fois, je comprends d'où provient la

réserve apparemment inépuisable de conserves de Falco. Il y a là des sardines des poissonneries de Prospérité, et du maïs bleu des agritoits de Jéricho. Un bol de légumes marinés, des scarabées à coque molle fumés, et de la viande, de la vraie viande : d'énormes steaks broviens coupés en lamelles. Et, en hommage à la coutume locale, des assiettes de chenilles d'acacia assaisonnées, peau croustillante et entrailles aussi tendres qu'un jaune d'œuf à la coque, avec des coupelles de vrai sel.

Esterházy est assise en tête de table et nous regarde manger en silence. Elle-même picore à peine, piochant un morceau de saucisse ici et là et buvant des verres de sa bouteille sans étiquette. De temps à autre, l'un de ses employés apparaît et lui chuchote quelque chose. Plus d'une fois, je réalise que je l'observe uniquement quand elle croise mon regard. Je détourne les yeux et finis mon verre de bière miraculeusement fraîche en essayant de ne pas frotter la marque sur ma poitrine.

Les autres oublient un peu plus leur inquiétude à chaque bouchée. La Générale, qui de prime abord semblait silencieuse et troublée, dévore férocement, comme un chat sauvage qui redoute que sa proie lui soit dérobée à tout moment.

« Mon Dieu, dit-elle, la bouche pleine de jus de viande, de la vraie nourriture ! » Elle prend une gorgée du verre posé près son coude. Elle semble avoir oublié la mauvaise humeur qui s'est emparée d'elle quand elle a découvert qu'elle n'avait pas le droit de boire de la bière comme nous autres. « Et du vrai lait.

– Si on considère que le lait de ratte est vrai », dit Silas en haussant les épaules.

La Générale s'interrompt, le verre presque à ses lèvres. « Du lait de ratte ?

– Évidemment. » Silas cueille un autre scarabée du bout de sa fourchette. « Tiré des célèbres rattes laitières chansatoriennes. Une créature des plus utiles, et très populaire sur les lunes de frontière.

– Tordant », dit la Générale, mais je remarque qu'elle renifle discrètement le contenu de son verre avec un air soupçonneux.

Falco est la seule à rester un tant soit peu sur ses gardes. Ses yeux ne cessent de filer vers la porte ou les ténèbres juste derrière les fenêtres.

« Un problème ? lui demandé-je doucement en approchant la main du plat de chenilles.

– Horse dit qu'il en a au moins pour jusqu'à minuit.

– Bah, tant pis, dit Silas avant de vider son verre. La nuit est encore jeune.

– Précisément. »

Silas ignore le commentaire. « Hé, madame Esterházy, vous n'avez pas peur des Chercheurs, par ici ? »

Esterházy lui lance un regard dur. « Les Chercheurs ?

– Ouais. Il paraît que les villes de la Zone NI en souffrent beaucoup. »

La vieille femme a un petit sourire dédaigneux. « En général, ils nous laissent tranquilles.

– Comment ça se fait ?

– On a… un accord. Passé il y a longtemps. »

Silas ricane. « Un accord avec les Chercheurs ? Ouais, je parie que Hel l'Apôtre l'a signé avec son sang, non ?

– Ne soyez pas stupide, dit Esterházy d'un ton léger. Hel n'existe pas.

– Falco dit que vous faisiez partie des premiers pionniers de Factus. » Les mots sont sortis de ma bouche avant que je ne puisse les empêcher. « Est-ce que vous étiez… » Je regarde son cou. Forcément, entre les plis de sa peau, je discerne deux cicatrices circulaires.

« Est-ce que j'étais taularde ? » Encore une fois, elle me plante dans les yeux ce regard que j'ai tant de mal à soutenir. « Oui. Mon nom le trahit, après tout, non ?

– Votre nom ?

– Pec. Un diminutif de *peccable*. Ce qui désigne “quelqu’un qui est capable de pécher”. » Elle a un large sourire qui exhibe des dents usées mais authentiques. « Le directeur de la prison qui m’a libérée se piquait de culture.

– Si vous êtes l’une des premières arrivées, et qu’avant ça vous avez fait de la prison, vous devez avoir… » La Générale fronce les sourcils. « Quel âge avez-vous ?

– Gabi, la réprimande Falco.

– Ce n’est pas grave, s’esclaffe Esterházy. Pour répondre à ta question, Gabriella, j’ai presque quatre-vingts ans. Ce qui est un beau record pour Factus, paraît-il. » Elle s’adosse à sa chaise. « J’ai vu bien des choses au cours de ma vie. Je suis née sur Terre, vous savez ? Dans une cité près d’un grand fleuve, il y a ce qui me paraît mille vies de ça.

– Sur Terre ? demande Pegeen d’une petite voix, presque abasourdie. C’est vrai que vous dirigiez un bordel, autrefois, sur Quaker’s Grasp ?

– Entièrement vrai. Il n’y avait guère d’occasions de travailler, là-bas, hormis sur les plateformes de terraformation. Et il y avait beaucoup de gens seuls. »

Sa voix est douce et, dans un autre endroit et à un autre moment, j’aurais pu me laisser bercer. Mais quand je la regarde attentivement, ce que je vois me rend méfiante. Sous sa peau ridée et ses cheveux gris tirés par un chignon se cache une femme aussi solide que du bois que les décennies ont rendu dur comme du fer, transmuté en une substance très différente de ce qu’il a pu être. Je la dévisage, fascinée, en me demandant comment trouver un moment pour lui parler seule à seule et, le cas échéant, si je pourrais l’interroger sur…

« Je me disais…, commencé-je.

– Pardonnez-moi. » Elle se relève avec raideur en s’appuyant sur son fusil. « J’ai bien peur qu’on n’ait besoin de moi au bureau. Mais je vous en prie, mangez et buvez. » Ses yeux trouvent les miens. « Nous bavarderons plus tard. »

Sitôt qu'elle est sortie, Falco repousse son assiette. « Peg, va voir Horse, tu veux ? Essaie de le convaincre d'accélérer.

– On est pressés ? s'étonne Silas en attrapant la bouteille d'Esterházy. On est bien, ici. » Il me sourit, remplit un verre à liqueur et le pousse vers moi. La Générale l'intercepte rapidement et le descend d'un trait, ce qui le fait rire.

« Arrête, lui dit Falco. Tu es trop jeune pour ça. Et on doit rester aux aguets au cas où les choses se gâteraient.

– Pourquoi ça se gâterait ? demande Silas d'une voix détendue. On n'a rien fait de mal.

– Pour l'instant, marmonne Falco. Écoute, ce marshal dont je parlais, il s'appelle Joliffe. Il est complètement timbré, et le pire c'est qu'il refuse de l'admettre. Ça le rend dangereux.

– Franzi m'a parlé de lui, dit la Générale en essuyant son assiette. Il dit qu'il vole dans un vieux busard équipé d'un filet pour transporter ses prisonniers. Apparemment, une fois, il a laissé traîner le filet par terre derrière lui sur quarante kilomètres. À la fin, il ne restait des prisonniers qu'un sac de viande crue. » Elle ricane à l'intention de Falco. « Franzi dit que la dernière fois que tu es venue, tu lui as tiré dans la cuisse et qu'il est devenu fou. »

Falco a un sourire sans joie. « Cette raclure de tripes le méritait. Même au sein d'un système plein de gens venus des quatre foutus coins de la vieille Terre, il reste encore des Blancs qui rêvent de nous voir sous leur botte.

– Esterházy ne peut rien faire ? » Silas a perdu un peu de son entrain. « Elle a dit que nous étions sous sa protection.

– Elle a dit que nous étions sous son *toit*, c'est très différent. Même elle ne peut pas grand-chose contre ce connard. Déjà, il n'est pas employé par l'Accord. Il travaille pour les assureurs. »

Silas grogne. « J'aurais dû m'en douter.

– Gardez l'œil ouvert, d'accord ? ordonne Falco.

– Oui, madame. » La Générale tend la main vers la bouteille de liqueur. « S'il se pointe, on le descend. »

Je ne réaliserai qu'un peu plus tard que la Générale est saoule ; ou plutôt, que nous le sommes tous.

« Si c'est un port », dit-elle en fixant une femme qui vient d'entrer, revêtue de l'uniforme de Provo Swift – *la flotte la plus rapide du système* brodé sur le dos –, « pourquoi ne pourrait-on pas s'acheter une place ici ? Pour quitter ce caillou puant ? C'est ce qu'on veut, après tout, non ? »

Je me posais la même question. Je tapote mon verre sur la table poisseuse en écoutant un receleur brailler la liste de marchandises qu'il peut « transmettre » à un autre coursier.

Quinze bidons de merde liquide brovienne pure. Sept caisses d'amylase artificielle accélérée premier choix. Cinq mille kopeks de larves de chenilles premium...

« Si tu veux tenter le coup, vas-y, dit Silas en haussant les épaules. Sans un contact fiable, tu seras livrée à l'Accord dès le premier satellite hors-atmo. Ces convoyeurs ne s'intéressent qu'à une seule chose : leurs profits. »

Il remplit encore mon verre.

« Et toi, Dix, demande-t-il doucement. Qu'est-ce que tu veux ?

– Ce n'est pas la question.

– Et si c'était le cas ? » Sa voix recèle une autre requête. Sa main effleure la mienne sous la table, et je croise son regard. Son visage est rougi par la boisson et la chaleur qui règne ici malgré la glaciale nuit du désert qui fait rage au-delà des murs.

« Bon, tant que quelqu'un de haut placé voudra ma mort, je n'ai qu'une seule option », coupe la Générale. Elle me regarde en louchant, un œil fermé. « Je vais devoir invoquer le Dernier Accord, comme une criminelle ordinaire.

– Une planète n'extrade pas ses ressortissants, se remémore Silas. Est-ce que ça pourrait marcher pour toi, Dix ? »

Je secoue la tête. « J'ai été exilée des Congrégations quand j'ai rejoint les LL. Et après ma condamnation, j'ai été consignée dans les hourques. » Je ris dans mon verre en comprenant l'horrible ironie de ma situation. « Le seul endroit où je peux être physiquement en sécurité, c'est en prison. Et je ne vais pas faire le mur dans l'autre sens.

– Dommage pour toi, dit la Générale d'une voix traînante. Mais si moi j'arrive jusqu'à Felicitatum…

– Tu viens de Jéricho ? » Le visage de Silas rayonne. « Moi aussi. Quel entrepôt ? J'ai grandi à Braxoco, puis à Gul-Kline-Sun. »

La Générale lui lance un ricanement. « J'aurais dû me douter que tu étais un légumier. *Moi*, je suis née à Frontera. »

Tandis qu'ils échangent des bordées d'injures, Pegeen revient précipitamment dans le saloon, ses vêtements couverts de la poussière que les vents doivent promener dehors. Iel cherche Falco du regard, rapidement, urgemment. Quelque chose cloche.

Je me lève à moitié. Falco a déjà intercepté Peg et revient à grands pas vers nous.

« Qu'est-ce qui se passe ? demandé-je.

– La bonne nouvelle, c'est qu'il se peut que je vous aie trouvé un transport pour demain, répond Peg, à bout de souffle. Uan prétend qu'il peut vous emmener jusqu'à l'un des satellites de relais, *via* une cargaison de bébés rats en route pour Prodor. »

Je hoche la tête en essayant d'ignorer une pointe de peur et de répugnance. « Et la mauvaise ? »

Falco est tendue. « Le marshal est en ville. Peg vient de voir son appareil.

– Le dingue ? demande vivement la Générale. Il sait qui nous sommes ?

– Tu ferais bien de prier ce en quoi tu crois que non. »

Instinctivement, je me retourne pour balayer le saloon du regard. Il est bien rempli, à présent ; les tables sont pleines de gens qui jouent au stabberscotch et au chuck-a-luck, des étrangers qui ne savent pas ou se moquent de ce dont les Si sont capables avec leurs jeux de hasard. Franzi va de table en table avec une boîte contenant ses scarabées de combat et prend les paris, sa mère fait le service et Esterházy… Au milieu de la foule, je distingue la forme boiteuse, vacillante de la vieillarde. Un vent que je ne sens pas se lève, agite sa robe, et pendant un instant, je suis de retour dans le Suplicio, dans cette infinie désolation de sable, et elle marche vers moi à travers les dunes…

Tap, tap, tap.

La main qui serre sa canne dégouline de sang. Les yeux qui me fixent de si loin sont les miens.

Je me recule maladroitement de la table. Quelqu'un me rattrape. Silas.

« Dix, qu'est-ce qu'il y a ? »

Je regarde de nouveau. Il n'y a rien.

« On doit sortir d'ici, et vite. » Avant même que j'aie fini ma phrase, je l'entends : le bourdonnement crépitant d'un appareil atmosphérique qui vient se poser devant le saloon. Nous échangeons tous un regard.

« Vous trois, dit Falco, allez à l'étage… »

La porte s'ouvre à la volée. Un homme se tient de l'autre côté. Lorsqu'il écarte les pans de son long manteau, de la poussière tombe en cascade de ses épaules. À sa poitrine scintille un insigne en métal en forme de lune gibbeuse. Il crache et promène autour de lui des pupilles aussi vives que des mouches.

Peg jure. « Trop tard. »

Le silence s'abat sur le bar et plus d'une main s'empresse de cacher un manifeste dans une botte ou une poche pour aller ensuite se poser sur une arme. Le visage du marshal est à ce point tanné par le vent qu'il ressemble à du cuir. Des rides plus claires partent en éventail de ses yeux, comme si sa peau se fendait pour révéler la chair pâle d'un asticot.

« C'est Joliffe ? chuchote la Générale.

– Peg, dit Falco en remuant à peine les lèvres, va chercher Esterházy. »

L'homme n'a pas encore regardé dans notre direction puisque nous sommes à moitié cachés. Aussi lentement que possible, je m'empare de l'un des couteaux à steak. Le regard de Silas est belliqueux, chargé d'alcool. Ma propre tête martèle à cause de la boisson et de l'adrénaline. Ce n'est pas l'état idéal pour combattre. Et pourtant, mes muscles sont tendus, prêts.

« Où est-elle ? rugit l'homme à l'intention de la petite foule. Où est cette vieille peau ? »

Personne ne répond et je vois une vague d'hostilité parcourir les clients tandis que le marshal s'avance vers le bar. Le badge en forme de lune – symbole du Consortium des Arbitres du Fret – est la seule chose qui le protège. Maussadement, le barman abat un verre sur le comptoir et y verse une mesure de liquide brun. Le marshal s'en empare et le descend.

« Maintenant, Peg », siffle Falco, et iel s'esquive de la table pour gagner le couloir.

Le cliquetis d'un vieux revolver qu'on arme paralyse tout le monde, y compris la G'hal. Le marshal pointe l'arme droit sur Peg d'une main, l'autre toujours serrée autour de son verre.

« Un pas de plus et je fais sauter ton joli minois », dit-il.

Falco vient s'interposer. « Joliffe, lance-t-elle d'un ton railleur. Tu gaspilles encore du bon air ? »

Il repose son verre et dégaine un deuxième revolver. « Maladie Falco, renifle-t-il. Dame Vérole. J'ai entendu dire que t'étais en ville. » Paresseusement, il l'agite vers elle. « Tu me suis sans faire d'histoire ou faut encore que je fasse du vilain à la vieille ? Sa jambe a toujours pas récupéré de la balle que je lui ai collée la dernière fois.

– Quoi ? » crache Falco.

Les lèvres du marshal tressaillent. « La vieille Pcc t'a pas dit pourquoi elle boitait, hein ? Tu vois, quand tu t'es fait la malle, elle a dû répondre de tes méfaits. Une jambe pour une jambe, en fait.

– Si tu la touches encore, je t'étripe et te laisse aux Chercheurs. »

À travers la porte ouverte, une vrille de vent entre en rampant, comme un animal sauvage dans une maison. Elle agite les manifestes agrafés aux murs, hérisse les poils de mes bras. Je ferme les yeux tandis qu'une pellicule de sueur vient couvrir ma nuque. *Pas maintenant.* Le bruit d'un coup de feu qui n'a pas encore été tiré résonne dans ma tête, la pression s'accroît.

« De belles paroles pour une femme aux mains vides, ricane Joliffe. Pose la main sur ton flingue et je te descends. Tu viens avec la poubelle qui te sert de vaisseau.

– Cette poubelle est à moi ! commence Silas. Vous n'avez pas le droit de…

– J'ai tous les droits ! »

La sueur trace des rigoles sur le visage poussiéreux du marshal, et j'éprouve dans mon sang, à présent, la manière dont son esprit déraille, dont tout contrôle s'échappe de la salle à chaque respiration. Quelque chose va bientôt arriver et les voies en travers des réalités se déverseront, s'entremêleront et *ils* seront là, avides d'engloutir tous ces mondes différents.

« Si elle ne me suit pas, crie le marshal à la cantonade, je brûle ce trou à rats et tous vos biens avec ! »

Un mouvement foudroyant : Falco envoie la main vers son arme. Je bondis juste au moment où le marshal ouvre le feu.

Poussant un cri, Pegeen recule et percute le mur en plaquant les mains sur sa poitrine. Falco hurle de rage et de chagrin, tire deux charges qui touchent l'homme à l'épaule et se laisse tomber à genoux à côté de Pegeen. Mais le marshal est encore debout et, avec une grimace furieuse, il pointe son arme droit vers la tête de Falco.

Une voie s'ouvre devant moi.

Le couteau est dans ma main tandis que je fonce à travers la pièce. Il ne m'a pas vue venir. À l'instant où il va presser la détente, je frappe en travers de son visage.

Il hurle, recule en titubant, et lâche ses revolvers. Me faufilant derrière lui, j'attrape le col graisseux de son manteau et plaque la lame dentelée sur sa gorge. Je vois Falco se relever et le viser avec sa propre arme.

« Assez. »

La voix couvre le battement du sang dans ma tête, et je sens à la fois les tremblements violents du marshal, le fer chaud et net dans son sang, sa puanteur : transpiration, haleine viciée, urine. La lame s'est enfoncée dans la couche supérieure de sa peau mais aimerait mordre plus profondément. Une grimace révèle les dents de Falco, son doigt est sur la détente.

« Lâchez-le. »

Esterházy est dans l'entrée, devant la nuit, un fusil pointé vers l'homme qui est presque un cadavre dans mes bras.

Aussitôt, le chemin que j'avais nettement perçu disparaît et me laisse piégée dans ce lieu sans issues. Je lâche le marshal.

Il s'effondre par terre en portant sa main valide à son visage. La blessure de son épaule fume et mon couteau l'a ouvert du menton au sourcil, fendant l'une de ses narines au passage.

« Sors, lui lance Esterházy d'un ton glacial. Et n'oublie pas de dire à tes employeurs que j'ai sauvé ta misérable vie. »

Tremblant et hoquetant, le marshal ramasse ses pistolets et s'enfuit.

« Icl va s'en sortir ? » demande Silas tandis que je referme la porte de la chambre de Peg, où Falco est encore assise, le visage sillonné de larmes.

Je hoche la tête, épuisée. « Iel a eu de la chance. La balle s'est logée sous sa clavicule. J'ai réussi à l'extraire. Si ça avait été un pistolet à charge… » Je n'ai pas besoin de le dire. Au lieu de cela, je regarde mes mains tapissées de sang sec.

« Tiens », dit Bebe en me tendant un chiffon humide.

Le sang refuse de partir. Pendant quelques heures, je me suis oubliée, ainsi que ce que je suis. Ce que j'ai fait. Je sens des larmes monter dans ma poitrine et je sais que je ne réussirai pas à les contenir.

« Viens, dit subitement Silas en m'entraînant doucement. Tu peux te laver dans ma chambre. »

Sitôt que la porte se referme, le premier sanglot m'échappe. Je plaque le chiffon sanglant contre ma bouche, mais d'autres arrivent, brûlants et violents.

« Je ne m'en sortirai jamais ». Les mots se déversent lourdement. « J'essaie d'honorer le Compte, j'essaie de préserver la vie, mais tout ce que je fais… »

Silas ne répond pas. Au lieu de cela, il se laisse tomber sur le lit, allume sa pipe et en prend une longue bouffée. « Tu crois que ce fumier ne le méritait pas ?

– Ce n'est pas ça. » Je lâche le chiffon. « J'ai juré que j'allais sauver des vies, pas les prendre.

– Un type comme Joliffe n'a que faire de ce que tu as juré. » Il me regarde à travers la fumée. « Tu as fait ce que tu avais à faire, Dix.

– Tu m'appelles encore comme ça. » Épuisée, je m'assieds à côté de lui et quand il m'offre sa pipe, je l'accepte. « Pourquoi ? Tu sais que ce nom est bidon.

– Bidon ou non, c'est celui que tu m'as donné le premier jour. » Il hausse les épaules. « Je peux t'appeler Low, si tu préfères.

– Ça n'a plus d'importance. »

Peu à peu, la terreur et la douleur se replient, le centurien emplit ma tête et rend tout lointain et vague.

« Je devrais partir », murmuré-je enfin sans toutefois bouger. Le bras de Silas est appuyé contre le mien, et je sens la chaleur de sa peau à travers sa chemise élimée.

« Je ne veux pas rester seule, dis-je. Pas ce soir.

– Et demain ? Tu vas partir ? » Son doigt trace un motif sur mes jointures. « Je pensais ce que j'ai dit plus tôt. Si tu voulais rester sur *Charis*… »

Je ne peux lui fournir aucune bonne réponse. Au lieu de cela, je me tourne vers lui, si proche que je sens son souffle sur ma joue, épais de fumée et d'alcool. Je lève la main pour toucher l'ecchymose qui est en train de s'estomper sur son arcade sourcilière. À son tour, il passe légèrement la main sur mon crâne, sur les cicatrices de mes tempes.

« Qui es-tu ? » chuchote-t-il.

Je me penche et rencontre ses lèvres.

Je suis de nouveau dans le désert, au milieu d'une tempête de sable, et quelque chose d'affreux se déroule autour de moi. Des cris, des hurlements. L'une après l'autre, des silhouettes émergent de la pénombre, certaines cherchant une arme à tâtons, d'autres couvertes de sang et de blessures. Je regarde derrière moi et aperçois Pegeen, gisant le regard vide ; Falco tombe en tournoyant sur elle-même, illuminée par une rafale de charges ; la Générale, face contre terre, du sang ruisselant de son abdomen. Je vois Charis *s'écraser horriblement dans le sable, tous les déchets et le désordre du poste de pilotage éparpillés autour du corps sans vie de Silas.*

Une silhouette se dresse au-dessus de moi, ses yeux aussi

sombres et impitoyables que ceux d'un rapace, ses mains gantées de sang…

J'ouvre les yeux et le rêve se dissipe. Je tremble, mon dos nu est trempé de sueur froide. Qu'est-ce que je viens de voir ?

Silas remue dans son sommeil et tend le bras vers moi. Je regarde sa silhouette sous les draps et aimerais séparer ce petit coin de réalité du reste, l'arracher aussi aisément qu'un morceau de papier et vivre en lui, oubliée.

Mais je ne peux pas. Sans faire de bruit, je remets mes vêtements, mes bottes et me faufile hors de la pièce.

Le saloon est silencieux. Il fait noir dehors, mais je sens que l'emprise de la nuit s'estompe et que commence le lent basculement vers le matin. Lorsque j'ouvre la porte de derrière, le vent se lève, tel un chien qui attendait la venue de quelqu'un, et s'entortille autour de mes chevilles. Je l'inspire en me demandant pourquoi j'ai quitté le confort du lit de Silas.

« C'est bien ce que je pensais. »

La voix rauque émerge des ténèbres. Pec Esterházy est assise sur un banc contre le mur, une cigarette se consumant faiblement entre ses doigts.

Je n'éprouve aucune surprise. D'une certaine manière, je savais qu'elle serait là.

Ma chemise est ouverte, ma blessure à vif illuminée par la lueur intermittente de la cigarette.

« Qu'est-ce que ça signifie ? demandé-je.

– Ça signifie que tu as été marquée. »

Sur mon torse, la sueur se fait glaciale. « Marquée.

– Par *eux*.

– Les Si ? »

La cigarette brasille. « C'est comme ça que tu les appelles ? Oui. Peut-être par eux, indirectement. Des mains humaines ont entaillé ta peau. Encore que beaucoup ne les considèrent plus comme humaines.

– Ce sont les Chercheurs qui m'ont fait ça ? » Elle penche la tête, et dans la faible lumière, j'aperçois l'un de ses yeux, vif et noir comme l'opale. « Pourquoi ?

– Parce qu'ils savent que tu *leur* appartiens.

– Est-ce que… vous les sentez, vous aussi ? »

Lorsqu'elle répond, sa voix ressemble aux frottements du sable contre le toit. « Tu te souviens de ce qu'a dit Mala ? Comme quoi je faisais partie des premiers arrivants sur Factus ? » Le banc grince tandis qu'elle s'adosse au mur. « Sitôt que j'ai posé le pied dans la poussière, je *les* ai sentis. Comme tous les autres : les soldats, les ingénieurs, les condamnés. Peu importe ce que disent les gens de nos jours, tout le monde *les* a sentis, et nous avons compris tout de suite que nous n'étions pas seuls sur cette lune. »

Je frissonne en l'entendant prononcer à haute voix des pensées que j'ai toujours eu trop peur d'accepter.

« Je ne peux pas décrire ce que j'ai éprouvé, poursuit-elle, quand je me suis retrouvée face à face avec une autre forme de vie, quand j'ai enfin eu la preuve que nous n'étions pas seuls dans l'univers, et que j'ai été sommairement ignorée. Les gardes ne nous ont pas crus, pas plus que le Bureau de Colonisation. Personne ne nous a crus. Ils mettaient ça sur le compte du stress, de la fatigue, du faible taux d'oxygène, d'une forme d'hystérie collective, de la piètre qualité de la nourriture. Mais tous ces gens étaient loin, dans leurs beaux bureaux sur Prospérité. Ils n'étaient pas ici. »

Elle secoue la tête sans lâcher mon regard. « Quand nous étions sur Terre, *ils* étaient faibles, car ils devaient s'étirer si loin pour nous toucher. Mais ici… » Elle désigne le Vide. « C'est ici qu'ils sont nés, qu'ils sont les plus forts. Et lors de ces premiers jours, nous étions tels des agneaux qui se sont égarés à l'entrée de la tanière d'un loup. Ils ne pouvaient pas s'en empêcher. Ils ont accouru vers nous, ils ont léché et rogné et griffé nos vies, et tout ce qui pouvait mal tourner, ces premières années, a mal tourné.

Beaucoup de gens sont morts, plus encore ont fui Factus, fous de terreur. » Elle s'interrompt, remue les mâchoires. « C'est ainsi que nous avons commencé.

– Nous ? » Je reste figée, désespérant d'en savoir plus.

Elle hoche la tête. « Un groupe – tous des condamnés, dont la vie ne valait pas grand-chose – a été assigné à une opération de sauvetage. Notre tâche consistait à écumer les étendues de cette lune et à ramener chez eux les ouvriers égarés. Sauf que leur piste conduisait dans la Bordure. Nous les y avons suivis. »

Un frisson me parcourt jusqu'aux tréfonds de mes os quand je me remémore les dunes sans fin de la Bordure, ses impitoyables ténèbres ; l'horrible crainte que je n'en sois pas revenue la même.

« J'étais dans le Suplicio, chuchoté-je.

– Alors tu sais ce que nous avons vécu. » Une lueur hante les yeux d'Esterházy. « Juste au moment où nous n'avions plus d'espoir, *ils* sont venus. Ils nous ont montré une voie, une issue, et pour la première fois, nous avons compris la vérité de ce qu'ils étaient. Qu'ils sont faits de rien et de tout ; de potentiel pur. Ils ont laissé certains d'entre nous vivre, et nous avons su pourquoi. »

Elle me regarde sans me voir. « À quoi sert un cœur dans la poitrine d'un cadavre quand, sur une autre lune, un enfant mourra faute d'en avoir un, et emportera le potentiel d'une vie ? *Ils* se nourrissent de ces futurs latents, et nous avons donc dû sauver autant de gens que possible. C'est comme ça que nous avons justifié ce que nous avons fait. Ce que nous sommes devenus.

– Vous êtes une Chercheuse ?

– Je l'étais, dit-elle dans ce qui est à peine plus qu'un murmure. Peut-être que je le suis encore. Une fois que nous identifions quelqu'un comme l'un des nôtres, nous ne le laissons pas repartir. » Elle remonte sa manche avec raideur. Là, sur sa peau ridée, une vieille cicatrice, reflet de celle qui orne ma poitrine.

« Non. » Je fais un pas en arrière. « Non, je ne suis pas comme eux. Je ne les ai jamais rejoints. J'ai juré de *sauver* des vies.

– Et pas eux ? Va dire ça au jeune homme qui mourra s'il n'obtient pas de nouveaux poumons, ou à la mère qui a besoin de sang pour transfuser son enfant. L'Accord ne les aidera pas, ici. Vers qui peuvent-ils se tourner ? Les barons terriens ? Les propriétaires des mines ? » Sa voix se fait acerbe. « Je l'ai vu en toi, ce soir. Tu aurais égorgé Joliffe si je ne t'en avais pas empêchée. »

Je ne peux pas le nier et elle sourit. « Tu vois, la seule différence est que les Chercheurs n'en auraient tiré aucun remords, puisque sa mort aurait engendré de nouvelles possibilités ; elle aurait constitué un cadeau pour *eux*.

– Je les ai vus tuer des innocents…

– Comment sais-tu qu'il s'agissait d'innocents ? Nous n'avons jamais rien fait sans une bonne raison. » Face à mon silence, elle poursuit : « Nous croyons que les Si deviennent plus forts chaque fois qu'ils influencent le monde. Et si nous continuons à les nourrir, bientôt nous pourrons voir ce qu'ils voient. Nous pourrons échapper aux limites de cette réalité pour pénétrer dans une multitude d'autres.

– Êtes-vous Hel ? » demandé-je.

Elle rit, et ses yeux profondément enfoncés dans ses orbites pétillent. « Nous sommes tous Hel. »

Je ne regarde pas Ma Esterházy. Je regarde la chose qui porte mon visage, la main sanguinolente qui se tend vers moi, la peau criblée de rides. Ses yeux sont ceux d'un oiseau de proie et ne contemplent que son objectif. Dans ses doigts repose un scalpel…

Je recule en titubant et me retrouve dans la cour de l'Angel Share. Si ce n'est que, maintenant, l'air est plein d'une chose qui me remue l'estomac.

« *Ils* sont là, halète Esterházy. Quelque chose vient. »

J'entends des pas dans la poussière, des ceinturons qui cliquettent devant le saloon. Sans un mot, je traverse le bâtiment éteint, jusqu'à ce que je puisse voir la rue au-dehors.

La lumière vacillante de la lampe solaire installée à l'entrée illumine une dizaine de silhouettes, des Pacificateurs cuirassés et lourdement armés. À leur tête, le visage couvert d'un bandage sale, les yeux brûlants de haine, se tient le marshal Joliffe.

« Esterházy ! » rugit-il. Du sang suinte de ses bandages, mouchette ses lèvres et ses dents. « Esterházy, livre-moi ces salopes ou je crame ton tripot !

– Tu ne peux rien contre nous, Joliffe, répond Esterházy à travers la porte. Tous les matelots d'ici jusqu'à Delos chercheront à me venger.

– Et après ? » Le marshal semble avoir perdu la raison. « Qu'ils essaient ! Je les tuerai tous ! »

Des flammes, du verre qui se brise, le visage ensanglanté de Bebe, le barman qui hurle... Je chancelle mais Esterházy me rattrape et me serre la main, fort.

« J'ai vu..., hoqueté-je.

– Je sais. »

Devant le saloon, le marshal continue de beugler. Autour de lui, les Pacificateurs arment leurs fusils. Une mercenaire tire une bombe fumigène de sa ceinture, prête à l'allumer.

« Va, dit Esterházy. Rassemble les autres et fuyez.

– On ne peut pas vous laisser.

– Vous le devez. » Elle appuie brièvement la paume de sa main sur ma poitrine. « Allez ! »

Je m'élance vers les escaliers. Une fois au sommet, je me retourne et regarde Esterházy, dos au comptoir, son long fusil chargé et pointé vers la porte.

« Sortez ! crié-je dans le couloir tandis que les cris dans la rue se font plus forts. Tout le monde dehors ! »

Bebe émerge maladroitement de sa chambre, les yeux gonflés de sommeil, le holster passé sur sa chemise de nuit.

« Le marshal est revenu », haleté-je et elle part en courant, criant à Thrip de s'armer et à Franzi de se cacher.

« Dix ? » Silas est là, nu et échevelé. « Qu'est-ce qui se passe ?

– Habille-toi, on doit s'enfuir. »

Je fais irruption dans la chambre de Falco. Elle est déjà debout et charge ses armes. Je comprends qu'elle n'a pas dormi.

« Des ennuis ?

– Le marshal. Avec des renforts. On doit s'enfuir. »

Son visage se durcit. « Esterházy ?

– Elle nous dit de partir. »

Peg se tend, groggy, dans le lit, le haut de sa poitrine couvert d'un pansement rougi.

Un cri retentit en bas, suivi d'une fusillade et du bruit du plastique qui explose.

« Générale ! » crié-je en repartant au galop.

Ensemble, à moitié habillés et sonnés par le sommeil, nous arrivons au palier, Silas et Falco soutenant Peg. Rapidement, je lui administre une piqûre – un cocktail d'amphétamines et d'analgésiques – pour qu'iel puisse courir sans ressentir la douleur.

« Moi aussi », lance la Générale en tendant le bras.

Je n'ai pas le temps de discuter. Je lui injecte également une dose.

« Falco, on a combien d'armes ? demandé-je.

– Quatre. Pilote, tu as ta pétoire ? »

Silas sort précipitamment le pistolet qu'il porte à la cheville.

« Cinq, donc. »

Je tends la main. *Ils* nous ont poussés le long d'un chemin chaotique ; si je veux vivre, je n'ai pas d'autre choix que de le suivre. Falco pose un pistolet dans ma paume.

Tandis que nous descendons les escaliers, des coups de feu illuminent la pénombre : l'éclair vif des charges, le flash moins intense et le crépitement de vieilles balles en métal. Les fenêtres sont déjà en miettes, ainsi que la plupart des bouteilles du comptoir, derrière lequel Esterházy, Bebe et Thrip se sont retranchés.

« Sortez par-derrière ! crie le barman. On vous couvre !

– Pec ! » lance Falco.

La vieillarde lève la tête. Dans la lumière syncopée, son visage est celui d'une femme plus jeune, le tatouage est net sur sa peau, ses yeux sont comme du métal calciné. Elle sourit.

Puis retentit un hurlement et une grenade fumigène entre en décrivant une courbe par l'une des fenêtres.

« Partez ! » ordonne-t-elle.

Nous courons tandis que la fumée enfle sur nos talons. Et pourtant, elle joue en notre faveur, parce que dans la confusion, la bande ennemie ne nous voit pas émerger du coin du bâtiment et nous élancer sur la route dans son dos.

Deux des Pacificateurs enfoncent la porte du saloon à coups de pied. Dans un craquement horrible, elle cède, son métal plié vers l'intérieur. Un coup de fusil résonne, et l'un des soudards recule en titubant, les mains plaquées sur le ventre.

Des véhicules encombrent la rue devant nous : une dizaine de busards, de mulets et de juments, les montures de la bande.

« On n'atteindra jamais le navire », halète Silas en scrutant la distance qui nous sépare du port, une étendue de ténèbres dénuée de tout couvert, rien d'autre que de la poussière nue. Pegeen s'affaisse en serrant l'épaule de Falco et en respirant avec peine.

« Si, riposte Falco. Tu te sens de courir, Peg ?

– Toujours. »

Tandis que le tumulte de coups de feu et de cris s'amplifie dans le saloon, je croise le regard de Falco. Elle opine.

Baissant la tête, je m'élance au milieu de la route afin d'attirer les tirs des Pacificateurs. Le vent est avec moi durant ma course, je lève le pistolet et touche l'une des mercenaires à l'épaule. De l'autre côté de la route, Falco pousse les autres en avant.

Quatre soldats ouvrent le feu sur moi. Je me jette derrière un mulet à l'arrêt ; les charges frappent le métal en arrachant des étincelles. Levant le bras, je cherche le démarreur à tâtons, priant pour qu'il soit toujours enclenché. C'est le cas – j'abaisse le levier, enfonce l'accélérateur avec mon poing et m'éloigne d'un bond tandis que le mulet s'élance droit vers la bande.

Je cours, la veste de Silas claquant derrière moi. Des tirs crachent de la poussière sur mes talons. Devant, j'aperçois les autres, tête baissée sous un déluge de charges. Si on arrive seulement à se mettre hors de portée…

Une explosion venue de nulle part m'envoie rouler dans la poussière. Malgré la fumée et mes oreilles qui sifflent, je me force à me relever. Devant moi, Silas aide Pegeen à se redresser. Falco, le nez ensanglanté, saisit ses armes. Puis, parmi les flashs des coups de feu, je vois une petite silhouette foncer vers moi, un pistolet dans chaque main, le regard fixe.

La Générale vise et tire sans ralentir. Le Pacificateur qui nous talonnait tombe à la renverse, un trou fumant dans le front. Elle attrape aussitôt le blaster militaire qu'il vient de lâcher.

Une explosion plus forte repeint la nuit de ses flammes. Je lève la tête, les yeux brûlant à cause de la fumée âcre et de la poussière. L'établissement d'Esterházy est en flammes.

« Non ! » Je hurle mais c'est trop tard. Le busard du marshal émerge de la poussière et fond sur nous.

Je cours. Quelque part devant moi, j'entends l'aboiement

frénétique des pistolets de Falco, qui tire par-dessus son épaule. Je me retourne pour en faire autant lorsqu'une volée de charges m'oblige à plonger derrière les étals du Magasin Général. Du verre éclate et des chenilles d'acacia tombent en se tortillant dans le sable tout autour de moi. Peu après, quelqu'un tire depuis une fenêtre au-dessus de ma tête : le propriétaire du magasin, qui se répand en injures.

Ça suffira à me couvrir, à peine. Je repars maladroitement sur la bande de poussière qui précède le port. La peur me fait tressaillir. On n'y arrivera jamais. Par-dessus les coups de feu, j'entends l'horrible caquètement du busard qui fonce sur nous. Je me retourne rapidement : le marshal Joliffe est au volant et hurle, ses bandages brûlés et sanglants. En croupe, un Pacificateur épaule son fusil.

Une détonation et le tireur s'effondre, sa gorge crachant son sang sur Joliffe, qui vire abruptement et dévie de sa trajectoire. Falco abaisse son pistolet.

« Allez ! »

Là, droit devant, je distingue le contour des quais, la masse imposante de *Charis* à leur extrémité. Falco passe le bras autour de Pegeen et se glisse en titubant derrière le couvert de l'écurie ; un Horse terrifié se terre dans l'entrée en serrant son chien mécanique contre lui.

D'autres appareils à quai se joignent au combat, se croyant attaqués ; les vigiles et les artilleurs des cargos ouvrent le feu sur les Pacificateurs qui déboulent en rugissant des ténèbres soulignées par les flammes de la ville. Des balles fusent tout près de moi tandis que je rejoins la Générale, et nous nous jetons derrière une passerelle en métal. Sa poitrine se gonfle violemment, ses yeux sont exorbités et trop brillants.

« Lieutenant Okmulgee ! aboie-t-elle en glissant un nouveau chargeur dans son blaster. Sniper ennemi à six heures ! Nous devons attirer son feu pour protéger les médecins.

– Générale ? » Je la secoue, mais elle n'est plus là, elle est perdue sur quelque lointain champ de bataille, durant la guerre. Ses mains tâtent sa ceinture. « Où sont mes munitions ? Lieutenant, envoyez un messager au ravitaillement, nous allons miner la zone dans laquelle ils vont se replier. »

Des charges et des balles crépitent sur la passerelle. « Générale, on doit dégager ! »

Son visage est trempé de sueur. « Pas question de fuir », répond-elle avant de se lever d'un bond en tirant.

Elle touche le nez du busard du marshal et pousse un grognement triomphant lorsque l'appareil bascule dans les airs pour aller frapper la barrière de métal derrière nous.

Nous n'avons plus le temps. Je l'attrape par le bras et l'entraîne avec moi pendant qu'elle crie à l'insubordination. Avec une pointe de soulagement désespéré, je vois que les autres ont atteint les portes de *Charis*, et que Pegeen est avachie en sécurité dans la soute.

« Silas ! crié-je en grimpant à bord. Tire-nous d'ici ! »

Du sang coule sur sa chemise depuis une estafilade sur son front, et il semble sonné, mais il acquiesce et se rend au poste de pilotage d'un pas incertain.

Une charge ricoche contre la coque du navire et quelque chose se brise.

« Fumiers de LL ! crie la Générale.

– Merde ! » Falco plonge sous une nouvelle averse de plasma qui fend la nuit. « Low, ils nous ont bloqués ! »

Je baisse les yeux avec panique. Un générateur court le long du bord du quai et, sous la poussière, j'aperçois le discret motif grillagé et les contours crépitants d'un tapis gravifique qui cloue *Charis* sur place.

Dans les profondeurs du navire, des moteurs démarrent en toussant et en crachotant. La Générale tire une nouvelle fois et le vaisseau tremble, le métal de la passerelle au-delà se pliant sous la force de l'impact.

À travers l'éclat aveuglant du flash, *ils* viennent percuter ma conscience, dérouler des voies autour de moi. Des milliers de variantes, mais toutes me révèlent les mêmes images terrifiantes : le désert, mes amis morts, la chose avec mon visage qui me tend les bras…

Ma vue s'éclaircit. Falco crie, la Générale frappe le blaster vide avec colère. Je vois le marshal tituber à travers la fumée dans notre direction, revolvers levés.

Je saute du vaisseau et me retrouve au sol.

Des cris retentissent aussitôt, mais je les ignore et attaque à coups de pied le panneau de contrôle du quai. Les moteurs du navire luttent contre l'attraction du tapis et surchaufferont bientôt ; alors, les Pacificateurs se jetteront sur nous et ce sera fini.

Ouvrant brutalement le casier de métal, je trouve la manette d'alimentation. Une forme émerge de la fumée à moins de deux mètres : le marshal Joliffe, le visage illuminé par la violence, un revolver pointé vers mon cœur.

Trop tard.

J'abaisse le levier et envoie *Charis* bondir dans les airs au moment où il tire.

Le vent m'emporte dans sa gueule. Je sens son souffle filer autour de moi, une exhalaison continue.

Je demeure immobile. Ses mâchoires sont pareilles à celles d'un chat : délicates quand je ne bouge pas, tant que je ne lui rappelle pas mon cœur si vif, ma peau si fine, si facile à percer. Or, elle est déjà rompue et la douleur survient prestement, en cercles rouges. Qui m'a fait ça ?

Les souvenirs sont mêlés de ténèbres, se fondent l'un dans l'autre, mais je me souviens des visages ; taches de suie, dents en fibres de verre, armure sanglante. Des bottes à coques de métal, lourdes de poussière, qui s'enfonçaient dans mon corps, qui arrachaient bile et sang à mon estomac et les répandaient dans le sable. Des poings, durcis par une longue exposition au soleil sans la moindre goutte d'eau, qui percutaient mon visage et ma tête au point que j'ai cessé de résister et envoyé mes pensées vers *eux*, que je leur ai demandé d'emporter mon corps loin d'ici et de me remodeler à leur image, vaste, affamée et intouchable.

Mais *ils* n'en font rien. Ce sont *eux* qui m'ont lancée sur cette voie pavée de violence et se sont repus en silence de mes choix. Est-ce la pénitence de Tamane qui me rattrape enfin ? Si c'est le cas, je ne peux pas la combattre. Peut-être ai-je eu tort de repousser la mort depuis tout ce temps. De tenir le Compte alors que c'est là le seul prix dont je peux m'acquitter.

Je tente d'ouvrir les yeux. L'un d'eux m'obéit.

Il y a du sable sous moi, du sable et une ombre pareille à celle d'un oiseau. J'essaie de lever la main pour la toucher, mais la douleur dans mes membres redouble et le néant s'empare encore de moi. Trop rapidement, je reviens à moi, et ce faisant, je comprends.

Je suis pliée comme un veau dans un filet qui se balance dans l'air. Un filet fait de mailles étroitement tressées, trop épaisses pour que je songe même à les déchirer. Le désert défile à toute vitesse un peu en dessous de moi.

Tout l'avant de mon corps est couvert de sang ; sur la veste de Silas, il forme une croûte sèche et raide. Lorsque je bouge, j'ai mal, et le tissu redevient humide. Je tâte ma poitrine du bout des doigts, à peine.

Le marshal a peut-être raté mon cœur, mais la balle s'est enfoncée profondément dans mon épaule déchiquetée. Une vieille balle en métal, sale et cruelle, impure, ni rapide ni brûlante, contrairement aux charges. Du sang dégouline de la blessure. Faute de soin, elle me tuera.

Je m'en détourne malgré mon cou qui proteste comme du métal rouillé. J'essaie d'ouvrir les lèvres. Elles sont enflées, incrustées du sang qui caille dans ma bouche. Depuis combien de temps suis-je sortie du lit de Silas ? Quand avons-nous fui d'Angel Share ?

Maladroitement, je tâte mes vêtements. Ils ont fouillé mes poches, pris tout ce qui pouvait être utile. La seule chose que je trouve, au plus profond de la doublure, est un petit dé en os usé. Je referme la main dessus et laisse mes paupières retomber.

C'est le sol qui me réveille ; le choc dur et le frottement provoquent une nouvelle décharge de douleur. Je crie et ma bouche s'emplit de poussière. Enfin, nous nous arrêtons. Je reste couchée, les oreilles bourdonnant du silence subit. D'autres sons flottent jusqu'à moi : les cliquetis du métal qui refroidit, le claquement des compartiments, le bruit de bottes qui approchent. Je ferme les yeux, feignant l'inconscience.

Du liquide éclabousse mon visage. Pendant un instant, je crois que c'est de l'eau, mais je flaire l'odeur, crache et suffoque, comprenant que c'est de l'urine. Au-dessus de moi, le marshal Joliffe rit.

« T'es encore vivante ? dit-il en remontant maladroitement son pantalon. Tant mieux. Si tu peux le rester encore un jour ou deux, je t'en serai reconnaissant. On te recherche vivante, à ce qui se dit sur le câble. »

Je crache à nouveau et lève une main égratignée pour me toucher le visage. « Je suis en train de mourir.

– Ouais, mais “en train de” c'est pas comme “morte”, hein ? Jusqu'à ce que ça le devienne. » Il regarde autour de lui. « On aurait fait plus vite si cette petite pute n'avait pas salopé mon busard.

– Où ? » demandé-je en m'étranglant.

Il s'accroupit à côté de moi. Il a une mine affreuse : les bandages en travers de son visage sont imprégnés de pus et de vieux sang, et un gros pansement lui couvre l'épaule.

« On va se faire un petit voyage vers la Ligne Aérienne. » Son haleine fétide me balaie le visage. « J'ai entendu une rumeur, tu sais ? Comme quoi ta carcasse aurait de la valeur pour l'Accord, surtout si elle respire encore. Il se trouve que pour cent mille crédits, je peux bien me retenir de te descendre. » Il tend le bras et enfonce le doigt dans la blessure de mon épaule.

Je vomis de douleur et il cesse d'appuyer, mais sa main reste là, ses doigts pleins de sang.

« Cent mille créd, répète-t-il en regardant ailleurs. Je vais enfin pouvoir me tailler de cette lune de merde. Acheter ma pension et prendre ma retraite, dans un coin bien vert, vert comme du vieux cuivre. » Il enfonce encore son doigt, nonchalamment.

« Tu vas pourrir ici », lui dis-je.

Ses lèvres frémissent et il me donne un coup de poing sur le crâne.

Des heures après, je me réveille encore. Au même endroit ? Impossible d'en être sûre. La nuit est tombée et, au-dessus de moi, j'aperçois un semis d'étoiles qui pâlissent à proximité de la Bordure. Je flaire de la fumée. Un feu de camp et de la nourriture qui cuit. Le même que j'ai allumé bien des fois dans le désert, blottie dans sa lueur, essayant d'oublier la nuit dans mon dos.

Après une demi-douzaine de tentatives, je réussis à rouler sur moi-même dans le filet. Non loin, le marshal Joliffe est assis sur une ancienne caisse de munitions, le visage baigné par les flammes. Il a ôté ses bandages et tamponne quelque chose sur ses plaies livides en marmonnant. Je serre ma main valide. Ce ne sera pas cet homme pathétique, cruel et brisé qui me détruira.

À peine capable de parler, je siffle : « Hé. De l'eau. »

Il lève la tête comme si, l'espace d'un moment, il avait oublié que j'étais là. Avec un sourire, il prend sa gourde et l'incline vers sa bouche, léchant le liquide qui coule de son menton.

« De l'eau, supplié-je encore, je te dirai comment soigner ton visage.

– Je me débrouille, merci. » Il ramasse une bouteille

sans étiquette par terre. Du liquide tombe en gargouillant dans sa paume.

« Tes blessures ont besoin de soins, insisté-je. Tu devrais les nettoyer, les refermer avec du scellant, à moins qu'elles ne soient déjà infectées… »

Je sais à peine ce que je raconte : je lâche des termes médicaux presque au hasard, mais ça ne semble pas avoir d'importance. Joliffe me lance un regard suspicieux.

« Comment je peux savoir si c'est infecté ?

– Sors-moi de là et je pourrai regarder. »

Il ricane, mais s'avance pour détacher le filet du busard. La puanteur que dégagent ses plaies me frappe de plein fouet.

« Essaie de t'enfuir et je te coupe les tendons », promet-il.

Une fois libérée, je me tourne sur le flanc, mais le marshal m'attrape par ma veste et me traîne sur plusieurs mètres tandis que je crie de douleur.

« Alors ? » Il se laisse tomber sur la caisse comme s'il allait donner un cours, son œil valide vif et fixe.

« Que… qu'est-ce que c'est ? » dis-je d'une voix rauque en désignant la bouteille dont il se servait.

Il la pose au bord du feu.

« Vois pas », murmuré-je.

Il la rapproche de moi. LINIMENT DANDICAT, annonce l'étiquette. REMÈDE SOUVERAIN POUR TOUS LES MAUX INTERNES ET EXTERNES.

« Bien, chuchoté-je. Maintenant, montre-moi. »

Fronçant les sourcils, il se penche vers moi.

Avec ma dernière énergie, j'attrape la bouteille et me redresse, malgré la douleur qui manque de me faire perdre connaissance. Il grogne et envoie la main vers son arme, trop tard ; je suis sur lui, j'enfonce les doigts dans son visage blessé jusqu'à ce qu'il hurle de souffrance. Je brandis la bouteille et l'abats de toutes mes forces sur son crâne.

C'est du plastique. Elle ne fait rien de plus que répandre

une huile malodorante sur sa figure. Hoquetant, je me dégage en roulant sur moi-même, ruant dans le feu pour jeter des charbons ardents sur son chemin tandis qu'il plonge sur moi.

Relève-toi. Je m'oblige à me redresser, encore que mes pieds tremblent sous moi. *Cours.* Il y a assez de distance entre nous, assez d'obscurité, je peux le semer…

Mais mon corps est blessé, affaibli par la soif, la douleur et la perte de sang ; au bout d'une dizaine de pas, je m'effondre. Frénétiquement, j'essaie de ramper en me servant de mon seul bras valide, mais je l'entends tituber derrière moi, jurant et vagissant, et je sais qu'il va tenir sa promesse : il va me couper les tendons, et je mourrai pendue dans un filet au-dessus du désert, mon sang coulant sur des kilomètres avant de disparaître comme un serpent dans le sable. Est-ce donc la fin vers laquelle *ils* m'ont poussée ? Est-ce qu'ils m'ont sauvée une dizaine de fois des hourques, des Chercheurs, des Freux, pour ça ?

Mon cœur tempête dans mes oreilles tandis que je rampe, comme s'il savait qu'il accomplissait ses derniers battements. Le marshal est sur mes talons, écumant de rage. Il attrape ma botte et me tire vers lui en levant un poignard.

Mon cœur explose, sauf que ce n'est pas mon cœur du tout. C'est un moteur ; la pulsation régulière et pesante d'un moteur. Je regarde au-delà du visage dégoulinant du marshal et vois quatre appareils descendre du ciel nocturne.

Ils ouvrent le feu, leurs charges rouges et blanches illuminant le désert. Joliffe se replie en titubant, se protégeant la tête des bras, hurlant des obscénités. Tandis que les appareils virent pour effectuer un nouveau passage, il lève les yeux. La peur envahit ses traits à mesure qu'il comprend ce qu'il voit.

Effilés et mortels, les véhicules des Chercheurs rugissent en nous survolant une fois de plus. Il n'y a pas de tirs, cette fois, mais le faisceau d'un projecteur, aveuglant, inexorable.

Ils nous ont repérés et ne veulent pas prendre le risque d'abîmer de bons organes. Louchant d'un œil, j'entrevois les silhouettes des artilleurs pendre périlleusement des écoutilles ouvertes, leurs lunettes à vision nocturne brillant d'une lueur rouge. Le plus proche, cheveux au vent, brandit un fusil, prêt à faire feu.

Brièvement, au milieu du bruit et de la poussière, je vois le visage d'Esterházy, ses yeux aussi durs que du métal brûlé, qui me dit : *Ça signifie que tu as été marquée.* Je tire sur ma veste et mon écharpe pour révéler mon cou et mes clavicules. Le projecteur m'aveugle, et je ferme les yeux, attendant la fin.

Rien. Simplement la sauvage quinte de toux des moteurs bricolés, le froissement de l'air. J'entrouvre les paupières. Le Chercheur qui pend de l'écoutille de l'appareil lève les bras pour transmettre quelque signal.

Je suis vaguement consciente que Joliffe s'accroche à ma jambe, essaie de me tirer hors du faisceau du projecteur, vers son busard, tel un chien avec une charogne. Puis un coup de feu retentit, et le tiraillement cesse.

Avec un effort, je lève la tête. Les vaisseaux se sont posés non loin et des silhouettes émergent de la poussière. Joliffe bafouille, s'éloigne en rampant, sa jambe saignant abondamment dans le sable.

Au bord du cercle de lumière, l'un des Chercheurs s'arrête. Je ne vois pas son visage, qui est couvert par un masque et des lunettes. Ses vêtements sont vieux, ternis par le soleil, patchwork dérobé aux morts, percé d'entailles révélatrices de coups de couteau et de balles, rapiécées et soudées. Mais il y a quelque chose de familier dans la manière dont la silhouette incline la tête ; est-ce que nous nous sommes déjà croisés, dans les Friches ? Est-ce cette personne qui nous a tirées, la Générale et moi, du purgatoire qu'est le Suplicio ?

La peau de ses mains est craquelée, rugueuse, la chair

marquée de milliers de minuscules lignes noires. C'est un Compte, comprends-je avec horreur et fascination. Sous son col mité, une vieille balafre : deux lignes obliques, barrées par une troisième.

En silence, la silhouette lève la main et désigne la marque similaire sur ma poitrine.

« Vivante ? » demande-t-elle.

Je hoche désespérément la tête. « Oui. »

Le Chercheur fait un geste dans la direction de Joliffe, qui rampe encore en bafouillant vers la lisière du cercle de lumière.

« Lui ? »

Je me souviens des tortures qu'il m'a infligées, de ses menaces envers Esterházy et Falco, de la blessure de Peg, de l'excitation fébrile dans ses yeux tandis qu'il me rouait de coups de pied.

« Non. » Je plonge le regard dans la pénombre où devraient se trouver les yeux du Chercheur. « Il est mort. »

QUATRIÈME PARTIE

Le livre de Hel

Dans la lumière crue du milieu de la matinée, Angel Share n'est que désolation. Des volutes de fumée s'élèvent encore par endroits, la terre est brûlée et labourée en tous sens. Il ne reste que peu de navires ; nul doute que les autres se sont emparés de tout ce qui avait de la valeur et ont décampé.

L'un de ces vaisseaux m'est familier. *Charis* attend sur l'une des plateformes d'arrimage, vide et silencieuse. Non loin, des Pacificateurs – quatre sur les douze qui composaient la bande originelle – gardent la porte. Pas trace de Horse et de son chien mécanique.

Sous moi, le busard caquette tristement après que je l'ai poussé si fort dans tout le désert. Je ressens la même chose que lui. Avec un peu d'eau, de nourriture et de médicaments, j'ai fait oublier à mon corps les dégâts subis, la chair mutilée, la douleur et l'infection en plein essor. Une illusion que je vais devoir entretenir un peu plus longtemps.

En approchant des quais, je plonge la main dans le sachet de souffles et en croque prudemment un. Un tourbillon me traverse ; les amphétamines de ces perles sont plus puissantes que tout ce que j'ai pu goûter par le passé.

Cette qualité est l'un des petits avantages en nature dont jouissent les hommes de loi.

Le chapeau de Joliffe cache mon visage cabossé, son manteau puant camoufle le sang et la crasse de mes vêtements. Je pose le busard à une dizaine de pas des soldats et jette un regard à la couverture qui entoure le paquet à côté de moi.

Le moteur s'éteint en crachotant. L'un des soldats s'avance en louchant à travers la poussière qui redescend.

« Joliffe ? lance-t-il. Où est la fugitive ? »

Je descends du busard et prends le paquet. Tête basse, je m'avance en boitant.

« Joliffe ? » demande un autre mercenaire, perplexe.

Je jette le paquet par terre. Le tissu se défait et la tête du marshal – moins ses yeux et sa langue – roule dans le sable jusqu'aux pieds du Pacificateur.

Alors seulement, je les regarde, une main sur le pistolet à ma hanche, la marque des Chercheurs bien visible sur ma poitrine.

Ils prennent leurs jambes à leur cou.

Reprenant la tête sous un bras, je foule la terre calcinée de la grand-rue d'Angel Share. Mes muscles crépitent d'énergie artificielle, la perte de sang me donne le tournis. Tout autour de moi, la dévastation de l'avant-veille n'a pas encore été nettoyée : des chenilles mortes dans le sable, un cadre de fenêtre crevé, une porte qui pend de ses gonds comme une dent au bout d'un nerf. L'air est lourd de la puanteur de chien mouillé du béton humide séchant au soleil.

Le saloon est en ruine. Les murs peints en bleu sont tapissés de suie, le toit et les fenêtres ont disparu, il ne reste que les parpaings. Un groupe de gens fouille les décombres, récupérant ce qui peut l'être. Sous l'ombre de la pompe, j'aperçois deux silhouettes couchées sous des draps. Vacillant sur mes pieds, je les rejoins et soulève un coin de tissu.

Pec Esterházy est morte. Ses bras sont croisés sur sa poitrine, ses yeux clos. De la suie reste prise dans ses mèches grises, dans les rides du visage de cette femme qui a pris sa première inspiration sur la Terre il y a quatre-vingts ans ; qui a parcouru tout l'univers et a poussé son dernier souffle sur Factus, ici, aux limites du système connu.

Je lâche la tête du marshal devant son corps sans vie.

« C'est pour vous », croassé-je.

L'une des silhouettes dans les ruines se retourne. Falco. Son visage se fige de surprise, comme si elle découvrait un cadavre ambulant.

« Doc ? »

Puis Silas est là, courant vers moi avant de s'arrêter subitement, incertain. Il y a quelque chose d'autre qui cloche. La Générale n'est pas parmi eux. Je lève un sourcil interrogateur.

« Ils l'ont eue, dit Falco, la bouche pincée par la colère et la tristesse. Ces salauds l'ont emmenée. »

Silas commence le lent travail de ravaudage de mes plaies pendant que Falco me raconte ce qui s'est passé. La Générale, après avoir entendu le coup de feu du marshal et m'avoir vue tomber, est devenue folle et, criant des ordres à des troupes qui n'existaient pas, s'est jetée hors de *Charis*, alors à plus de trois mètres du sol, pour attaquer Joliffe de toutes ses forces.

« Le temps que je redescende sur la plateforme, c'était déjà trop tard », dit Falco, les dents serrées, en trempant un chiffon dans l'eau de la pompe. « On a réussi à inverser la poussée, mais ils ont ouvert le feu et on n'a pas eu d'autre choix que de filer. Il nous a fallu des heures pour pouvoir revenir. Là, on a trouvé Joliffe parti, le bar pillé, et les dernières charognes de Pacificateurs plus intéressés par la picole que par leur travail. On ne savait pas où tu étais. Et puis, on a découvert Pec. »

Elle déchire férocement un pan de chiffon. Nous sommes rassemblés dans le Magasin Général pillé, derrière ses fenêtres crevées. Son propriétaire n'apprécie pas notre présence. Mais il aperçoit la tête du marshal Joliffe abandonnée au soleil et préfère ne pas protester. Il se contente de tourner ses yeux secs, jaunes comme ceux d'un bouc, vers nous de temps à autre tout en balayant les débris de plastique et en récupérant les chenilles mortes, afin de les donner à manger aux survivantes.

« La Générale ? » demandé-je faiblement. La douleur me fait tourner la tête. Je pioche une autre perle dans la veste du marshal.

« On pense qu'ils l'ont emmenée quelque part à l'est, dit Pegeen, blême de fatigue. C'est ce que nous a dit Horse avant de mourir. D'après lui, deux Pacificateurs sont partis avec elle. Vivante, ou du moins il le croyait. »

Je ferme les yeux et me remémore les tendons saillants de la Générale, sa fièvre et sa frénésie tandis qu'elle plongeait dans la bataille qu'elle s'imaginait livrer. S'ils l'ont tabassée comme je l'ai été…

J'essaie de me relever mais retombe contre le mur, prise de vertiges.

« Arrête, me réprimande doucement Silas. Tu as peut-être extrait la balle, mais ton épaule est en morceaux. » Lui aussi est blessé, son front est constellé de compresses stériles. Je siffle tandis qu'il dégage précautionneusement mon épaule de la veste, révélant mon haut crasseux et le symbole caractéristique qui me scarifie la poitrine.

« Qu'est-ce que c'est ? » Les yeux de Falco sont aussi perçants que ceux d'un faucon.

« C'est un signe spécial », dit Franzi. Sa tête est posée sur l'épaule de sa mère, son visage livide. « On avait le même au-dessus de la porte. Ma Pec disait toujours que ça nous protégeait. Mais ça n'a pas marché, hein ? »

Bebe lui caresse les cheveux de sa main égratignée. « Ça nous protège des Chercheurs, Fran, pas des gens. » Lorsqu'elle lève les yeux, je vois qu'elle en sait plus qu'elle ne le dit. « Est-ce que ça t'a protégée ? »

Mes mains remontent vers les coupures croûteuses. « Oui. »

Falco se contente de froncer les sourcils. Je lui lance un hochement de tête épuisé pendant que Silas nettoie ma blessure et refait son pansement. Il y a bien plus à dire, mais nous devons d'abord nous reposer.

À mon réveil, quelques heures après, je trouve les autres accroupis devant le saloon. Bebe a extirpé un coffre-fort des décombres calcinés de la cour. Il contient des billets de crédits, des centaines.

« Assez pour recommencer, dit-elle, ses larmes sillonnant la crasse de ses joues. Comme si Pec avait su. »

Je me détourne, mal à l'aise. Qu'a vu Esterházy dans la présence des Si, juste avant qu'elle ne m'ordonne de m'enfuir ? Qu'a-t-elle vu il y a toutes ces années, durant sa première rencontre avec eux, tandis qu'ils se déchaînaient depuis la Bordure ?

Nous enterrons les morts – Thrip, Horse et quatre Pacificateurs – dans le cimetière rudimentaire situé au bord de la ville, où se presse une poignée de pierres tombales en métal rouillé.

CI-GÎT WRETCH BARKER, annonce l'une d'elles, UN BON COPAIN, MORT EN JUIN.

Une tombe en particulier est mieux entretenue que les autres, et un bouquet en plastique délavé lui est attaché par un anneau. MARIOLA DUROY, ET SON ENFANT.

Le vent expédie des rideaux de sable sur les fossoyeurs. Selon Bebe, la profondeur des tombes n'a aucune importance ; la poussière s'envole trop rapidement pour que quoi que ce soit reste enfoui bien longtemps. Le climat fera au final l'œuvre de la terre.

Il n'y aura pas de caveau pour Esterházy ; au lieu de cela, des funérailles de vent, ce que la vieillarde aurait voulu d'après Bebe. Ensemble, hors des limites d'Angel Share, nous construisons un abri de fortune à travers lequel les bourrasques pourront s'engouffrer. Elle reposera ici jusqu'à ce qu'elles aient desséché sa chair, qui se détachera et sera emportée à travers Factus, à travers la Bordure et dans l'immensité inexplorée du Vide.

Est-ce que les Chercheurs viendront pour elle ? Je me le demande en regardant les premières exhalaisons de la nuit remuer ses cheveux gris. Est-ce pour ça qu'elle est laissée à l'air libre, loin de la ville ? Dans la mort, *les* rejoindra-t-elle enfin ?

Je scrute l'horizon en imaginant cette lune telle qu'elle devait être au tout début de la terraformation, en imaginant Esterházy laissant derrière elle l'oppression des hourques pénitentiaires pour s'envoler vers l'inconnu.

« Elle est là, murmuré-je à Silas. Dans une autre réalité, elle est là. »

Il passe prudemment le bras autour de moi en veillant à ne pas toucher mon épaule pansée.

Bebe chante une vieille chanson terrienne, dont les paroles à moitié oubliées parlent de forêts et de montagnes. Même le propriétaire du Magasin Général est venu assister à la cérémonie, ainsi que les autres survivants, qui ont apporté les rares offrandes dont ils pouvaient se défaire. Falco a fabriqué une fleur avec des emballages de protéines ; Silas dépose un morceau de ferraille martelé selon la forme d'un croissant de lune. Bebe verse une mesure de mescal dans le sable aux pieds de la vieillarde.

Puis la cérémonie se termine, et les gens s'empressent de retourner derrière leurs murs et sous leur toit, chassés par la tombée de la nuit.

Dans l'ombre des ruines du saloon, Bebe me tire à l'écart des autres.

« Elle a laissé ça pour toi, murmure-t-elle en me tendant un objet enveloppé dans du tissu. Avant de mourir, elle m'a dit que tu devais l'avoir. »

Elle me regarde déballer le scalpel ; un instrument antique selon les standards de Factus, terni et ébréché, mais affûté. Le genre de scalpel qui pend à la ceinture des Chercheurs, qu'ils ont employés pour éliminer le marshal avec une efficacité brutale.

Nous sommes tous Hel.

« Tu comprends ce que ça veut dire ? » demande Bebe.

Mes doigts se serrent autour du manche. « Je crois. »

Je rejoins Falco, Silas et Pegeen dans le Magasin Général, où ils grignotent tristement des assiettes de chenilles frites.

« Tiens, dit Silas en m'en proposant une. C'est tout ce que ce vieux grippe-sou peut nous offrir. Elles sont meilleures avec un peu de pseudosel.

– Meilleure que quoi ? » grommelle Falco en avalant une gorgée de mescal pour les faire passer.

Je regarde l'assiette sans la voir, imaginant l'expression de dégoût qu'arborerait la Générale si elle était là, face à ce dîner composé de chenilles d'acacia.

« On doit aller la chercher », dis-je.

Silas hausse les épaules avec impuissance. « On ne sait pas où ils l'ont emmenée.

– On sait qu'ils sont partis vers l'est. » Je les regarde tous tour à tour. Je vois encore flou d'un œil. « Joliffe comptait m'emmener à la Ligne Aérienne. Les Pacificateurs vont sûrement en faire autant avec elle, non ? »

Bebe me fixe avec une expression étrange en hochant lentement la tête. « La Ligne Aérienne est l'endroit le plus proche où l'on peut trouver une présence de l'Accord. Je doute qu'ils aillent beaucoup plus loin que ça, parce que les Pacificateurs n'aiment pas s'éloigner de la Zone. La plupart d'entre eux sont recherchés aussi.

– Quelle est la gare la plus proche ?

– Drax. C'est à une journée et demie de route, avec un bon mulet. »

J'opine et pose quelques morceaux de friture dans une feuille de papier, la noue sur elle-même et la glisse dans la poche du manteau du marshal. Je récupère tout ce que je peux par terre autour de nous : un rouleau de bandage, la trousse médicale de *Charis*, un paquet de viande de serpent séchée.

« Qu'est-ce que tu fais ? demande Falco. On ne sait même pas si elle est encore en vie.

– Les Pacificateurs ne la tueront pas tant qu'il y aura une récompense pour sa tête. Et pour l'exécuter, l'Accord devra probablement publier un décret. » Je tressaille en ramassant l'une des armes abandonnées près de la fenêtre. Un pistolet de Pacificateur, apparemment. « S'ils voyagent sur des mulets, ils progresseront lentement. Ça signifie qu'on a nos chances. »

Une main m'attrape le bras.

« Dix, me supplie Silas. Regarde-toi. Tu es à moitié morte. Tu dois te reposer. Et si l'Accord t'attrape… »

Je serre sa main avant de la lâcher et de jeter péniblement mon sac sur mon épaule. « On se retrouve à Drax ? leur lancé-je à tous. Vous devrez passer par là pour retourner à Landfall de toute façon.

– Et toi, tu vas où, au juste ? » demande Falco.

Je m'interromps. Je suis fatiguée, bien plus que je ne suis prête à l'admettre, et pourtant je ne peux pas me reposer. Ma main vient se poser sur le scalpel caché dans le manteau.

« Je vais envoyer un message. »

Les cendres du feu tourbillonnent autour de moi avant de retomber doucement, comme la neige que j'ai vue une fois dans un vieux feuilleton pictocâble filmé sur Terre.

La nuit est là et je suis assise sur le sable. Je jette un autre débris qui fait jaillir des escarbilles haut dans les airs. Je sais que ce feu est visible à des kilomètres à la ronde dans les Friches – une étincelle, une étoile à pointes rouges. Un fanal.

À ma droite, forme vague sous son abri, repose le corps d'Esterházy.

« Viendront-ils ? » demandé-je par-dessus le crépitement des morceaux de meuble.

Pas de réponse.

Je fais tourner le scalpel dans mes mains, traçant les contours de son manche terni, lisse à force d'utilisation. Combien de vies a pris cette lame ? Combien d'artères sectionnées, combien de cœurs excisés ? Ou est-ce que j'aborde tout cela d'un mauvais angle ? La lame reflète une bande étroite de mon visage ; une orbite gonflée par les coups et l'œil qu'elle abrite, aussi sombre que celui d'un oiseau. Combien d'existences leur sanglant commerce a-t-il sauvées ? Ces choses-là peuvent-elles être mesurées et pesées et équilibrées de manière sensée, qu'il n'y en ait qu'une ou des milliers ?

Je sens les vies qui composent le Compte se dresser autour de moi, comme elles l'ont fait dans le Suplicio. Est-ce pour cela que les Si me suivent ? Est-ce que je porte l'équilibre de toutes ces réalités non avenues ? Ou est-ce une dette qui ne pourra jamais être remboursée ?

Dans un autre monde, Dix Low n'existe pas. Dans un autre monde, une jeune médecin de l'armée refuse d'oublier son nom et de revêtir un autre visage pour espionner l'ennemi. Dans un autre monde, elle ne se rend pas sur Prospérité. Elle n'accepte pas la mission que lui donne un contact anonyme au coin d'une rue isolée. Les recherches portant sur le virus ne quittent pas leur laboratoire. Tamane n'est pas prise pour cible, mais demeure une de ces lunes qui accueillent des milliers de cadets de l'Accord – des combattants du futur.

Et les Limites Libres poursuivent la lutte, rassemblent leurs alliés épars, oublient pourquoi la guerre a même commencé, et les combats continuent.

J'ouvre les paupières et baisse les yeux sur ma poitrine. Quelle version de moi a été traînée hors du Suplicio ?

Quand je relève la tête, je vois une silhouette debout, qui m'observe depuis la lisière de la lumière du feu. Je distingue des cheveux gris lourds de cendre et de poussière, de la peau ridée comme le désert vu du ciel, des yeux réduits à des gouffres noirs. Je cille. La silhouette oscille dans le vent, toujours un centimètre en retrait de l'endroit où tombe la lumière.

« Esterházy ? » murmuré-je. Le feu enfle, me jette de la fumée dans les yeux. Le temps que je les rouvre, la silhouette vacillante a disparu, remplacée par quelque chose d'autre.

Des lunettes à vision nocturne brillant d'un éclat rouge, des mains balafrées serrant un ceinturon dont pendent des armes, des cheveux blond roux flottant dans le vent. Sous mes yeux, les ténèbres libèrent d'autres formes humaines. Quatre, puis six, dix. Toutes sont masquées, toutes m'observent.

Une vague d'effroi me traverse. Ramassant le scalpel, je me relève.

« Elle m'a laissé ça, lancé-je en le brandissant. Elle m'a parlé de vous. »

Ils sont venus sur les talons des Chercheurs ; si silencieusement, si doucement que je ne les avais pas remarqués. Ils occupent l'espace entre les atomes. L'un des Chercheurs fait un pas vers moi.

« Qu'est-ce que ça signifie ? » demandé-je, le scalpel tremblant entre mes doigts.

La silhouette s'arrête à un peu moins de deux mètres de moi. Je ne vois guère son visage, seulement de la peau brune tannée. Parmi les centaines de lignes qui marquent ses bras, il y en a une récente, juste sous le coude. Une nouvelle marque pour le Compte. Un ajout, pas une soustraction.

Lentement, la silhouette me tend la main, comme une invitation.

« Je ne peux pas, dis-je. Je dois trouver Gabi. Je veux qu'elle vive. *Ils* le veulent aussi. »

La silhouette fait un autre pas en avant et se retrouve à une longueur de bras de moi. Je sens son odeur : vieux sang douceâtre, âcre désinfectant chimique, acier propre aux relents métalliques, et quelque chose de lointain, comme du sable brûlé par la foudre. L'odeur du Suplicio.

« J'ai besoin de votre aide, encore une fois », murmuré-je.

La silhouette incline la tête. Lorsqu'elle parle, c'est d'une voix douce.

« Il y a un prix.

– Je sais. » Ma tête tourne tandis que je fixe le verre sombre de ses lunettes. « Je le paierai. »

Le Chercheur hoche la tête et saisit l'un de ses couteaux. L'éclat des flammes se reflète brièvement sur la lame.

J'ouvre les paupières. Je suis assise à côté du feu, et la terre, autour de moi, n'accuse aucune trace de passage. Il n'y a personne, seulement le bruissement léger des vêtements d'Esterházy remués par la brise.

Mais quand je baisse les yeux, je vois le dé de l'Augure dans le sable, devant moi, révélant le chiffre *deux*.

Toute la nuit durant, je pousse le busard jusqu'à la surchauffe, et le lendemain à midi, j'atteins la gare dont parlait Bebe. Je pose le véhicule dans l'enclos près de l'écurie, tout en gardant la tête baissée sous le chapeau du marshal. Presque personne ne me prête attention, et les rares qui s'intéressent à moi reculent aussitôt avec horreur. Avec une bouffée de soulagement, je constate que *Charis* est arrimée au bout de la gare, plus miteuse que jamais,

mais verrouillée. Jetant mon sac sur mon épaule, je vais rejoindre les autres.

Pour une région aussi désespérée, sauvage et isolée, Drax est animée. Les mineurs des puits d'extraction partent en repos ou retournent à la tâche à contrecœur. De la poussière de mica est incrustée dans les pores de leur peau et les rides de leur visage, ce qui les fait miroiter bizarrement au soleil. Il y a des marchands avec des fourgons de denrées – des conserves, des bidons d'eau illégaux, des sédimenteurs, et des blocs de fongus vivant – en route vers les villes, ainsi qu'un vendeur d'huile de serpent qui exhibe des bouteilles de vin de estampillées Rượu Rắn, des rondelles de viande séchée et des fioles de venin « réjuvénant ». Deux cloporteurs, visiblement en compétition, s'enrichissent sur le dos des affamés et des désœuvrés.

Mais, à ma grande détresse, l'endroit grouille aussi de troupes de l'Accord. Il ne me faut pas longtemps pour déduire qu'un fort doit se dresser non loin, et que la gare existe principalement pour le desservir. D'ici, l'Accord enrôle de nouvelles recrues en leur promettant de la nourriture et un salaire décents, et, plus tentant que tout, une chance de quitter Factus.

La rue qui longe la plateforme de la Ligne Aérienne est bondée, les gens se pressent et se bousculent pour contempler quelque chose qui luit sur la piste. Je m'arrête parmi eux. C'est le plus étrange wagon de Ligne Aérienne que j'aie jamais vu. Il repose sur les rails comme un gros insecte de métal, dénué de fenêtres et couvert de plaques de blindage, flambant neuf, étincelant de petites veilleuses qui trahissent une technologie de premier ordre. Il semble venu d'un autre monde. Et c'est le cas.

« Qu'est-ce que c'est que ça ? » demandé-je tandis que des silhouettes en uniforme de l'Accord commencent à en émerger pour remplir des réservoirs et inspecter sa coque.

« C'est un Iron Slug », dit une femme à côté de moi.

Elle porte des lunettes à lentilles fumées et mâche férocement des feuilles de centurien. « Il est arrivé de Landfall avant le lever du soleil. On n'en a jamais vu des comme ça, par ici. Même pas quand ils ont fini par choper le Baron Chow. Ils l'ont emmené au tribunal par la Ligne standard, dans une caisse.

– C'est pour le transfert de prisonniers ? » Je regarde mieux les soldats. Ce ne sont pas des recrues locales affamées, battues par le soleil et formées à la hâte. Ce sont des hommes et des femmes de la Flotte Aérienne : bien entraînés, bien armés. Tout à fait capables de se défendre.

« Sûr, dit la femme en faisant claquer ses lèvres vertes. Et je vais te dire autre chose pour pas un rond… » Elle s'arrête et me regarde pour la première fois. J'aperçois une bribe de mon reflet dans ses lentilles. Je suis emmitouflée du cou aux sourcils dans des bandages jaunâtres. « Beurk », marmonne-t-elle avant de repartir sans finir sa phrase.

Je ne peux retenir un léger sourire. Les gens ont tellement peur de la putrescence jaune qu'ils n'accordent pas une pensée à ce qui pourrait se cacher sous ces bandages.

« Toi aussi, hein ? » Depuis le bord de la foule, un homme âgé me salue d'un hochement de tête. Sa peau est hérissée de cloques, certaines couronnées d'une croûte, et ses propres bandages sont tachés d'un jaune vif révélateur.

Je lui rends son salut, et nous contemplons en silence les soldats autour de l'Iron Slug.

« Regarde-moi cette saloperie…, marmonne l'homme.

– Tu sais à quoi ça sert ? lui demandé-je.

– Dans le camp, on dit que c'est rapport à l'un de ces petits soldats. » Il mâchonne le bandage qui lui entoure la bouche. « Il aurait pété un câble, à ce qu'on raconte. C'est pour ça qu'ils ont envoyé le Slug. »

Les huiles de l'Accord ont fait venir ce wagon pour la Générale, j'en suis sûre, et cette fois, elles ne prendront aucun risque. Est-elle déjà à bord, à l'heure actuelle ? Le faible clignotement du tableau des départs indique un train pour midi, sans que celui-ci ne soit visible nulle part. Dans tous les cas, il est probable que nous n'ayons que peu de temps devant nous…

Je me précipite vers le saloon. Il est bondé, moite à force de respirations et de vapeur venue des cuisines, et pue le désinfectant et la liqueur éventée. À une table, près de la fenêtre, l'un des cloporteurs montre un plateau de vers irisés à deux femmes et aiguillonne les bestioles pour leur faire exécrer le joli fluide pailleté que certains aiment appliquer sur leur visage. Des éclats de plastique crissent sous mes bottes tandis que je me dirige vers le comptoir.

Un groupe de Pacificateurs s'est approprié la majeure partie de l'espace, leur visage buriné rougi par la boisson, leurs phalanges balafrées et croûteuses. Faisaient-ils partie de la bande qui a tué Pec Esterházy ? Serrant le poing dans la poche de ma veste, je lance un coup de menton à l'intention de la barmaid.

« Mescal », marmonné-je faiblement, mais les soldats se retournent quand même pour me détailler, les lèvres retroussées par le dégoût.

La barmaid semble hésiter ; elle se lèche les lèvres en jetant de rapides regards vers la foule. Enfin, elle pousse un verre dans ma direction en prenant soin d'éviter le contact de ma main bandée. « Va boire dehors, aboie-t-elle. Et jette le verre, après. »

À ce moment, la porte s'ouvre à grand fracas. Deux silhouettes se découpent sur la poussière aveuglante qui tourbillonne dehors. Falco et Pegeen. Les discussions retombent momentanément.

« C'est… ? murmure l'un des mercenaires.

– Maladie Falco, nom de merde, confirme un autre. Qu'est-ce qu'elle fout par ici ? »

Falco me repousse de son chemin très ostensiblement.

« Vous avez des pêches ? » demande-t-elle à la barmaid.

La femme a un sourire nerveux. « Je vais aller voir. »

Jetant un coup d'œil au miroir d'aluminium rayé suspendu derrière le comptoir, je croise le regard de Peg et lui adresse un léger signe de tête avant de me diriger vers l'extérieur.

Une fois dehors, je manque de percuter une silhouette miteuse, une pipe à la bouche.

« Silas ! »

Pendant un instant, il me fixe avec perplexité avant d'écarquiller les yeux. « Dix ! » Il m'étreint. « Bon Dieu, on avait presque renoncé.

– Gaffe », dis-je en l'entraînant au coin du bâtiment, hors de vue. « Les gens doivent croire que j'ai la putrescence jaune. »

Falco et Peg réapparaissent bientôt, avec une boîte de pêches et d'une bouteille de benzène. Deux autres G'hals épuisées et salies par le voyage les accompagnent.

« Faut bien admettre, Doc, ricane Falco, que tu as le sens du déguisement. » Elle fait signe aux G'hals d'avancer. « Tu connais déjà Rat, et voici Bui. Elles géraient un racket de protection à Las Cruces. On a réussi à les joindre par la pelote. »

Elles me saluent de la tête. J'ai croisé Rat au bar de Falco : difficile de rater cette femme musculeuse aux cheveux rouge vif, dont le visage rosi par le soleil est tatoué d'étoiles et de tourbillons qui recouvrent ses trois points, dont un à la tempe. Bui, au contraire, est petite et menue. Elle me scrute avec méfiance en essuyant ses joues avec le bout de l'écharpe colorée qui lui couvre les cheveux.

« La Générale ? » demandé-je.

Silas soupire. « Ce truc était déjà sur les rails quand on est arrivés. On ouvre l'œil, mais si Gabi est ici, elle doit déjà être à bord.

– C'est forcément ça, renchérit Peg. Ce sont des soldats

de la Flotte Aérienne. Je n'en avais jamais croisé par ici, jusque-là. Ça vient de très haut, forcément. »

Un souvenir me revient alors : le visage de la commandante Aline sur l'écran tandis qu'elle a calmement ordonné l'élimination de la Générale, l'expression de cette dernière quand elle a regardé sa supérieure droit dans les yeux avant de faire sauter la caméra comme si c'était sa cervelle. Ma nuque me picote.

Bui fronce les sourcils. « Si ces soldats sont si balèzes, pourquoi la gamine n'est pas encore morte ?

– C'est une générale, souligné-je. Peut-être qu'ils n'ont pas le degré d'autorisation requis pour l'abattre. Dans tous les cas, on doit la sortir de ce truc. »

Falco ne dit rien. Elle pioche pensivement une tranche de pêche dans sa conserve et la déguste. « Qu'est-ce qu'on a à y gagner ?

– Que dirais-tu du fait que sauver une enfant est une bonne action ? propose Silas.

– Tu n'es pas sur Factus depuis assez longtemps, pilote. Si c'était le cas, tu comprendrais que chaque chose a un prix. »

Je soupire, éreintée. « Je n'ai pas de quoi te payer, Mala. »

Mais Falco a un sourire rusé, elle scrute l'Iron Slug juché sur les rails en plissant les yeux.

« Peg, de mémoire, combien de cargaisons de la Ligne Aérienne a-t-on embusqué, au fil des ans ? »

Iel hausse les épaules. « Un sacré paquet.

– Et combien vaut le matos haut de gamme de l'Accord au marché noir, ces jours-ci ? »

Rat sourit, révélant des dents en fibres de verre bleues. « Sur la pelote, on dit que les marchands de Delos ont désespérément besoin de composants.

– Je parie que ce Slug est équipé de tous les derniers modules. Si jamais il se retrouvait découplé…

– Et la sécurité ? demande Silas avec le plus grand sérieux. Les types de la Flotte Aérienne ne plaisantent pas.

– Ils ne valent pas mieux que leurs pétoires de frimeurs », dit Bui en essuyant la poussière de son fusil.

Falco prend une longue gorgée de benzène. « Mes chères G'hals, dit-elle, en selle. »

Des faisceaux de lumière me balaient le visage, de l'air lourd de sable malmène la fine ouverture qui fait office de fenêtre sur le flanc du wagon de marchandises. C'est une excellente place, loin de la puanteur des voitures des passagers. Jusque-là, personne n'a osé me demander de bouger ; tout le monde a peur de mon visage bandé. Même les soldats n'ont pas eu envie de m'examiner de trop près durant l'embarquement, du moins pas après que j'ai commencé à tousser sur eux. Ils m'ont laissée passer avec un geste écœuré de la main.

Je tire une feuille de papier sale de ma poche et regarde par la fenêtre. Un rocher trapu, attaqué par le vent, nous dépasse. *Rocher crapaud*, a écrit Falco sur la carte dessinée à la main. Juste au-delà, hachuré avec de l'encre, se trouve ce que je guette. Shade's Gulch. D'après Falco, il s'agit d'un long canyon étroit, profond et assez ombragé pour échapper au regard des satellites qui surveillent éventuellement la Ligne Aérienne depuis l'espace.

Une morne palpitation parcourt mes épaules. J'envoie la main dans la poche du manteau du marshal pour y pêcher le petit réservoir d'oxygène que Falco a réussi à se procurer à Drax, et remplis mes poumons de quelques profondes inspirations. J'enchaîne avec deux perles d'un seul coup. Je suis en mauvais état, mon épaule me brûle, j'ai la migraine, tout mon corps est meurtri et douloureux.

Il faudra bien faire avec. Tandis que le rocher glisse hors de mon champ de vision, je vérifie la présence du pistolet caché dans ma poche. Voilà. Je ferme les yeux, consciente que quelque part, au-delà de la terraforme, dans les cellules de mon sang, *ils* attendent. Je m'avance et ouvre la porte du wagon.

L'air du désert me fouette le visage et fait danser mes bandages.

« Hé ! » crie l'hommc au fusil à pompe alors que je sors. « Vous n'avez pas le dr… »

J'attrape son armure renforcée et pivote pour l'expédier hors du train. Il disparaît dans un hurlement et le fusil tombe bruyamment de ses mains. La blessure de mon épaule me lance tandis que je le récupère et l'arme.

Un instant après, la Ligne Aérienne s'enfonce dans une pénombre ocre et froide. Nous sommes dans le canyon.

Devant moi, un wagon de garde bringuebale et oscille, et après lui, en fin de train, l'Iron Slug.

Le vacarme du train retentit contre les parois du canyon, si bien que le monde semble plein d'un battement d'ailes. Mais sous ce tumulte résonne un autre son, un grondement poussé par plusieurs gorges qui enfle jusqu'à ce que, dans un rugissement, deux juments montées par des G'hals bondissent par-dessus la crête du canyon et glissent le long de la falaise abrupte pour se ranger juste derrière le Slug. Leurs pilotes poussent un cri de guerre.

Je lui réponds ; les amphétamines assaillent mon système sanguin et me font de nouveau oublier la douleur. Rat et Bui remontent jusqu'à la hauteur du wagon de garde, crient des insultes et criblent ses flancs de cailloux et d'une mixture horrible qu'elles ont préparée à Drax : du sable, des excréments et de la colle, dont les mottes explosent sur les flancs du wagon et recouvrent les caméras d'une couche gluante qui reste en place.

Serrant les dents, je saute d'une plateforme oscillante à une autre. L'une des armes automatiques pivote vers moi en grinçant, mais je lui expédie une décharge du fusil à pompe, ce qui suffit à tout le moins à fausser son système de guidage. Des tirs filent des deux côtés du wagon, en direction des G'hals, mais Rat et Bui se contentent d'éclater de rire et de virer au loin, laissant les fenêtres blindées trop sales pour que les soldats puissent voir à travers. Prenant mon courage à deux mains, je passe mon arme sur mon épaule valide et me hisse sur le toit.

Le vent me frappe avec la force d'une cascade, mais je garde la tête baissée et fixe l'étendue de métal qui me fait face. Il y a une arme sur tourelle, cabossée, abîmée et couverte d'immondices, mais encore fonctionnelle. Je rampe vers elle, mon souffle emporté par le vent, sans quitter des yeux ses mécanismes qui virent et cliquettent, le point rouge qui va bientôt m'identifier comme une cible. Avec un dernier effort, je me jette en avant, usant de tout mon poids pour abaisser le canon de l'arme au moment où elle ouvre le feu.

Des charges ricochent sur le toit, calcinent l'air à un pouce de mes pieds tandis que le canon force pour se relever. Je ne pourrai pas le maîtriser bien longtemps. À l'aide mon mauvais bras, je sors un couteau et, serrant les dents pour oublier la douleur de mon épaule, enfonce la lame dans ses circuits hydrauliques, la tords et lacère ses câbles.

Dans une pluie d'étincelles, une décharge électrique envoie mon bras voler et le couteau s'échappe de mes doigts. La tourelle s'affaisse.

Ma paume est brûlée par l'électricité, mes muscles crépitent, mais je n'ai pas le temps de m'en soucier. Je rampe en avant jusqu'à ce que je puisse baisser les yeux vers la dernière plateforme avant l'Iron Slug.

Miraculeusement, elle n'est pas gardée. À bout de souffle, je descends maladroitement du toit, mais à mi-hauteur, un spasme crispe mon épaule et m'envoie m'étaler sur le métal.

Avant que je puisse même jurer, je comprends mon erreur. Deux hommes armés de fusils à pompe se tiennent dans l'entrée, leur arme braquée sur moi. Je ne peux rien faire, je ne peux me mettre à l'abri nulle part, hormis…

Lorsqu'ils ouvrent le feu, je roule par-dessus le bord de la plateforme et me rattrape *in extremis* du bout des doigts.

La brillante lame argentée de la Ligne Aérienne défile à toute allure en dessous de moi. Mes bottes tentent de trouver une prise sur le flanc du wagon et glissent, mes doigts trempés de sueur sont en train de lâcher, mon épaule souffre mille morts. Il y a un mouvement rapide, et je lève les yeux pour me retrouver nez à nez avec le canon d'un fusil à pompe.

« Doc ! »

Le soldat au-dessus de moi bascule en arrière, du sang giclant du centimètre de gorge nue entre son uniforme blindé et son menton. Son arme tombe et manque de me frapper en plein visage avant d'être emportée. Je jette un bref regard par-dessus mon épaule. La jument de Falco file à côté du train, Peg en équilibre sur le siège arrière, ses cheveux balayés par le vent. Iel grimace de douleur en visant de nouveau avec son pistolet. Un autre cri, et le deuxième soldat tournoie sur lui-même avant de basculer par-dessus le bord de la plateforme. Rassemblant mes dernières forces, je glisse les doigts entre les plaques blindées et remonte en rampant.

« Doc, vite ! »

Peg vise un point au-dessus de moi, là où d'autres soldats vont apparaître d'un moment à l'autre.

Je lève la tête. À moins de deux mètres, l'Iron Slug, avec ses flancs lisses et sa plateforme étroite. Je me tasse sur moi-même, prête à bondir…

Mon corps, criblé de balles, dégringole sur la piste. Une arme s'enfonce dans l'arrière de mon cuir chevelu et me fait sauter la cervelle. Je suis suspendue à la plateforme et quelqu'un me piétine les doigts jusqu'à ce que je lâche prise et finisse écrasée sous la Ligne Aérienne. Je tremble de terreur, les mains sur la tête, tandis qu'une frappe envoie Falco et Peg voler comme des poupées de chiffon. Mes yeux s'emplissent de feu alors qu'une explosion enveloppe le train…

Non ! crié-je muettement. *Montrez-moi !*

L'espace d'une seconde, j'éprouve la sensation écrasante d'être vue. *Ils* m'entendent, comprends-je dans un bref instant d'horreur, avant qu'une image brillante se détache des autres : une arme sur tourelle.

Je m'aplatis sur la plateforme tandis qu'une grêle de charges jaillit de l'un des canons du Slug. Je hurle en m'attendant à les sentir traverser ma chair, mais soudain résonne un rugissement, suivi d'un flash de lumière, et j'ouvre un œil pour voir le canon pivoter, verrouillé sur une nouvelle cible.

Je crie : « Falco ! »

Son regard croise le mien et elle fait brusquement virer sa jument, qui dérape à travers la poussière au moment où le Slug ouvre le feu, emplissant l'air de lueurs mortelles et d'éclats de roche. Ses charges pilonnent le fuselage du véhicule ; la jument explose et le son ricoche contre les parois du canyon.

Mon cri se perd dans le vacarme et le faisceau de visée revient vers moi.

Cette fois, je n'hésite pas. Je me lève à grand-peine et bondis, retombant maladroitement sur la plateforme lustrée du Slug. Avant que je puisse tirer le pistolet de mon holster, les faisceaux se scindent, l'un pivotant pour se braquer sur moi, l'autre essayant de verrouiller une autre jument qui fonce vers l'épave enflammée du véhicule de Falco.

Je plonge la main dans ma veste et en sors la dernière chose qui me reste : le réservoir d'oxygène. Je le jette dans l'ouverture étroite dont dépasse le canon et tire un coup de pistolet avant de réfléchir à ce que je fais. L'explosion me projette en arrière et l'arme s'échappe de ma main.

J'arrive à peine à respirer, encore moins à tenir debout, et ma tête est pleine de sifflements. Un autre panneau coulisse et une deuxième arme automatisée apparaît, auréolée de fumerolles. Elle s'abaisse vers moi mais je ne peux rien faire.

Un grondement, un éclat de lumière, et le faisceau s'éloigne subitement pour se poser sur une forme sombre qui tombe du ciel, rasant périlleusement les parois du canyon. C'est *Charis*.

Silas ! essayé-je de crier, mais il n'y a plus d'air dans mes poumons et je regarde avec horreur le Slug ouvrir le feu et cribler la carlingue du navire, qui se met à rebondir comme une boule de flipper entre les parois du défilé.

Par-dessus, un claquement retentit et des torrents jaillissent des réservoirs de refroidissement de *Charis*. L'eau éteint les flammes qui courent sur sa coque et les nuages de vapeur et de poussière qu'elle soulève égarent les faisceaux de visée. Puis elle me frappe à mon tour, et si le choc me coupe le souffle, il m'éclaircit les idées et m'accorde un dernier sursaut d'énergie.

Tandis que *Charis* s'extirpe rapidement du canyon, hors de la ligne de mire, je tire de toutes mes forces sur le couplage qui unit les wagons. Mais c'est inutile : le mécanisme est en métal solide, les boulons hydrauliques sont bien serrés et sans mon fichu pistolet…

Un cri résonne. Tournant la tête au milieu des bourrasques, je vois de nouveau une jument filant à ma hauteur. Elle lutte pour se maintenir à la vitesse du train, alourdie par toute une bande de G'hals ; Rat conduit, Bui est perchée sur le siège et derrière elle, ensanglantées, blessées mais vivantes, Maladie Falco et Pegeen.

« Bouge ! » rugit Bui tandis que la tourelle automatisée pivote. Elle a un blaster à l'épaule. Usant de mes dernières forces, je me hisse précipitamment sur la plateforme du Slug et me couvre la tête au moment où elle presse la détente.

Le souffle de l'explosion me percute et expédie des éclats

de métal chaud et de plastique brûlant dans les airs. Le couplage se brise dans un grincement assourdissant et, dans un soubresaut qui manque de me faire passer par-dessus bord, le Slug se détache. Je lève la tête pour voir le reste du train poursuivre sa route, creusant rapidement la distance qui nous sépare. Sur la jument, Bui épaule encore le blaster et vise cette fois l'arme.

L'explosion ébranle violemment le Slug et de la fumée âcre se déverse de ses meurtrières, comme une créature qui pousse péniblement ses derniers souffles. Une seconde après, la porte s'ouvre à la volée et un artilleur s'avance en titubant sur la plateforme.

Je lui fais un croche-pied et le jette par-dessus bord. Bui est prête : elle tire une grenade fumigène de son manteau et me la lance. Je l'attrape et, avant que quiconque ne puisse comprendre ce qui se passe, la balance dans l'habitacle du Slug.

Le chaos se répand en quelques instants. Des cris résonnent à l'intérieur, l'électronique des armes défaille en crissant, quelqu'un aboie des ordres. Remontant mes bandages sur mon nez et ma bouche, j'entre d'un pas mal assuré en essayant de rester baissée. Des écrans et des panneaux de contrôle illuminent la pénombre d'un rouge fiévreux ; il y a là plus de matériel de haute technologie que je n'en ai vu depuis des années. Et huit soldats : certains rampent vers la porte en quête d'air, d'autres s'emparent de leurs armes ou tentent de reprendre le contrôle des canons automatisés. Une soldate m'aperçoit et lève son fusil, mais je lui enfonce le coude dans le sternum et elle s'effondre en sifflant. La fumée me brûle les poumons, vrille de douleur ma cage thoracique meurtrie, je réussis néanmoins à me faufiler à l'intérieur.

Là, tout au fond du wagon, se trouve un compartiment interne protégé par une épaisse porte. Je tire sur sa poignée en essayant de ne pas respirer, mais elle est solidement verrouillée. À travers ma colère, je remarque la lueur rouge clignotante d'un verrou.

J'attrape la soldate que je viens d'abattre et la tire par sa veste. Elle se débat, mais je lui assène mon poing sur le nez. La femme s'affaisse en grognant, je soulève l'un de ses bras inertes et pose son pouce contre le verrou.

La porte s'ouvre dans un sifflement.

« Générale ? » Suffoquant, j'arrache le masque de ma bouche.

Une silhouette est recroquevillée dans un coin de cette cellule nue aux murs noirs. La Générale, le visage amoché et exsangue. Elle me regarde avec horreur, avec espoir.

« Low ? » chuchote-t-elle.

Souriant sans pouvoir m'en empêcher, je l'aide à se relever. Le Slug fait une embardée puis finit par s'arrêter, et elle tombe sur moi.

« Qu'est-ce que tu fous ici ?

– D'après toi ? dis-je, les yeux brûlants. Viens, on doit… »

Elle se recule subitement. « Ne me touche pas. »

Je la regarde de plus près. Elle tremble, comme en proie à une fièvre. Est-elle encore perdue dans ses souvenirs ? Au moment où je tends la main pour lui prendre le bras, je perçois un vrombissement sourd venu d'au-dessus de nous, le bruit de puissants moteurs.

« Ils sont là, dit-elle avec des yeux immenses. La Flotte Aérienne. Ils sont venus, comme je l'ai ordonné. »

Un froid glacial me saisit le cœur, mais la Générale est déjà en mouvement. Elle se baisse pour ramasser le pistolet de la soldate qui gémit devant la porte.

Je la suis précipitamment.

Ensemble, nous titubons à travers les ténèbres enfumées du Slug. Deux soldats sont avachis sur les panneaux de contrôle, inconscients je l'espère. Les autres doivent s'être enfuis pour échapper à la fumée. Nous émergeons dans la lumière. Le Slug s'est arrêté tout au bout du canyon, et le carnage règne autour de nous : de la fumée et des militaires abattus par les G'hals, du sang dans la poussière.

« Dix ! » crie Falco en regardant au-dessus de moi.

Je me retourne. Six lames de métal argenté et un point noir dans le ciel blanc : des chasseurs de la Flotte Aérienne fondant sur *Charis*.

« Non », hoqueté-je, mais la terrible vision que les Si m'ont montrée est déjà en train de se réaliser. Deux des chasseurs se détachent et mitraillent les flancs du navire, visant les réservoirs de carburant. Dans une explosion pareille à un rugissement, *Charis* tombe du ciel malgré le hurlement de ses moteurs. Au dernier instant, Silas parvient à redresser la barre, mais c'est trop tard. Le vaisseau frappe le sol avec un bruit horrible, assourdissant. Je m'étrangle et me précipite en avant. À travers la chape de poussière, je vois que la verrière de *Charis* est fissurée, de la fumée monte du métal ravagé de ses flancs et sur le siège du pilote gît une forme inerte, aux cheveux noirs et ébouriffés.

Quelqu'un me hurle de courir. Sonnée, les yeux brûlant de larmes, je regarde autour de moi ; les chasseurs virent sur l'aile pour un nouveau passage, mais l'un d'eux se détache du groupe et, les moteurs à plein régime, descend dans la poussière.

Je ne vois rien, je suis incapable de penser, je n'aperçois que les aéronefs qui passent en rase-mottes pour cribler toute la zone. Les G'hals s'élancent vers la jument, Falco s'efforce de les couvrir en mitraillant le ciel. Puis des charges explosent et, dans un cri et une giclée de sang, elle s'écroule en tourbillonnant dans la poussière.

« Falco ! » Je fais mine de plonger vers elle, mais m'arrête subitement.

Le canon froid d'une arme s'enfonce à l'arrière de mon crâne, au point fatal.

« Ne bouge pas », ordonne la Générale d'une voix qui se fissure par-dessus le bruit des moteurs.

« Qu'est-ce que tu fais ?

– Ce que je dois faire. » Le pistolet gémit en se chargeant. « S'ils sont prêts à payer cent mille crédits pour ta vie, peut-être qu'ils accepteront d'épargner ce qui reste de la mienne.

– Tu ne comprends pas...

– Tamane. » Le canon de l'arme s'enfonce un peu plus dans ma peau. « Ils m'ont dit ce que tu as fait. Je savais que tu étais une meurtrière et une traîtresse, mais ça... Des milliers, Low. Tous de jeunes gens. Et plus encore se sont retrouvés malades à vie.

– Je t'en prie... » J'essaie de me retourner. « Gabi...

– Ortiz ! »

La voix provient de partout à la fois, amplifiée par-dessus le rugissement des chasseurs.

« Ortiz ! » aboie derechef la voix, plus fort encore. « Au repos. C'est un ordre. »

De nouveaux faisceaux de canon automatique fendent la poussière pour se fixer sur leur cible. Rat et Bui lèvent les mains en jetant des regards haineux vers les chasseurs. Peg est en larmes, agenouillée près de Falco.

Nous sommes cernées.

Enfin, le bruit des moteurs reflue tandis que l'appareil de tête se pose. Une silhouette s'extirpe de l'écoutille, suivie de trois soldats d'élite. Une femme aux cheveux gris crépus, revêtue de l'uniforme du Haut Commandement de l'Accord.

La commandante Béatrice Aline.

« Générale Ortiz, lance-t-elle de loin. Je vous ordonne de baisser votre arme sur-le-champ. »

Je sens le canon du pistolet frémir. « Gabi...

– J'ai dit : pas un geste ! aboie la Générale. Commandante Aline, voici la traîtresse Vie I. Lowry. C'est elle qui a volé la formule libérée sur Tamane. » Sa voix se fendille.

« Est-ce que tu sais seulement combien de gens tu as tués, Low ? »

Des corps sous le sable, une ligne gravée dans le métal des murs de la cellule pour chacun d'eux. Des vies impossibles à peser.

« Oui, réponds-je. Je le sais.

– Je vous propose un marché, lance la Générale à sa supérieure. Je vous remets Low, et vous annulez l'ordre d'élimination qui me concerne ; vous me laissez vivre librement le temps qui me reste. Vous me laissez chercher un remède. »

La commandante Aline a un sourire plein de pitié. « Vous n'êtes pas en mesure de négocier, Ortiz.

– Vous la voulez vivante. » Une note de désespoir s'est glissée dans le ton de la Générale. « Elle possède des informations sur les Chercheurs, ainsi que sur les forces dont les autochtones ont peur. Elle est même capable de les contrôler ! »

Un effroi bien plus grand que ce que la menace du pistolet pourrait susciter me parcourt.

« Non, commencé-je.

– Ce sont des histoires à dormir debout que se racontent les gratte-poussière », rétorque Aline d'un ton indifférent, mais sous son expression contenue, je décèle un intense intérêt, presque de l'avidité. La Générale avait vu juste. Les militaires sont au courant de l'existence des Si. Et ils veulent en savoir plus.

« Accordez-moi l'amnistie, insiste la Générale, ou je tue la traîtresse, et tout ce qu'elle sait disparaîtra avec elle. »

Lentement, la commandante Aline baisse la tête.

« Très bien. J'accepte à tout le moins de négocier. » Elle fait signe à deux soldats d'avancer. « Écartez-vous pour que nous puissions maîtriser la prisonnière. »

Émettant un bruit étrange, la Générale retire le pistolet

de ma tête. « Tu vas vivre. Tu seras incarcérée, mais tu vivras. Sois maudite. »

Je me retourne pour l'empoigner mais au-delà des deux soldats, la commandante Aline dégaine son pistolet réglementaire et je comprends, trop tard, ce qui va se passer.

« Non ! » hurle quelqu'un à l'instant où elle presse la détente.

J'ouvre les yeux. Une lumière jaune et dense obscurcit ma vue comme une couche de miel amer, illuminant l'infini sablonneux sous un ciel lourd et immuable.

J'étais ailleurs avant de me retrouver ici. Dans un lieu de terreur, le bruit d'un navire qui s'écrase, un cri. Je tâte mon crâne. Ma main en revient couverte de sang, mais je n'ai pas mal.

La Générale… Tandis que je pense à son nom, un mouvement, une forme grise remue au loin. Je marche dans sa direction. À chaque pas, des mains se faufilent hors du sable pour recueillir le sang qui dégouline de mon crâne. Qu'elles se servent.

Au début, je crois que c'est le corps de Moloney, piégé dans sa parade éternelle, mais je trébuche sur une jambe qui émerge du bord d'une dune et me rends compte qu'il y en a d'autres. Je me penche et balaie le sable, révélant des cheveux noirs poissés de sang, un visage qui en a trop vu, trop tôt. La Générale.

Je la secoue dans l'espoir de la réveiller, de la voir cligner des yeux et se moquer de mes larmes, mais elle est morte. Entre deux sanglots, je lève la tête. Charis *est une épave. Sous mes yeux, un autre pan de débris dégringole de la verrière brisée. Silas est là, mort.*

Plus loin, à moitié ensevelies dans le sable taché, je trouve Rat et Bui, et Pegeen et Falco l'une contre l'autre, comme un couple assoupi.

Quelque chose s'embrase au fond de mon esprit, comme la

première volute de fumée avant la conflagration. Ces vies, si brillantes, si vivaces, traversant le monde comme des comètes, est-ce là leur fin ?

*Et où sont-*ils *? Je commence à trembler.* Ils *ont hanté mes pas, ils ont tricoté et défait les chemins de ma vie, uniquement pour* ça *?*

Je leur crie de me répondre et Charis *s'embrase. Je hurle de plus belle et le sable prend feu, se transforme en verre noir sous mes pieds, et à travers, je les vois tous, tous les morts de Tamane. Quand je relève la tête, la lumière jaune a presque disparu.*

« Non. » Je recule en chancelant. Il y a d'autres voies, une centaine d'autres choix, des réalités qui ne sont pas celle-là. Je ne veux pas de celle-là. « Non ! » crié-je tandis que la lumière faiblit encore.

Je titube et m'étale. Des mains me rattrapent avant que je ne rencontre le sol. Des mains gantées de sang.

La chose qui porte mon visage me renvoie mon regard, ses yeux pareils à des toiles de matière tissées entre les étoiles. Chaque centimètre carré de sa peau est barré d'une ligne, d'une vie. Lentement, elle lève les mains, paumes vers le ciel. Dans l'une d'elles, l'éclat argenté du scalpel d'Esterházy. Dans l'autre, un petit dé d'os ensanglanté.

On a toujours le choix.

Je la regarde dans les yeux et comprends. Les lignes ne sont pas des vies prises, ni une dette envers le monde. Ce sont des réalités différentes, un millier de versions de chaque vie, une ligne pour chaque choix. Personne ne pourrait voir tout cela et ne pas s'oublier un peu.

Il y a un prix à payer, *a dit le Chercheur.*

Je prends le scalpel.

Hel sourit et lance le dé.

La balle frappe sa cible.

Le monde est immobile, comme figé dans la lumière

jaune du Suplicio. Alors, avec un cri, la Générale s'effondre.

Je baisse les yeux ; l'éclat du tir balafre encore mon champ de vision. Elle est couchée sur le flanc et tremble. Une flaque de sang s'étale sur le sable depuis son abdomen.

« Non. » Le mot quitte mes lèvres. Sans réfléchir, je m'affale à genoux à côté d'elle. Mais tout le devant de son corps est un fouillis de sang sombre, et je vois l'une de ses côtes saillir à travers la chair déchirée. « C'est une enfant. » Les mots tombent de ma bouche tandis que j'ôte mon écharpe pour la plaquer sur la poitrine de la Générale, afin d'étancher le flot de sang. « Elle était mourante, pourquoi ne l'avez-vous pas laissée finir ses jours en paix ?

– Elle n'était pas mourante, dit la commandante, sa bouche réduite à une ligne dure. Et elle n'aurait pas non plus vécu en paix. Ces enfants sont trop dangereux, ils risquent de se retourner contre nous en vieillissant. C'est pour le bien de tous que le programme a été suspendu.

– Ils sont votre honte, craché-je tandis que la Générale convulse. Vous voulez que le monde oublie qu'ils ont jamais existé… »

Le visage de la commandante Aline se plisse lorsqu'elle lève encore le pistolet, cette fois vers moi. « Maîtrisez-la. »

Malgré leur entraînement, les soldats hésitent un instant, les yeux braqués sur la Générale agonisante, avant de s'avancer pour m'écarter d'elle alors que je fais tout mon possible pour comprimer sa blessure. Aline tire d'un sac quelque chose qui provoque des vagues de terreur et de colère en moi : c'est un collier de prison haute sécurité, avec des aiguilles verrouillées et des lames rétractables qui jailliront pour couper la gorge du détenu s'il fait la moindre tentative de l'ôter.

Non, dis-je en m'adressant à *eux. Non, pas ça.*

Ils ne me répondent pas ; rien ne vient empêcher Aline

de s'approcher et d'aligner les aiguilles sur les cicatrices de mon cou. Comment ai-je pu me tromper ?

« Ne vous en voulez pas, Low, murmure-t-elle en commençant à refermer le collier. Nous allons prendre soin de vous. Vous êtes une héroïne, d'une certaine façon. Si vous n'aviez pas volé la formule, les LL n'auraient jamais attaqué Tamane et, conséquemment, perdu tous leurs appuis ; la guerre se serait éternisée. Après tout, ajoute-t-elle en enfonçant les aiguilles, c'est bien pour ça que nous vous avons laissée la dérober. »

Je croise son regard. Je comprends avec épouvante qu'elle dit la vérité. Des milliers de vies ont été sacrifiées pour terminer rapidement une longue et sanglante guerre. Des enfants qui n'auraient pas dû vivre ont été tués pour garantir la paix. Je frémis comme si quelque chose – quelqu'un – luttait pour sortir de ma peau. Alors que le collier s'apprête à se refermer dans un *clic* autour de mon cou, je sens le scalpel dans ma main.

Je frappe et Aline lâche le collier pour se saisir le poignet. J'essaie d'échapper aux mains des soldats, mais la commandante ressort son arme d'une main ensanglantée et la pointe sur mon visage.

Un coup de feu retentit nettement à travers le chaos. Aline écarquille les yeux ; du sang apparaît sur son front, émergeant de sa peau comme un ver sombre et brillant. Elle s'effondre en émettant un bruit étranglé.

Sur le sable, la Générale montre les dents en un sourire sauvage, puis s'effondre à son tour en lâchant son pistolet, incapable de le tenir plus longtemps.

Les soldats dégainent. L'un d'eux se précipite vers la commandante. Mais le battement de mon cœur a envahi l'air, et un rugissement enfle peu à peu, comme un coup de tonnerre sans fin.

Je lève les yeux quand le premier appareil des Chercheurs traverse le ciel en hurlant et ouvre le feu avec tout son arsenal ; les faisceaux de visée de l'Accord tourbillonnent en tous sens pour le verrouiller. Rat et Bui se jettent hors de la ligne de mire, se ruent vers leurs armes et tirent sur tout ce qui bouge pendant que Peg traîne Falco vers la jument.

Et *ils* sont ici, avcc moi. Enfin, jc lcs scns ; ils s'agglutinent autour de chaque décision improvisée, de chaque tir chanceux, de chaque moment d'hésitation. Ils traversent le champ de bataille comme un ouragan, savourant le chaos, le potentiel bouillonnant d'un combat.

Un appareil des Chercheurs passe en rase-mottes audessus de nous en mitraillant le poste de pilotage du chasseur de la commandante. Des flammes fleurissent, des gaz s'embrasent. J'arrache le collier de mon cou, le jette dans la poussière, le recouvre de sable à coups de pied.

Il ne reste qu'un seul des soldats. Il ouvre le feu alors que je me dirige vers lui. Inutile. Tous ses tirs me manquent. Une fois son chargeur vide, je m'arrête, le fixe et vois mon reflet dans ses yeux : ma main sanglante tenant le scalpel, la marque des Chercheurs nette sur ma poitrine, mes yeux aussi durs que ceux d'un oiseau de proie.

« Fuis », lui dis-je.

Sur ses talons, et tout autour de nous, *ils* dansent, tirant sur les fibres enchevêtrées de nos choix, brouillant les chemins qui relient les réalités ici, sur *leur* lune, le dernier arrêt avant le Vide.

Le ranch isolé est niché entre les plis des contreforts déchiquetés et brille faiblement tel un ver luisant blotti dans la paume d'une vieillarde. Le chirurgien sort sur la terrasse et prend une profonde inspiration de cette nuit fraîche et bleue. Le vent chasse l'odeur de sang et d'antiseptique de son tablier.

« C'était pas une mince affaire », dit-il.

J'ai un sourire fatigué. Pendant des heures, je les ai

aidés, lui et son mari, à raccommoder et éponger, stériliser et cautériser, injecter et espérer. À l'intérieur, Silas se remet encore d'une commotion et de quatre côtes cassées. Falco est avachie sur le brancard voisin et demande de la morphine pour oublier la blessure qui a failli lui emporter la jambe. Et la Générale…

« Comment va-t-elle ? » Je fais passer une bassine d'eau au chirurgien pour qu'il puisse se laver les mains.

Il a un rire sec et frotte la peau desséchée de ses jointures.

« Quoi ? insisté-je.

– C'est ironique. L'Accord est tellement peu présent, ici, que la moitié de ces lunes tombent en ruine ; néanmoins, il a construit certaines choses pour durer. » Il jette un bref regard vers l'intérieur. « Elle, par exemple.

– Elle va s'en sortir ?

– La membrane extradermique qu'ils ont greffée sous sa peau a absorbé l'essentiel des dégâts, et si elle se remet de la perte de sang et de ses blessures aux poumons, elle pourrait bien survivre.

– Et sa maladie ? »

Il hausse une épaule. « Quoi qu'ils aient fait pour la rendre telle qu'elle est, ça va plus loin que le sang et les os. Plus loin que mes capacités. Il se pourrait que, pour rester stable, elle ait besoin de prendre les médicaments de l'Accord pour le restant de ses jours. » Il croise mon regard. « Mais je ne pense pas qu'elle soit mourante. Du moins, pas à cause de ce qu'ils lui ont fait. »

Je baisse la tête. *Je ne me rappelle pas que beaucoup aient survécu assez longtemps pour apprendre à vivre d'une façon différente*, a dit Falco. Est-ce que la Générale y parviendrait, maintenant qu'elle pourrait en avoir l'occasion ?

J'entends des éclaboussures : le chirurgien se lave la figure avec des gestes las. Je regarde son visage éclairé par des veilleuses solaires stables. Pas de tatouages sur les tempes, juste deux petites cicatrices sur le cou.

« Vous étiez dans les LL ? demandé-je.

– Je les ai rejoints, pour un temps. Avant qu'elles ne s'égarent. »

Au-delà du ranch, le vent dégringole comme une rivière le long des pentes des collines. Épuisée, je m'appuie à la rambarde. Je sens le moindre bleu, la moindre coupure, et me demande comment mon corps peut encore tenir.

« C'est calme, par ici, dis-je.

– C'est un bon coin », approuve le chirurgien en tirant une pipe et une conserve de sa poche. Il désigne du menton les petits potagers clôturés de métal. « L'ombre des collines empêche la terre de trop se dessécher.

– Vous n'avez jamais d'ennuis ?

– Les gangs savent que nous soignons quiconque se présente sans poser de questions.

– Et les Chercheurs ? » Je scrute son visage, les rides profondes de ses joues, tandis qu'il allume sa pipe.

Il ne répond pas tout de suite et se contente d'abord d'en tirer une longue bouffée. « Ils savent que je suis un fidèle de la Voie. Je pense qu'ils respectent ça ; ils l'estiment assez semblable à leurs propres croyances concernant l'univers. »

Il croise mon regard et sourit, une expression aussi fine et usée qu'un vieux scalpel.

« C'est donc ça, la paix ? demandé-je.

– Non. » Il scrute la nuit. « C'est la vie. »

Le lendemain matin, Pegeen, Rat et Bui, bandées et raccommodées, reviennent au ranch sur des mulets et des juments empruntés, hâlant *Charis* sur un camion bricolé. Lorsqu'elle voit la soute du navire, Falco pousse un cri d'hilarité. Elle déborde de matériel : des consoles, des composants, des puces, des cellules énergétiques, soit les entrailles de l'Iron Slug et des chasseurs de l'Accord abattus.

Nous nous asseyons sur la terrasse avec le chirurgien

et son mari, Marti, et sirotons des tasses de précieux thé dilué en regardant les G'hals calculer leurs profits.

« Si on arrive à vendre hors planète ne serait-ce que la moitié de tout ça, on va se faire une fortune, dit Peg.

– On aura besoin d'un bon contrebandier, dit Falco, ses yeux plissés rendus brillants par la morphine. Qu'est-ce que tu en penses, pilote ? »

Silas commence à rire mais tressaille de douleur et pose la main sur son torse. « Seulement si tu arrêtes de m'appeler comme ça, dit-il d'une voix sifflante.

– Ce que je ne comprends pas, dit Rat en se curant les dents, c'est pourquoi les Chercheurs ont laissé tout ça. En général, ils dépouillent les corps et les navires jusqu'à la moelle, non ?

– Ils se sont quand même servis, en tout cas sur les corps, pas d'erreur, glisse Bui. Peut-être que le reste était trop lourd pour eux ?

– Non, coupe Peg en fronçant les sourcils. Une partie du matériel avait été empilée, presque mise de côté, comme laissée là volontairement. »

Je croise le regard de Falco.

« Quelle que soit la raison, reprend-elle, on l'a bien mérité. »

Nous restons encore deux jours. La Générale demeure alitée, muette, reliée aux machines bricolées du chirurgien ; Falco nous maudit ou se moque de nous tour à tour ; Silas me demande de venir lui tenir compagnie sur son lit de fortune d'une voix endormie.

La paix, pensé-je, couchée la tête sur son épaule, veillant à ne pas lui faire mal aux côtes, tandis que j'écoute sa respiration. Est-ce que, pour moi, ça pourrait ressembler à ça ?

Je ne me souviens pas avoir passé des moments pareils sur Factus. Pendant que les G'hals travaillent sur leur butin et que Silas évalue douloureusement les dégâts subis par

Charis, j'erre en boitillant et aide le chirurgien à trier ses fournitures, je regarde Marti s'occuper de son jardin de plantes médicinales et de précieux légumes. Plus tard, nous nous asseyons tous ensemble à la table en métal rayé, devant de la soupe de criquet parfumée aux redoutables piments maison, avec des légumes frits et de la farine de protéines roulée si fin qu'elle évoque presque des nouilles. Nous buvons du thé et écoutons Falco détailler les projets d'extension de son bar et de son emprise sur Landfall grâce à ses nouvelles ressources, Silas raconte des histoires d'affaires qui tournent mal sur les relais satellites, et Rat et Bui rapportent les dernières rumeurs des villes.

C'est une journée rare, d'autant plus précieuse qu'elle est fugace. Loin du ranch du chirurgien, les rouages de la réalité dans laquelle nous vivons continuent de tourner, et nous allons devoir retrouver son chemin, tôt ou tard. Ainsi, lorsque la nuit tombe, pendant que Silas et Marti nettoient la vaisselle avec du sable, Peg et moi aidons le chirurgien à installer un transmetteur de câble, et Rat active furieusement sa manivelle afin de générer assez d'électricité pour recevoir le dernier bulletin.

Lorsqu'il arrive, nous nous pressons autour de l'écran gris rayé et regardons le texte apparaître :

UN TRAGIQUE CRASH COÛTE LA VIE À BÉATRICE ALINE, COMMANDANTE DE LA FLOTTE AÉRIENNE

Les rapports indiquent que la commandante de la Flotte Aérienne, Béatrice Aline, a péri dans un crash qui s'est déroulé sur Factus, entre Drax et Landfall Cinq. La commandante Aline escortait deux fugitives afin qu'elles soient jugées à Landfall lorsqu'une erreur de navigation a fait dévier son appareil dans une zone de turbulences électriques, au-dessus de la voie de la Ligne Aérienne. Hélas, il semble que ni son pilote ni celui de son escorte n'ont pu reprendre le contrôle de leurs appareils avant le crash. Les fugitives, d'après nos sources, ont également péri. Les éclaireurs de l'Accord ont retrouvé le corps de la commandante Aline, des prisonniers et des membres de l'escorte avant le coucher du soleil, le jour même.

Peg se rassoit en ricanant. « Loué soit l'Accord. Ils savent ficeler une bonne histoire comme personne.

– Des “turbulences électriques”, lit Silas avec incrédulité. Qui va croire un truc pareil ? »

Falco cille en se frottant la jambe. « L'Accord tient à peine ces lunes. Il ne peut pas se permettre de paraître faible. »

Marti passe une ou deux minutes à feuilleter les échanges qui en résultent sur la pelote du marché noir. « On dirait que la plupart des gens pensent qu'il s'agit d'une attaque des Chercheurs, dit-il. Hel l'Apôtre aurait voulu rappeler à l'Accord qui dirige *vraiment* Factus. »

Mon cou me picote et je lève la main pour m'assurer que la marque sur ma poitrine est bien cachée. Le chirurgien doit l'avoir vue quand il m'a soignée. Je lui jette un bref coup d'œil, il croise mon regard, mais ne dit rien.

Falco abat le poing sur la table. « Encore mieux ! On dirait bien que personne ne sait qu'on était là-bas. Et si c'est le cas, personne ne dira rien. »

Rat rit en assénant une tape sur l'épaule de sa patronne.

Je fixe le bulletin. Je me sens bizarre, la tête légère. *Les fugitives ont également péri.* Combien de fois dois-je encore mourir ?

« Hé, dit Silas en me prenant le bras. Tu comprends ce que ça veut dire ? Tu es tirée d'affaire. Si tu es officiellement morte…

– Ce n'est pas la première fois. »

Il sourit. « Mais le bulletin dit bien qu'il n'y a pas de survivants. Qui ira prétendre le contraire ? »

Je me souviens du jeune soldat qui m'a fixé avec horreur avant que je lui dise de s'enfuir.

« Personne, murmuré-je.

– Alors, tu es libre », dit-il en me pressant la main.

Libre. Le mot me hante tandis que nous restons assis autour du poêle et parlons et fumons et partageons des gorgées de mescal jusque tard dans la nuit. Il me hante quand je regarde la Générale dormir, tant de choses cachées derrière son petit visage balafré. Il me hante alors que je suis couchée contre Silas, son bras chaud sur mon épaule.

Enfin, après des heures d'agitation, je m'extirpe des couvertures et sors.

Il fait nuit noire et le vent donne de toute sa voix ; il chante les ténèbres entre les étoiles, les fils invisibles qui retiennent les mondes – qui nous retiennent tous. Je ferme les yeux et écoute.

Le changement survient progressivement, comme le givre qui rampe sur une fenêtre, comme la chaleur qui se répand à travers le métal. Cette fois, *ils* ne se précipitent pas ni ne déchirent ni ne griffent, ils sont simplement là. J'ouvre les yeux. Au-delà de la dernière lampe solaire, au bout du ranch, une silhouette m'attend. Une femme aux cheveux gris et aux yeux pareils aux ténèbres.

Tout est silencieux tandis que je referme doucement la porte derrière moi, quelques minutes après. La peau de ma poitrine me démange dans l'air frais de la nuit, mes épaules m'élancent lorsque je ramasse le sac et descends les marches sans bruit.

Au moment où j'atteins le potager, la porte du ranch couine. Je m'arrête, consciente que si c'est Silas, le désir de rester risque de s'avérer trop fort et de m'empêcher de faire ce que je sais devoir faire. Je me retourne lentement.

La Générale est debout sur la terrasse, ses pieds nus sous une robe en lin délavée, les mains posées sur les blessures de son torse.

« Tu t'en vas », dit-elle d'une voix rauque.

Je la dévisage en me rappelant le chagrin que j'ai surpris sur son visage lorsqu'elle a posé son pistolet contre ma tête, et l'air de triomphe qu'elle a eu en voyant Aline tomber.

« Oui. »

Elle change de position, visiblement à cause de la douleur. « Tu as promis de me garder en vie.

– D'après le chirurgien, tu vas vivre. Pendant longtemps, j'espère. » J'essaie de sourire. « Falco va te proposer de rejoindre les G'hals. Elle dit que tu y trouveras un foyer, si tu veux.

– Comme si j'allais rejoindre la bande d'une crapule », murmure la Générale, mais un sourire lui tire le coin des lèvres. « Elles me traiteraient comme une gamine.

– Tu es une gamine, Gabi. »

Elle me regarde, perdue.

« Où vas-tu ?

– Dehors, réponds-je doucement. Chez les Chercheurs.

– Ce ne sont pas des monstres ?

– Je ne sais pas. Je sais seulement qu'ils détiennent des réponses. »

Au bout d'un long moment, son visage se froisse, et des sanglots restent pris dans sa gorge. « Low… »

Je secoue la tête pour l'interrompre, sentant des larmes peser derrière mes propres yeux. « Ça ira. » Avant de reprendre la parole, j'inspire profondément. « J'ai laissé une lettre, pour vous tous. Mais… Silas. Dis-lui que je suis navrée.

– Il ne comprendra pas.

– Je sais. Mais je dois partir. Il y avait un prix à payer, et j'ai fait un choix. »

Au bord de mon champ de vision, je surprends un mouvement : la femme aux cheveux gris m'attend. Je m'essuie les yeux et me détourne.

« Traîtresse ?

– Qu'y a-t-il, Générale ?

– Je ne suis plus Générale.

– Et je ne suis pas une traîtresse. »

Je croise son regard. Pendant un instant, elle scrute quelque chose au-delà de moi et écarquille les yeux. « Puissent tes pensées rester claires », chuchote-t-elle.

Je m'enfonce dans cette nuit qui chante, en direction de la Bordure, du vaste inconnu.

Et *ils* marchent avec moi.

REMERCIEMENTS

Il est grand temps de déboucher une bonne bouteille et de lever mon verre à tous les gens qui ont donné vie à Dix Low :

George Sandison, non seulement parce qu'il a attrapé ce livre au vol et l'a patiemment nettoyé, mais aussi parce qu'il a porté haut les couleurs de bien d'autres œuvres de fiction spéculative aussi fantastiques que bizarres.

Tasha Qureshi, pour l'œil du correcteur, et pour avoir foncé comme un bolide sur le manuscrit. *Egészégedre !*

Toute l'équipe de Titan, pour nous avoir offert, à Dix et à moi, un foyer.

Ed Wilson, pour avoir payé la première tournée.

Hélène Butler et Emily Hayward-Whiutlock, pour avoir été là dès le premier jour.

R.J. Barker, pour ses encouragements au moment où j'en avais besoin.

Lavie Tidhar, pour son aide et ses alcools robustes.

Mes parents et ma famille pour leur soutien, et Dave, parce que c'est un fan.

Ma sœur, comme toujours, pour avoir embarqué et m'avoir aidé à naviguer dans le noir.

Nick, pour être le meilleur copilote que je pouvais demander.

Elly Bangs
Unity

Robert Jackson Bennett
American Elsewhere (prix Shirley Jackson)
Les Maîtres enlumineurs
Le Retour du Hiérophante (*Les Maîtres enlumineurs*, tome 2)
Les Terres closes (*Les Maîtres enlumineurs*, tome 3)

Lauren Beukes
Afterland

Sue Burke
Semiosis

C. Robert Cargill
Un océan de rouille
Jour zéro

Adam-Troy Castro
Émissaires des morts (*Andrea Cort*, tome 1)
La Troisième Griffe de Dieu (*Andrea Cort*, tome 2)
La Guerre des marionnettes (*Andrea Cort*, tome 3)

Ethan Chatagnier
L'Affaire Crystal Singer

Jean-Laurent Del Socorro
Morgane Pendragon

Estelle Faye
Widjigo

Franck Ferric
Le Chant mortel du Soleil

Peter A. Flannery
Mage de bataille, tomes 1 et 2

Laurent Genefort
Les Temps ultramodernes

Gauthier Guillemin
Rivages
La Fin des étiages (*Rivages*, tome 2)

Shaun Hamill
Une cosmologie de monstres

Nick Harkaway
Gnomon, tomes 1 et 2

Kameron Hurley
Les étoiles sont légion

Marguerite Imbert
Les Flibustiers de la mer chimique

Léafar Izen
La Marche du levant
Le Courage de l'arbre

Derek Künsken
Le Magicien quantique (Cycle de *L'évolution quantique*, tome 1)
Le Jardin quantique (Cycle de *L'évolution quantique*, tome 2)
Les Profondeurs de Vénus

Romain Lucazeau
La Nuit du Faune

Sam J. Miller
La Cité de l'orque

Tochi Onyebuchi
L'Architecte de la vengeance

Émilie Querbalec
Quitter les monts d'automne (prix Rosny aîné 2021)
Les Chants de Nüying

Jean-Michel Ré
La Fleur de Dieu
Les Portes célestes (*La Fleur de Dieu*, tome 2)
Cosmos incarné (*La Fleur de Dieu*, tome 3)

Peng Shepherd
Le Livre de M
Les Cartographes

Neal Stephenson
Anatèm, tomes 1 et 2
Choc terminal, tomes 1 et 2

Tom Sweterlitsch
Terminus

Retrouvez toute l'actualité des éditions Albin Michel
sur notre site albin-michel.fr
et suivez-nous sur les réseaux sociaux !
Instagram : editionsalbinmichel
Facebook : Éditions Albin Michel
Twitter : AlbinMichel

Composition : Nord Compo
Impression : Imprimerie Floch, octobre 2023
Éditions Albin Michel
22, rue Huyghens, 75014 Paris
www.albin-michel.fr
ISBN : 978-2-226-48269-3
N° d'édition 25366/01 – N° d'impression : 103386
Dépôt légal : novembre 2023
Imprimé en France